Muriel Barbery

La vie des elfes

Gallimard

À Sébastien

À Arty, Elena, Miguel, Pierre et Simona

Index des personnages
en fin d'ouvrage.

NAISSANCES

La petite des Espagnes

La petite passait l'essentiel de ses heures de loisir dans les branches. Quand on ne savait pas où la trouver, on allait aux arbres, d'abord au grand hêtre qui dominait l'appentis nord et où elle aimait à rêver en observant le mouvement dans la ferme, ensuite au vieux tilleul du jardin de curé après le petit muret de pierres fraîches, et enfin, et c'était le plus souvent en hiver, aux chênes de la combe ouest du champ attenant, un ressac du terrain planté de trois spécimens comme on n'en avait pas de plus beaux au pays. La petite nichait dans les arbres tout le temps qu'elle pouvait dérober à une vie de village faite d'étude, de repas et de messes, et il arrivait qu'elle y invitât certains camarades qui s'émerveillaient des esplanades légères qu'elle y avait ménagées et passaient là de fiers jours à causer et à rire.

Un soir qu'elle se tenait sur une branche basse du chêne du milieu alors que la combe s'emplissait d'ombre et qu'elle savait qu'on allait venir la chercher pour s'en retourner au chaud, elle décida plutôt de couper par le pré et d'aller saluer les moutons du voisin. Elle partit dans la brume naissante. Elle connaissait chaque motte d'herbe dans un périmètre qui allait des contreforts de la ferme de son père jusqu'aux frontières de celle du Marcelot ; elle aurait pu fermer les yeux et se repérer comme à des étoiles aux boursouflures des champs, joncs de ruisseau, pierres des chemins et inclinaisons de pentes douces ; au lieu de cela, et pour un motif particulier, elle les ouvrit grand. Quelqu'un marchait dans la brume à quelques centimètres à peine, dont la présence faisait à son cœur un étrange pincement, comme si l'organe s'enveloppait sur lui-même en amenant en elle de curieuses images — elle vit un cheval blanc dans un sousbois mordoré et un chemin pavé de pierres noires qui luisaient sous les hautes frondaisons.

Il faut dire quelle enfant elle était au jour de cet événement remarquable. Les six adultes qui vivaient à la ferme — le père, la mère, deux grands-tantes et deux grandes cousines — l'adoraient. Il y avait en elle un enchantement qui ne ressemblait pas à celui qu'on trouve chez les enfants dont les premières heures ont été clémentes, cette sorte de grâce accouchée du bon mélange de l'ignorance et du bonheur, non, c'était plutôt un halo irisé qu'on voyait quand elle bougeait et que les esprits forgés aux pâtures et aux bois comparaient aux vibrations des grands arbres. Seule la tantine la plus âgée, en vertu d'un supplément de penchant pour ce qui ne comporte pas d'explication, pensait à part elle qu'il y avait quelque chose de magique au-dedans de la petite, mais ce qu'on tenait pour certain, c'est qu'elle se mouvait d'une façon inhabituelle chez une enfant si jeune, en emportant avec elle un peu de l'invisibilité et du tremblement de l'air, comme font les libellules ou les rameaux dans le vent. Pour le reste, très brune et très vive, un peu maigre mais avec beaucoup d'élégance ; les yeux comme deux obsidiennes étincelantes ; la peau mate, presque bistrée ; une rougeur en cercle sur le haut de pommettes un peu slaves ; les lèvres très ourlées, enfin, et de la couleur du sang frais. Une splendeur. Et quel caractère ! Toujours à courir à travers champs, à se jeter sur l'herbe et à rester à regarder le ciel trop grand, à traverser le ruisseau les pieds nus, même en hiver, pour la fraîcheur ou pour la morsure, et à narrer à tous avec le sérieux d'un évêque les faits hauts et petits de ses journées au-dehors. Avec ça, une légère tristesse comme en ont les âmes dont l'intelligence déborde la perception et qui, aux quelques indices qui sont partout, même dans les lieux protégés, quoique fort pauvres, où elle avait grandi, pressentent déjà les tragédies du monde. Ainsi, c'est cette jeune ramure ardente et secrète qui sentit auprès d'elle dans la brume de cinq heures la présence d'un être invisible, dont elle savait plus

15

certainement que le curé prêchait que le bon Dieu existait qu'il était à la fois amical et surnaturel. Elle n'eut donc pas peur. Au lieu de cela, elle bifurqua dans sa direction qui tenait le cap qu'elle avait décidé tantôt, celui des moutons.

Quelque chose lui prit la main. C'était comme si on avait entortillé une large pogne dans un écheveau souple et tiède qui faisait une pince douce dans laquelle sa propre main se noyait, mais aucun homme n'aurait pu avoir cette étreinte de paume dont, à travers la pelote soyeuse, elle sentait les creux et les pleins à la façon d'une patte de sanglier géante. À cet instant, ils prirent vers la gauche, presque à angle droit, et elle comprit qu'ils se dirigeaient vers le petit bois en contournant les moutons et la ferme du Marcelot. Il y avait là une friche pleine d'une belle herbe serrée et humide qui montait en pente douce et rejoignait ensuite la colline par un passage à lacets, jusqu'à verser dans un joli bois de peupliers débordant de fraises et de pervenches en tapis où, il y a peu encore, chaque famille avait son affouage et débitait son bois aux premières neiges tombées ; hélas, ce temps désormais a passé mais on n'en parlera pas aujourd'hui, par chagrin ou par oubli, et parce qu'à cette heure la petite court au-devant de son destin en tenant bien serrée une patte de sanglier géante. Ce soir-là se passait à l'automne qu'on n'avait pas connu si clément depuis bien longtemps. On avait retardé

16

de mettre les pommes et les poires à rider sur les claies de bois de la cave et il pleuvait à longueur de jour des insectes enivrés d'un grand cru de verger. Et puis il y avait dans l'air comme une langueur, un soupir paresseux, une quiète certitude que les choses ne finiraient jamais, et si les hommes travaillaient comme à l'accoutumée, sans relâche et sans plainte, ils jouissaient de cet interminable automne qui leur disait de ne pas oublier d'aimer.

Or, voilà que la petite se dirige vers la clairière du bois de l'est et qu'il se produit de nouveau un événement inattendu. Il se met à neiger. Il se met à neiger d'un coup, et pas de ces petits flocons timides qui peluchent dans la grisaille et font à peine mine de se déposer sur la terre, non, il se met à neiger à flocons denses, gros comme des bourgeons de magnolia, et qui se tiennent les coudes pour former un écran bien opaque. Au village, sur les six heures, tout le monde a été surpris ; le père qui fendait son bois en simple chemise de coutil, le Marcelot qui dégourdissait la meute du côté de l'étang, la Jeannette qui pétrissait sa miche, et d'autres encore qui, par cette fin d'automne en songe de bonheur perdu, vaquaient, venaient et allaient dans le cuir, la farine et la paille ; oui, tous avaient été saisis et serraient à présent les loquets aux portes des étables, rentraient les moutons et les chiens et s'apprêtaient à ce qui fait presque autant de bien que les belles lassitudes de l'automne : à la

17

première veillée au coin du feu quand il neige comme diable au-dehors.

On s'apprêtait et on pensait.

On pensait, pour ceux qui s'en souvenaient, à une fin de journée d'automne, il y a dix ans de cela, où la neige avait soudain tombé comme si le ciel s'émiettait d'un coup en copeaux immaculés. Et on y pensait singulièrement à la ferme de la petite où on venait de découvrir qu'elle n'était pas et où le père avait enfilé son bonnet de fourrure et une veste de chasse qui puait l'antimite à cent mètres.

— Qu'ils viennent pas à nous la reprendre, murmura-t-il avant de disparaître dans la nuit.

Il frappa aux portes des maisons du village où se trouvaient d'autres fermiers, le maître bourrelier et sellier, le maire (qui était aussi le chef des cantonniers), le garde forestier et quelques autres encore. Partout, il n'eut qu'un mot à dire : *la petiote est manquante,* avant de repartir pour la porte suivante, et derrière lui l'homme criait après sa veste de chasse ou son paletot des grands froids, s'harnachait et s'engouffrait dans la tempête vers la prochaine maison. On se retrouva ainsi à quinze chez le Marcelot dont la femme avait déjà préparé une poêlée de lard et un cruchon de vin chaud. On nettoya le tout en dix minutes entrecoupées d'instructions de bataille qui n'étaient pas si différentes de celles qu'on se donnait les matins de chasse, à cette exception que le trajet des sangliers ne faisait pas mystère mais que la petite, elle, était plus imprévisible qu'un lutin. Simplement, le père, comme tous les autres, avait son idée parce qu'on ne croit pas aux coïncidences dans ces contrées où le bon Dieu et la légende font bon ménage et où on les soupçonne d'avoir des tours que l'homme des villes a depuis longtemps oubliés. Par chez nous, voyez-vous, on n'appelle que rarement la raison à la rescousse des naufragés mais plutôt l'œil, le pied, l'intuition et la persévérance, et c'est ce qu'ils faisaient ce soir-là parce qu'ils se souvenaient d'une nuit semblable juste dix ans plus tôt où ils avaient remonté le passage de la montagne en cherchant après quelqu'un dont les traces menaient droit à la clairière du bois de l'est. Or le père craignait par-dessus tout qu'une fois arrivés là-haut, les gars ne puissent qu'écarquiller les yeux, se signer et hocher la tête exactement comme ils l'avaient fait quand les traces avaient brusquement cessé au centre du cercle, et qu'ils s'étaient trouvés à contempler une neige lisse comme peau de nouveau-né et une place vierge et muette où personne, tous les chasseurs auraient pu en jurer, n'avait passé depuis deux jours.

Laissons-les monter dans le blizzard.

La petite, elle, est arrivée à la clairière. Il neige. Elle n'a pas froid. Celui qui l'a menée ici lui parle. C'est un grand et beau cheval blanc dont la robe fume dans le soir et répand une brume claire dans toutes les directions du

19

monde — vers l'ouest où bleuit le Morvan, vers l'est où on a moissonné sans une pluie, vers le nord où se déploie la plaine, et vers le sud où les hommes sont à la peine dans la montée, avec de la neige jusqu'à mi-cuisses et un cœur saucissonné d'angoisse. Oui, un grand et beau cheval blanc avec des bras et des jambes, et des ergots aussi, et qui n'est ni un cheval, ni un homme, ni un sanglier mais une synthèse des trois quoique sans parties assemblées — la tête du cheval se fait par moments celle d'un homme en même temps que le corps s'allonge et se pare de sabots qui se rétractent en pattes de marcassin puis grandissent jusqu'à devenir celles d'un sanglier, et cela continue indéfiniment et la petite assiste avec recueillement à cette danse des essences qui s'appellent et se mélangent en traçant le pas du savoir et de la foi. Il lui parle doucement et la brume se transforme. Alors elle voit. Elle ne comprend pas ce qu'il dit mais elle voit un soir de neige comme celui-là au même village où elle a sa ferme. Sur le perron, il y a une forme blanche posée sur la blancheur de la neige. Et cette forme, c'est elle.

Il n'y a pas une âme qui ne se le rappelle chaque fois qu'elle croise cette petite vibrante comme un poussin dont on sent palpiter la vie pure jusque dans l'épaule et le cœur. C'est la tantine Angèle qui, au moment de s'en aller resserrer les poules, avait trouvé la malheureuse qui la regardait de son petit visage ambré mangé d'yeux noirs si visiblement humains qu'elle resta là, le pied en l'air, avant de se ressaisir et de crier *un enfant dans la nuit !* puis de prendre contre elle pour la ramener au-dedans la petite épargnée de flocons lors même qu'il neigeait toujours à mourir. Un peu plus tard, cette nuit-là, la tantine devait déclarer : *j'ai comme cru que le bon Dieu me parlait,* puis de se taire dans le sentiment embrouillé qu'il était impossible de dire le bouleversement des courbes du monde qui avait passé par la découverte du nouveau-né dans ses langes blancs, la fission éblouissante des possibles en chemins inconnus qui rugissaient dans la nuit de neige tandis que se rétractaient et se contractaient les espaces et les temps — mais au moins l'avait-elle senti et remettait-elle au bon Dieu le soin de le comprendre.

Une heure après qu'Angèle avait découvert la petite, la ferme était pleine de villageois qui tenaient conseil et la campagne d'hommes qui suivaient une trace. Ils pistaient les pas solitaires qui partaient de la ferme et montaient vers le bois de l'est en se creusant à peine dans une neige où on s'enfonçait pourtant à la hanche. La suite, on la connaît : arrivés à la clairière, ils cessèrent la traque et revinrent au village lestés d'un esprit bien sombre.

— Pourvu que, dit le père.

Personne n'en dit plus mais tout le monde pensa à l'infortunée qui, peut-être ; et on se signa.

La petite observait tout cela du fond de langes de batiste fine, avec des dentelles d'une façon inconnue au pays où il y avait brodés une croix qui réchauffa le cœur des mémères et deux mots dans une langue inconnue qui les effrayèrent fort. Deux mots sur lesquels l'attention de tous se concentra en vain jusqu'à ce qu'arrive le Jeannot, le préposé des postes qui, par la circonstance de la guerre, celle dont vingt et un hommes du village n'étaient pas revenus et pourquoi on avait un monument face la mairie et l'église, était allé autrefois très bas dans le territoire qu'on appelait Europe — lequel n'avait d'autre localisation, dans l'esprit des sauveteurs, que celle des taches roses, bleues, vertes et rouges de la carte de la salle communale, car qu'est-ce que l'Europe quand des frontières strictes séparent des villages qui ne croisent qu'à trois lieues des autres ?

Or le Jeannot, qui venait d'arriver tout coiffé de flocons et à qui la mère avait servi son café avec une grande rasade de goutte, regarda l'inscription brodée au coton satiné et dit :

— Pardi, c'est de l'espagnol.

— T'en es sûr ? demanda le père.

Le gaillard hocha vigoureusement un nez tout embrumé de goutte.

— Et qui veut dire ? demanda encore le père.

— Comment savoir ? répondit le Jeannot qui ne parlait pas le barbare.

Ils hochèrent tous la tête et digérèrent la nouvelle à l'aide d'un nouveau comptant de goutte.

C'était donc une petite qui venait des Espagnes ?
Ça alors.

Pendant ce temps, les femmes qui, elles, ne buvaient pas, étaient allées quérir la Lucette qui sortait de couches et donnait à présent son lait à deux petiots nichés contre deux seins aussi blancs que la neige du dehors, et on regardait sans une once de malice ces deux seins beaux comme des pains de sucre qu'on avait envie de licher tout pareil, en sentant qu'une sorte de paix se faisait dans le monde parce qu'on avait là deux petits pendus à des mamelles nourricières. Après qu'elle eut bien tété, la petite fit un joli petit rot, rond comme une bille et aussi sonore qu'un clocher, et tout le monde éclata de rire et se tapa fraternellement sur l'épaule. On se détendit, la Lucette refit son corsage et les femmes servirent du pâté de lièvre sur de larges tranches de pain réchauffées dans la graisse d'oie, parce qu'elles savaient que c'était le péché de monsieur le curé et qu'elles avaient en tête de garder la demoiselle dans une maison chrétienne. Au reste, cela ne fit pas les problèmes qu'on aurait ailleurs si une petite hispanique venait à débouler comme ça sur le perron d'un quidam.

— Eh ben, dit le père, m'est avis que la petite est chez elle, et il regarda la mère qui lui sourit, il regarda chacun des convives dont le regard repu traînait sur les nourrissons installés dans une couverture sur le côté du grand poêle, et

23

il regarda enfin monsieur le curé qui, auréolé de pâté de lièvre et de graisse d'oie, se leva et s'approcha du poêle.

Tous se levèrent.

On ne répétera pas ici une bénédiction de curé de campagne ; tout ce latin, alors qu'on aimerait bien savoir un peu d'espagnol, nous rendrait trop confus. Mais ils se levèrent, le curé bénit la petite et chacun sut que la nuit de neige était une nuit de grâces. On se souvenait du récit d'un aïeul qui leur avait parlé d'un gel à en périr d'effroi autant que de froid quand on en était à la dernière campagne, celle qui les ferait victorieux et damnés à jamais du souvenir de leurs morts — la dernière campagne alors que les colonnes avançaient dans un crépuscule lunaire où lui-même ne savait plus si les chemins de son enfance avaient jamais existé, et ce noisetier du tournant, et les essaims de la Saint-Jean, non, il ne savait plus rien, et tous les hommes comme lui, car il faisait si froid, là-bas, si froid... on ne peut imaginer ce que fut ce destin. Mais à l'aube, après une nuit de malheur où le froid terrassait des braves que l'ennemi n'avait pas su abattre, il s'était mis soudain à neiger et cette neige... cette neige, c'était la rédemption du monde car il ne gèlerait plus sur les divisions et on sentirait bientôt sur son front la tiédeur miraculeuse des flocons du redoux.

La petite n'avait pas froid, pas plus que les soldats de la dernière campagne ou les gars qui avaient atteint la clairière et, cois comme des chiens d'arrêt, contemplaient la scène. Plus tard, ils ne se rappelleront pas clairement ce qu'ils voient aussi nettement qu'en plein jour et, à toutes les questions, ils répondront du ton vague de qui cherche en soi un souvenir emmêlé. La plupart du temps, ils diront seulement :

— Y avait la petiote au milieu d'un fichu blizzard mais elle était bien vivante et bien chaude et elle causait avec une bête qu'est partie après.

— Quelle bête ? demanderont les femmes.

— Ah, une bête, répondront-ils.

Et comme on est au pays où le bon Dieu et la légende, etc., on s'en tiendra à cette réponse et on continuera seulement de veiller sur l'enfant comme sur le Saint-Sépulcre lui-même.

Une bête singulièrement humaine, ainsi que chacun le sentait en regardant des ondes aussi visibles que la matière tournoyer autour de la petite, et c'était un spectacle inconnu qui leur faisait un curieux frisson, comme si la vie s'ouvrait soudain en deux et qu'on pouvait enfin regarder au-dedans. Mais que voit-on au-dedans de la vie ? On voit des arbres, du bois, de la neige, un pont peut-être, et des paysages qui passent sans que l'œil ne puisse les retenir. On voit le labeur et la brise, les saisons et les peines, et chacun voit un tableau qui n'appartient qu'à son cœur, une courroie de cuir dans une boîte en fer-blanc, un coin de champ où il y a des aubépines par légions, le visage ridé d'une femme aimée et le sourire de la petite qui conte une histoire de rainettes. Puis on ne voit plus rien. Les hommes se souviendront que le monde a brusquement retombé sur ses pieds dans une déflagration qui les a laissés tout ballants — après quoi ils ont vu que la clairière était lavée de brumes, qu'il y neigeait à se noyer et que la petite se tenait seule au centre du cercle où il n'y avait d'autres traces que les siennes. Alors tout le monde est redescendu jusqu'à la ferme où on a installé l'enfant devant un bol de lait brûlant et où les hommes ont débarrassé leurs fusils à la hâte parce qu'il y avait là une fricassée de bolets avec du pâté de museau et dix bouteilles de vin de garde.

Voilà l'histoire de la petite fille qui tenait bien serrée une patte de sanglier géante. Au vrai, personne ne saurait tout à fait en expliquer le sens. Mais il faut dire encore une chose, les deux mots qu'il y avait brodés au revers de la batiste blanche dans un bel espagnol sans complément ni logique que la petite apprendra lorsqu'elle aura déjà quitté le village et enclenché les manœuvres du destin — et avant cela il faut dire aussi autre chose : tout homme a le droit de connaître le secret de sa naissance. C'est ainsi qu'on prie dans nos églises et dans nos bois et qu'on s'en va courir le monde parce qu'on est née dans la nuit de neige et qu'on a hérité de deux mots qui viennent des Espagnes.

Mantendré siempre[1].

1. Je maintiendrai toujours.

La petite des Italies

Ceux qui ne savent pas lire entre les lignes de l'existence retiendront seulement que la petite avait grandi dans un village perdu des Abruzzes entre un curé de campagne et sa vieille bonne illettrée.

La demeure du père Centi était une haute bâtisse avec, au-dessous des caves, un jardin de pruniers où on étendait le linge aux heures fraîches pour qu'il sèche longtemps dans le vent des montagnes. Elle se trouvait à mi-hauteur du village, lequel montait en flèche vers le ciel de sorte que les rues s'entortillaient autour de la colline comme les fils d'une pelote serrée où on aurait posé une église, une auberge et ce qu'il fallait de pierre pour abriter soixante âmes. Après qu'elle avait couru tout le jour au-dehors, Clara ne rentrait jamais au foyer sans traverser le verger où elle priait les esprits de l'enclos de la préparer au retour dans les murs. Puis elle se rendait aux cuisines, une longue salle basse augmentée d'une réserve qui sentait la prune, le vieux confiturier et la poussière noble des caves.

De l'aube au couchant, la vieille bonne y contait ses histoires. Au curé, elle avait dit qu'elle les tenait de sa grand-mère mais, à Clara, que les esprits du Sasso les lui soufflaient dans son sommeil, et la petite savait la vraisemblance de la confidence pour avoir entendu les récits de Paolo qui les recueillait lui-même auprès des génies des alpages. Mais elle n'en prisait les figures et les tours que pour le velours et le chant de la voix de la conteuse, car cette femme fruste que deux mots seulement sauvaient de l'anal-phabétisme — elle ne savait écrire que son nom et celui de son village et, à la messe, ne lisait pas les prières mais les récitait de mémoire — avait une diction qui contrastait d'avec la modestie de cette cure reculée des épaulements du Sasso. De fait, il faut se figurer ce qu'étaient les Abruzzes de l'époque dans la partie montagneuse où vivaient les protecteurs de Clara : huit mois de neige entrecoupés de tempêtes sur des massifs coincés entre deux mers où il n'était pas rare que l'on vît quelques flocons dans l'été. Avec ça, une vraie pauvreté, celle des pays où on ne fait que cultiver la terre et élever des trou-peaux qu'on emmène à la belle saison jusqu'au plus haut point des versants. Peu de monde, par conséquent, et encore moins sous la neige quand tous s'en sont allés accompagner les bêtes sous le soleil des Pouilles. Il reste au village des paysans durs à l'ouvrage qui cultivent ces lentilles sombres qui ne croissent qu'en sol pauvre, et des femmes valeureuses qui prennent soin dans le froid des enfants, des dévotions et des fermes. Mais si vent et neige sculptent les gens de ces terres en arêtes de roche dure, ils sont aussi façonnés par la poésie de leurs paysages qui fait composer aux bergers des rimes dans les brouillards glacés des alpages et accoucher les tempêtes de hameaux suspendus à la toile du ciel.

Aussi la vieille femme, dont la vie s'était passée entre les murs d'un village arriéré, avait-elle dans la voix une soie qui lui venait des fastes de ses paysages. La petite en était certaine : c'était le timbre de cette voix qui l'avait éveillée au monde, quoiqu'on l'assurât qu'elle n'était alors qu'un nourrisson affamé sur la plus haute marche du perron de l'église. Mais Clara ne doutait pas de sa foi. Il y avait un grand vide de sensations, une absence festonnée de blancheur et de vent ; et il y avait la cascade mélodieuse qui transperçait le néant et qu'elle retrouvait chaque matin quand la vieille bonne lui souhaitait le bonjour. De fait, la petite avait appris l'italien à la vitesse du miracle, mais ce qui laissait dans son sillage un parfum de prodige, Paolo le berger l'avait compris différemment et, en douce, un soir de veillée, lui avait murmuré : *c'est la musique, petite, hein, c'est la musique que tu entends ?* À quoi, en levant vers lui ses yeux aussi bleus que les torrents du glacier, elle avait répondu par un regard où chantaient les anges du mystère. Et la vie coulait sur les pentes du Sasso avec la lenteur et l'intensité des contrées où tout demande de la peine et prend pareillement son temps, dans le cours de ce rêve révolu où les hommes ont connu la langueur et l'âpreté entrelacées du monde. On travaillait beaucoup, on priait autant et on protégeait une petite qui parlait comme on chante et savait causer aux esprits des rochers et des combes.

Une fin d'après-midi de juin, on frappa à la porte de la cure et deux hommes entrèrent aux cuisines en s'épongeant le front. L'un d'eux était le frère cadet du curé, l'autre le charretier qui avait conduit depuis L'Aquila la grande remorque à deux chevaux où on voyait une forme massive harnachée de couvertures et de sangles. Clara avait suivi des yeux le convoi qui progressait sur la route du nord tandis qu'elle se tenait après le déjeuner sur le raidillon au-dessus du village d'où on pouvait embrasser la vue des deux vallées en même temps que, par jour clair, Pescara et la mer. Lorsqu'il avait été près d'atteindre la dernière montée, elle avait dévalé les pentes et était arrivée à la cure le visage illuminé d'amour. Les deux hommes avaient laissé la charrette devant le porche de l'église et grimpé jusqu'au jardin de pruniers où on s'était embrassé et où on avait rincé un verre du vin blanc frais et sucré qu'on servait aux jours chauds, à quoi on avait ajouté quelques victuailles de reconstitution — puis, en remettant à plus tard le souper, on s'était essuyé la bouche au revers de ses manches et on avait rallié l'église où attendait le père Centi. Il avait fallu le renfort de deux autres hommes pour installer la grande forme dans la nef et entreprendre de la libérer de ses liens, alors que le village commençait de se répandre entre les bancs de la petite église et qu'il y avait dans l'air une douceur qui coïncidait avec l'arrivée de ce legs inattendu de la ville. Mais Clara s'était reculée, immobile et muette, dans l'ombre d'une colonne. Cette heure était son heure, comme elle le savait à ce qu'elle avait ressenti au moment où elle avait découvert le point mouvant sur la route du nord, et si la vieille bonne lui avait aperçu au visage une exaltation d'épousée, c'est qu'elle se sentait au seuil de noces familières et étranges. Quand la dernière sangle fut détachée et qu'on put enfin voir l'objet, il y eut un murmure de satisfaction suivi d'une salve d'applaudissements, car c'était un beau piano, noir et aussi poli qu'un galet, presque sans éraflures lors qu'il avait déjà beaucoup voyagé et vécu.

Voici quelle en était l'histoire. Le père Centi venait d'une famille fortunée de L'Aquila dont la descendance s'étiolait puisqu'il s'était fait prêtre, que deux de ses frères étaient morts précocement et que le troisième, Alessandro, qui expiait chez sa tante les errements d'une vie romaine dissolue, ne s'était jamais décidé à prendre femme. Le père des deux frères était mort avant la guerre en laissant à sa veuve un inattendu contingent de dettes et une maison trop cossue pour la femme pauvre qu'elle était devenue en un jour. Quand les créanciers eurent terminé de frapper à sa porte, elle se retira au même couvent où elle mourut quelques années plus tard, longtemps avant que Clara n'arrivât au village. Or, au moment de quitter la vie séculière pour la réclusion définitive, elle avait fait porter chez sa sœur, une vieille fille qui vivait près des remparts, le seul vestige de sa gloire passée qu'elle avait conservé en dépit des vautours, et lui avait demandé d'en prendre soin pour les petits-enfants qui lui viendraient peut-être sur cette terre. *Je ne les connaîtrai pas mais ils le recevront de moi, et maintenant je m'en vais et te souhaite bonne vie*, avait fidèlement retranscrit la tante dans son testament, en léguant le piano à celui de ses neveux qui aurait descendance au jour où elle mourrait à son tour, et en ajoutant : *faites comme elle voulait*. Ce que le notaire, qui avait eu vent de l'arrivée d'une orpheline à la cure, avait pensé bien accomplir en priant Alessandro d'escorter l'héritage jusqu'à la demeure de son frère. Comme le piano était resté au grenier pendant la guerre sans qu'on ne songe à le redescendre ensuite, le même notaire prévint par lettre qu'il faudrait l'accorder quand il arriverait, à quoi le curé répondit que l'accordeur qui faisait une fois l'an la tournée des bourgs du voisinage avait été mandé de faire un détour par le village aux premiers jours de l'été.

Et on contemplait le beau piano qui brillait sous les vitraux, et on riait, on commentait et on se laissait aller à la gaieté de cette belle soirée de la fin du printemps. Mais Clara se taisait. Elle avait déjà entendu jouer de l'orgue aux services funéraires de l'église voisine où la vieille bigote qui exécutait les pièces liturgiques était aussi dure d'oreille qu'elle était piètre musicienne — et il faut dire que les accords qu'elle plaquait sans les entendre n'étaient probablement pas mémorables eux-mêmes. Clara préférait au centuple la mélopée que Paolo arrachait à sa flûte des montagnes et qu'elle trouvait plus juste et plus puissante que les fracas de l'orgue dédiés à la gloire du Très-Haut. Or, quand elle avait aperçu la charrette en contrebas des lacets de la longue route, son cœur avait bondi d'une manière qui annonçait un événement extraordinaire. À présent que l'objet se tenait devant elle, le sentiment s'en accroissait vertigineusement et Clara se demandait comment elle pourrait supporter l'attente puisqu'on avait dit, au regret de ceux qui auraient aimé un avant-goût des plaisirs, qu'on ne toucherait pas l'instrument avant qu'il ne fût accordé. Mais on respectait le décret du berger des consciences et on se préparait plutôt à une belle soirée à savourer le vin sous la clémence des étoiles.

Au demeurant, elle fut splendide. On avait dressé la table sous les pruniers du verger et on avait convié à souper les vieux amis d'Alessandro. Il avait été très beau, dans le passé, et on voyait encore sous les marques du temps et des excès d'antan la finesse des traits et le modelé altier du visage. Plus encore, il parlait l'italien avec une égalité de ton qui n'en amoindrissait pas la mélodie, et il contait toujours des histoires avec des femmes très belles et des après-midi sans fin où on fume sous l'auvent en conversant avec des poètes et des sages. Ce soir, il avait entamé un récit qui se passait dans des salons parfumés où on offrait des cigares fins et des liqueurs dorées, et dont Clara ne comprenait pas le sens tant lui en étaient inconnus les décors et les mœurs. Mais au moment où il allait aborder une chose mystérieuse du nom de concert, la vieille bonne l'interrompit en disant : *Sandro, al vino ci pensi tu ?* Et l'homme affable dont toute la vie avait été brûlée en quelques années de jeunesse incandescente et fastueuse s'en fut à la cave chercher quelques bouteilles qu'il ouvrit avec la même élégance qu'il avait mise à saccager sa vie et, aux lèvres, le même sourire qu'il avait toujours opposé au désastre. Alors, sous les rayons dont une lune chaude embrasait par pans dérobés à l'obscurité la table du dîner à la cure, il fut pendant un instant le jeune homme flamboyant du passé. Puis les cendres de la nuit recouvrirent l'expression dont tous avaient été saisis. Au loin, on voyait des lumières accrochées dans le vide et on savait que d'autres versaient le vin de l'été en remerciant le Seigneur de l'offrande du crépuscule tiède. Il y avait des coquelicots nouveaux dans toute la montagne, et une petite plus blonde que les herbettes à qui le curé apprendrait bientôt son piano comme il se fait avec les demoiselles de la ville. Ah… pause et respiration dans l'incessante roue des labeurs… cette nuit était une grande nuit et tous ici le savaient.

Alessandro Centi resta à la cure les jours qui suivirent l'arrivée du piano et ce fut lui qui accueillit l'accordeur dans les premières chaleurs de juillet. Clara suivit les deux hommes jusqu'à l'église et regarda en silence l'homme qui déballait ses outils. Les premières frappes sur les touches désaccordées lui firent la sensation conjointe d'une lame aiguisée et d'un évanouissement voluptueux, et Alessandro et l'accordeur causaient et plaisantaient alors que sa vie basculait dans les tâtonnements de l'ivoire et du feutre. Puis Alessandro s'assit devant le clavier, posa devant lui une partition et joua assez bien, malgré les années de disette. À la fin du morceau, Clara vint à côté de lui et, lui montrant la partition du doigt, lui fit signe d'en tourner les pages. Il lui sourit avec amusement mais quelque chose dans son regard le frappa et il tourna les pages comme elle avait demandé. Il les tourna lentement puis il recommença du début. Quand ce fut terminé, elle dit : *joue encore*, et il joua encore une fois le morceau. Après quoi, personne ne parla. Alessandro se leva et partit chercher dans la sacristie un gros coussin rouge qu'il installa sur le tabouret de velours. *Tu veux jouer ?* demanda-t-il d'une voix rauque.

Les mains de la petite étaient fines et gracieuses, plutôt larges pour une enfant qui n'avait fêté ses dix ans qu'en novembre, et extrêmement déliées. Elle les tint au-dessus des touches comme il fallait pour entamer le morceau mais les laissa en suspens pendant un instant où les deux hommes eurent le sentiment qu'un vent ineffable soufflait dans l'espace de la nef. Puis elle les posa. Alors une tempête balaya l'église, une vraie tempête qui fit s'envoler les feuilles et rugit comme une vague qui monte et retombe sur l'amer des rochers. Enfin, l'onde passa et la petite joua.

Elle joua lentement, sans regarder ses mains et sans se tromper une seule fois. Alessandro tourna pour elle les pages de la partition et elle continua de jouer avec la même inexorable perfection, à la même vitesse et avec la même justesse, jusqu'à ce que le silence se fasse dans l'église transfigurée.

— Tu lis ce que tu joues ? demanda Alessandro après un long moment.
Elle répondit :
— Je regarde.

— Tu peux jouer sans regarder ?

Elle hocha la tête.

— Tu regardes seulement pour apprendre ?

Elle hocha encore la tête et ils se regardèrent avec indécision, comme si on leur avait donné un cristal si délicat qu'ils ne savaient de quelle manière le déposer dans leur paume. Du cristal, Alessandro Centi avait fréquenté autrefois les transparences et les vertigineuses puretés et il en connaissait ensemble les jouissances et les épuisements. Mais l'existence qu'il menait désormais ne lui renvoyait plus l'écho de ses ivresses passées que par les trilles des oiseaux de l'aube ou les grandes calligraphies des nuages. Aussi, quand la petite avait commencé à jouer, la douleur qu'il avait ressentie avait-elle courtisé un chagrin dont il ne savait même plus qu'il vivait en lui-même… brève réminiscence de la cruauté des plaisirs… au moment où il demanda : *tu regardes pour apprendre,* Alessandro sut la réponse que Clara lui ferait.

On fit venir le père Centi et sa bonne, et on prit avec soi toutes les partitions qu'Alessandro avait apportées de la ville. Le curé et la vieille femme s'assirent sur le premier banc des fidèles et Alessandro demanda à Clara de rejouer le morceau de mémoire. Quand elle commença à jouer, le saisissement tassa comme un coup de marteau les deux arrivants sur eux-mêmes. Puis la vieille bonne se signa une centaine de fois alors que Clara avançait dans le morceau à un rythme deux fois plus rapide puisqu'à présent se célébraient les vraies noces et qu'elle lisait les unes après les autres les partitions qu'Alessandro lui donnait. Il sera raconté plus tard de quelle façon Clara jouait et en quoi la rigueur de l'exécution n'était pas le vrai miracle de ces épousailles de juillet. Qu'on sache seulement qu'à l'instant d'aborder une partition bleue qu'Alessandro avait posée devant elle avec solennité, elle prit une respiration qui fit aux présents la sensation d'une brise de montagne égarée sous les cintres des grandes arches. Puis elle joua. Les larmes coulaient sur les joues d'Alessandro sans qu'il cherchât à les retenir. Une image passa, si précieuse qu'elle pouvait le traverser sans qu'il ne l'oubliât plus, et dans la vision fugace de ce visage sur fond d'un tableau où sanglotait une femme qui tenait contre son sein le Christ, il s'apprit à lui-même qu'il n'avait pas pleuré de dix ans.

Il repartit le lendemain en disant qu'il reviendrait dans les premiers jours d'août. Il s'en fut et revint comme il avait dit. Une semaine après son retour, un homme grand et un peu voûté frappa à la porte de la cure. Alessandro descendit l'accueillir aux cuisines et ils s'étreignirent comme des frères.

— Sandro finalement, dit l'homme.

Clara était restée immobile sur le seuil de la porte arrière. Alessandro la prit par la main et l'amena devant le grand homme voûté.

— Je te présente Pietro, dit-il.

Ils se regardèrent avec une mutuelle curiosité pour la raison opposée qu'il avait entendu parler d'elle et qu'elle ne savait rien de lui. Puis, sans la quitter des yeux, Pietro dit à Alessandro :

— Tu m'expliqueras, à présent ?

C'était une belle fin d'après-midi et il y avait du monde sur le seuil des maisons tandis que le trio descendait la rue de l'église. On regardait les deux hommes qui, quoique l'on connût l'un d'eux, étaient tout de même singuliers, de mise autant que de façons, et quand ils avaient passé, on se levait pour les suivre pensivement du regard. Puis Clara joua et Pietro comprit la longue route qui l'avait mené de Rome à ces escarpements déshérités du Sasso. Au moment où elle frappa la dernière note, il eut un vertige d'une prodigieuse intensité qui le fit chanceler puis explosa en un bouquet d'images qui disparut presque aussitôt — mais la dernière resta gravée en lui longtemps après qu'il eut quitté le village et il regarda avec déférence la petite si frêle par où le miracle de cette renaissance était advenu et au visage de laquelle se superposait celui d'une femme qui riait dans le clair-obscur d'un jardin oublié.

Elle joua jusqu'à la tombée du jour. Alors un grand silence nappa les voûtes de l'église où un piano naufragé était venu à elle dans l'été qui précédait ses onze ans. Voyez-vous, c'est un conte, bien sûr, mais c'est la vérité aussi. Qui peut démêler ces choses ? Personne, en tout cas, de ceux qui ont entendu l'histoire de cette gamine qu'on avait trouvée dans un village perdu des Abruzzes entre un curé de campagne et sa vieille bonne ignorante. La seule chose que l'on sait, c'est qu'elle s'appelait Clara Centi et que l'histoire ne s'est pas arrêtée là parce que Pietro n'était pas venu de si loin écouter jouer une petite un peu sauvage pour repartir ensuite avec indifférence pour Rome. Aussi dirons-nous une dernière chose avant que nous ne les suivions dans la grande ville où se prépare maintenant la guerre, ce que le même Pietro dit à Clara dans le secret de l'église après qu'elle eut joué la dernière partition.

Alle orfane la grazia[1].

1. Aux orphelines la grâce.

ARCHERS

les sans racines la dernière alliance

– Angèle –

Les flèches noires

La petite, qu'on avait prénommée Maria pour rendre un double honneur, à la Sainte Vierge d'abord, aux mots qui venaient des Espagnes ensuite, grandissait à la ferme sous la protection de quatre vieilles redoutables qui avaient le chapelet facile et aussi l'œil du Seigneur, comme on dit des mémères auxquelles rien n'échappe à vingt lieues à la ronde, bien qu'elles ne quittent leurs foyers que pour l'enterrement d'un cousin ou les noces d'une fillotte qui, aussi loin qu'on s'en souvienne, n'ont jamais vraiment débordé les frontières du pays.

Pour sûr, c'étaient là des femmes. La plus jeune cuvait tout juste ses quatre-vingt-un ans et se taisait respectueusement quand ses aînées statuaient sur la salaison du cochon ou la cuisson des feuilles de sauge. L'arrivée de la petite n'avait pas changé grand-chose au cours de jours consacrés aux activités pieuses et laborieuses qui, en terre chrétienne, sont le lot des femmes de bien ; on s'occupait juste de lui tirer tôt le premier lait et de lui lire l'Histoire sainte, quand on ne faisait pas sécher les grandes armoises en lui apprenant les simples dont il fallait énumérer, et dans l'ordre s'il vous plaît, les propriétés médicinales et morales. Non, l'arrivée de la petite n'avait en apparence guère modifié la configuration de mois et d'années bourrés jusque dans les coins des quatre denrées dont se nourrissaient les gens de ces terres, soit la dévotion, l'ouvrage, la chasse et partant la chère ; mais, en réalité, elle en avait transfiguré les heures et si on ne s'en était pas aperçu tout de suite, c'est que son action avait pris son temps comme ses pouvoirs propres se déployaient et s'aguerrissaient sans qu'elle ne le sût elle-même. Mais il se fit bien des printemps féconds et bien des hivers somptueux dont personne ne songea qu'ils pussent être en lien avec la première nuit de neige, de même que l'amplification des dons des mémères ne fut autrement commentée que comme une bénédiction des pays où les femmes prient abondamment, sans qu'il ne vînt à l'esprit de quiconque que ces vieilles et merveilleuses toupies dussent leur excédent de talent à deux mots espagnols.

La plus suspicieuse des quatre vieilles était la tantine Angèle, la sœur de la grand-mère paternelle, une lignée réputée pour ses femmes menues comme souris mais plus coriaces en volonté qu'un débuché de sangliers. Angèle venait de la lignée, et elle en avait même rajouté un petit coup en cultivant une forme spéciale d'obstination qui, sans intelligence, eût été absconse mais qui, puisqu'elle était vive comme le courant, libérait un surplus de sagacité qu'elle employait à comprendre le monde sans y mettre les pieds. Depuis le début, on le sait, Angèle flairait que la petite était en quelque façon magique. Après l'épisode de la bête dont les hommes n'étaient pas fichus de dire à quoi elle ressemblait mais dont elle aurait juré que ce n'était pas une bête, elle n'en douta plus et se forgea par-dessus le marché la certitude, alimentée chaque jour de nouveaux greffons de preuve, que la petite, en sus d'être magique, était aussi très puissante. Et comme le savent d'évidence les vieilles qui ne connaissent pourtant du monde que trois collines et deux bois, elle tremblait de deviner que cela faisait de l'enfant une proie-née ; aussi récitait-elle pour elle chaque jour avant matines une couple d'Ave Maria et le même décompte de Pater, et surveillait-elle du coin de son œil du Seigneur chacune de ses allées et venues, le lait dût-il tourner dix fois sur un feu mal réglé.

Il s'était écoulé une année depuis la clairière du bois de l'est et cette année avait passé comme en rêve dans les calmes foulées du bonheur. Or, un matin de la fin de novembre, Angèle lança son œil du Seigneur en quête de l'enfant qu'on avait vue à l'aube se servir au cellier d'un morceau de fromage et partir en tourbillonnant vers ses arbres et ses leçons. Certains, qui ont oublié la vie qu'on a au contact d'une nature primitive, penseront à la métaphore et qu'il s'agit seulement d'aller causer voisine et, en vérité, ce maillage de nos campagnes, plus serré que cellules de rucher, a toujours existé. Mais l'œil du Seigneur va bien au-delà des gazettes villageoises et ressemble plutôt à une sonde qui permet de distinguer comme dans la pénombre des êtres ou des choses hors de portée immédiate de la vue. Bien sûr, rien de cela ne se disait dans le for intérieur de la tantine Angèle, et eût-on interrogé les mémères sur leur œil qu'elles auraient égrené leur chapelet et marmonné quelque chose de vague sur la clairvoyance des mères — car la magie, c'est le diable, dont elles se gardaient au prix du déni d'aptitudes qui, pour être avérées, n'en étaient pas moins peu chrétiennes.

La campagne, ce matin-là, était étincelante. Il avait gelé aux premières heures du jour et le givre crépitait d'un bout à l'autre du pays ; alors le soleil s'était levé d'un coup sur la terre ajustée d'une nappe qui scintillait comme une mer de lumière. Aussi, quand Angèle lança son œil sur les champs dressés de givre et trouva presque immédiatement la petite à l'orée d'une futaie à l'est de la ferme, elle ne fut pas surprise de la clarté de sa vision et s'abîma un instant dans la contemplation de la scène, fort belle en vérité, parce que Maria se détachait sur un fond d'arbres gainés de blanc arqués au-dessus de sa tête comme des ogives de diamant. Or, contempler cela n'est pas pécher puisque ce n'est pas oisiveté mais louange des œuvres du Seigneur — il faut dire qu'il y avait en ce temps-là, dans ces campagnes où l'on vivait très simplement, une facilité à effleurer du doigt la joue du divin qui venait de ce qu'on avait commerce quotidien avec les nuages, les pierres et de grandes aubes mouillées qui lançaient vers la terre des transparences par salves. Ainsi, dans sa cuisine, Angèle, les yeux dans le vague, souriait à la vision de la petite à la lisière de ce joli bosquet en homélie de glace fraîche quand une prise de conscience soudaine la fit violemment sursauter. Comment avait-elle pu manquer cela ? Elle se fit brutalement la remarque que cette clarté n'était pas habituelle et que les arches lumineuses et cathédrales de diamants avaient masqué que la petite n'était pas seule et, partant, qu'elle était possiblement en danger. Elle n'hésita pas même le temps d'un soupir. La mère et les autres mémères étaient parties tôt à un enterrement dont elles ne reviendraient pas avant deux bonnes heures. À la ferme voisine, elle ne trouverait que la Marcelotte parce que tout ce que le village comptait d'hommes avait rallié ce matin la première des grandes chasses de l'hiver. Quant au curé qu'elle aurait pu aller quérir en courant jusqu'au presbytère, il lui parut dans toute la splendeur de sa belle panse remplie de graisse d'oie et (elle se fit promesse d'expier plus tard cette pensée impie) radicalement inapte à lutter contre les forces obscures de l'univers.

En ces temps ignorants de la tiédeur coupable des foyers du progrès, Angèle portait trois corsages et sept jupes et jupons, à quoi elle ajouta une lourde pèlerine de drap avant de sortir ainsi cuirassée, la coiffe bien serrée sur les trois cheveux qui lui restaient, dans la lumière traîtresse de cette journée de péril. Le tout, c'est-à-dire la mémère additionnée de ses huit couches d'hiver, de ses sabots, de trois chapelets et d'une croix d'argent au bout d'une chaînette, sans oublier la coiffe à rubans sur laquelle elle avait enfilé une mantille de gros feutre, ne devait pas peser ses quarante kilos et, par le fait, ses quatre-vingt-quatorze printemps semblaient voler au-dessus des chemins de terre au point qu'on n'entendait pas le crissement que font d'habitude les semelles sur les feuilles de givre et qu'elle débarla presque silencieusement, le souffle court et le nez cramoisi, sur le coin de champ qu'elle avait balayé auparavant de son œil. Elle eut à peine le temps d'apercevoir la petite qui criait quelque chose en direction d'un grand cheval gris aux reflets d'argent mat, et d'exhaler un son qui aurait voulu dire *par tous les Saints et la grande mansuétude de la Vierge Marie !* mais, au final, se résuma élégamment en *oh oh oh !* — et les ténèbres fondirent sur le champ. Oui, un ouragan s'abattit sur la petite et l'intrus, et aurait basculé Angèle sur son arrière-train si elle ne s'était pas agrippée à un de ses chapelets qui, croyez-le ou non, s'était instantanément transformé en bâton. Un miracle.

Ainsi la tantine brandissait son chapelet dans l'orage et maudissait la barrière de tourbillons opaques qui la séparait de Maria. Elle avait perdu sa mantille et sa coiffe à rubans, et ses deux nattes blanches aux fils aussi fins que ceux d'une araignée se dressaient tout droit sur un crâne qu'elle agitait de frustration dans l'adversité des vents. *Oh oh ! Oh oh !* répétait-elle, et cela, cette fois, voulait dire : *n'y venez pas à nous prendre la petiote ou je vous ratiboise vos faces de méchantes gens.* On saura qu'un sabot lancé droit devant par une mémère indignée peut ouvrir une voie dans les trombes, un peu à la manière de Moïse qui eut peut-être aussi tous ses jupons retournés, jusqu'au dernier qui était aussi rouge que la mer du grand livre. Quand elle vit la brèche ouverte par son sabot, Angèle y sauta comme un cabri et atterrit toutes étoffes par-dessus cul dans un furieux maelström dont les courants claquaient autour d'elle. Mais les trombes qui masquaient sa vue et l'empêchaient de rejoindre la petite évoluaient à présent autour de ce magma d'énergie et (elle le comprit dans un éclair de conscience qui jamais ne se traduirait en mots) le maintenaient comme dans une cocotte à vapeur. Elle écarquilla ses yeux de myope et, se servant du chapelet devenu bâton, tenta de se lever et de rassembler ses jupons. Les robes de Maria tourbillonnaient dans le flux hurlant et elle criait quelque chose au cheval gris qui avait reculé jusqu'à l'orée des arbres car il y avait entre eux une ligne noire faite de fumées qui grondaient comme le tonnerre et s'épaississaient en tournant. Mais le cheval était lui aussi environné de brumes qui palpitaient délicatement devant sa noble tête aux naseaux vernissés ; il était très beau, d'une robe de mercure miroitant au crin strié de minces fils d'argent que la tantine, quoique myope comme une taupe, ne s'étonna guère de distinguer à vingt pas (ce qui, après le chapelet, était de la petite bière). La petite continuait de crier quelque chose qu'elle n'entendait pas mais les fumées noires étaient plus fortes que le désir du cheval de rejoindre Maria, et dans le geste qu'il fit dans sa direction, la tête arquée avec compassion pour dire l'apaisement en même temps que les adieux, elle lut la tristesse mais l'espoir également, quelque chose qui disait : *nous nous reverrons* — et elle eut stupidement (nous sommes tout de même au milieu des éclairs) envie de pleurer et de se moucher longuement.

Et il disparut.

Il y eut quelques secondes où leur sort sembla incertain aux deux âmes prises dans le maelström sombre. Puis il se fit un affreux sifflement, les nuées s'éclaircirent, les fumées noires montèrent vers le ciel comme des flèches de mort et s'y dissipèrent dans un éclaboussement rageur. La campagne reprit sa parure de gemmes et de sel dans un silence pétrifié, jusqu'à ce que la tantine reprenne ses esprits et serre la petite à l'étouffer contre sa pèlerine de gros drap.

Ce soir-là, on fit venir les hommes à la ferme. Les femmes préparaient le dîner et on attendait le père qui avait fait plus tôt une brève apparition (augmentée de deux lièvres et de la promesse de beaux morceaux de cochon) au cours de laquelle on lui avait conté les fantaisies de la journée, en conséquence de quoi il était reparti toquer à quelques portes pendant que les femmes mettaient le couvert pour quinze. D'ordinaire, on eût dîné de soupe, de lard, d'un demi-fromage par paire de pieds et d'un peu de la pâte de coings d'Eugénie — au lieu de cela, on s'affairait à un civet et à une tourte aux girolles desquelles on venait d'ouvrir trois bocaux de l'année. Maria, assise devant une belle poire avec une coulée de miel qui sentait le thym que les abeilles avaient butiné tout l'été, se taisait. On avait tenté quelques questions mais on y avait renoncé en s'inquiétant de l'éclat un peu fiévreux de ses pupilles noires et en se demandant ce qu'elle avait crié au cheval gris des brumes. Mais du récit d'Angèle, on ne doutait pas, et le dîner se lança dans un grand brouhaha qui causait de chapelets, de tempête et des jours de la fin de novembre, au milieu duquel Angèle dut répéter une demi-douzaine de fois un récit détaillé qu'elle mit un point d'honneur à ne pas faire dévier d'une virgule.

Un récit détaillé mais qui n'était pas tout à fait complet, ainsi que l'observait Maria qui, assise devant sa poire, se taisait et songeait. Elle songeait qu'Angèle l'avait regardée en coin au moment d'aborder une certaine partie de l'histoire, celle où les fumées noires prenaient l'apparence de flèches effilées dont on savait en les regardant qu'elles étaient meurtrières. On les regardait, on le savait, un point c'est tout. Et Maria voyait que la tantine taisait l'horreur qu'avait gravée en son sein la vision funeste pour une série de raisons qui torturaient en elle l'amour de la vérité. Elle avait juste dit : *et les fumées sont parties au ciel comme ça et ont explosé d'un coup là-haut et le ciel est redevenu bleu* — puis elle s'était tue. Maria songeait. Elle songeait qu'elle savait beaucoup de choses que ces braves gens ignoraient, et qu'elle les aimait de toute la force qu'une enfant de onze ans peut jeter dans un amour qui ne naît plus seulement des attachements précoces mais aussi de la compréhension de l'autre dans ses grandeurs et ses indicibles misères. Si Angèle n'avait pas parlé de la force mortifère des flèches noires, c'est en partie parce qu'elle redoutait que les mots prononcés ne devinssent prédiction, en partie parce qu'elle ne voulait pas effrayer la petite dont elle ne savait pas si elle savait elle aussi, et en partie, enfin, parce qu'elle avait été autrefois une femme ardente. Quoique sa tantine ressemblât aujourd'hui à une noix desséchée nourrie d'immatérielle prière, Maria pouvait voir, parce qu'elle avait acquis depuis ses dix ans le don de connaître le passé en images, qu'elle avait été autrefois une jolie luciole que sa chair et son esprit destinaient aux vents de liberté. Elle pouvait voir qu'elle avait souvent passé le ruisseau les pieds nus et rêvé en observant le ciel ; mais elle voyait encore le temps et le destin, les lignes de fuite qui ne s'enfuient jamais, et elle savait que le feu d'Angèle était peu à peu rentré en elle-même et s'était concentré en un point désormais oublié. Mais la découverte de la petite des Espagnes sur le perron de la ferme avait revivifié le souvenir d'une chaleur qui avait autrefois coulé dans ses veines et dont la seconde vie commandait que Maria fût libre et ardente. Aussi Angèle redoutait-elle, si elle parlait des flèches de la mort, que l'on crût sage d'entraver le quotidien de la petite, et croyait-elle qu'elle pouvait la protéger — ou du moins l'espérait-elle plutôt que de laisser mettre aux fers une enfant qu'un après-midi tenue entre quatre murs eût tuée plus sûrement que toutes les flèches qu'un simple chapelet avait su repousser.

Maria songeait et les adultes causaient. Le vin de l'arrière-côte avait ramolli les hommes auxquels les bêtes fantastiques et les fumées noires ne paraissaient plus aussi menaçantes, mais on causait tout de même pour décider s'il fallait mobiliser la maréchaussée ou les exorciseurs, ou s'en remettre plutôt à l'ancestrale sagesse qui dit que la campagne protège du mal si le cœur est pur. Il suffisait aux hommes de regarder la tante Angèle dans le fauteuil à bascule où les femmes l'avaient installée d'autorité, Angèle dont la vieille figure réchauffée de civet et de vin semblait, sous sa nouvelle coiffe aux rubans myosotis, sculptée dans un beau bois mat à veines nobles, oui, il suffisait aux hommes de jeter un coup d'œil à la chère mémère pour contempler le courage dont sont bénies nos contrées — et il s'en trouvait même pour penser que c'étaient elles, les terres du bas pays, qui avaient façonné les femmes telles qu'on les voyait dans leurs fauteuils de vieillesse, des femmes qui, en dépit du four, du jardin, des poules, des vaches, des simples et des prières, prenaient sans hésiter mantille et chapelet pour s'en aller porter secours aux innocents en danger. Ce sont bien bonnes compagnes que nous avons, pensaient les hommes en sirotant leur vin, et c'est bien beau pays que le nôtre. Que la tourte aux girolles entrât pour une part dans l'assertion ne contredisait pas sa foncière sincérité car les hommes du bas pays aimaient leurs terres et leurs femmes, et connaissaient que les unes étaient entremêlées des autres aussi sûrement qu'ils appartenaient à leurs propres arpents et concevaient le labeur des récoltes et des battues comme un tribut qu'on paye à la magnanimité du sort.

Le curé, qui n'approuvait pas qu'on parlât d'exorciseurs et ne manquait d'ordinaire aucune occasion de morigéner ses ouailles, sentait que le combat contre la superstition se noyait dans la poire au miel qu'on lui avait servie avec un plein verre de bon vin. Mais c'était un brave homme qui aimait la chère parce qu'il était bienveillant (au lieu que d'autres ne sont tolérants que parce qu'ils pèchent sans cesse de chair) et il avait appris dès après le séminaire, en arrivant au village, que les gens de la terre déviaient rarement de leur foi et qu'il fallait choisir ses combats si l'on voulait être parmi eux. Or c'est ainsi exactement qu'il concevait son ministère : il voulait être parmi et non contre, et cela lui valait, en plus de la considération de ses administrés, des largesses séculières sous la forme des pâtés de lièvre et des confitures de coings qu'Eugénie savait transformer en provende princière.

C'est dans cette atmosphère paisible, tout le monde bien imprégné de la douceur du miel de thym et des tanins de nos vignes, que le Marcelot aborda un sujet qui lui parut venu tout à point :

— Depuis que la petiote est là, on a eu les plus belles saisons, pas vrai ?

Il y eut dans la salle bien chauffée où s'endormaient les mémères, où se reculaient au dossier de leurs chaises les hommes qui savouraient la goutte du bonsoir, où songeait Maria qui ne regardait personne mais observait tout, un long soupir, comme si la ferme elle-même inspirait puis exhalait une goulée d'air nocturne avant de retenir son souffle et d'attendre. Un grand silence se fit, tout empli du vacarme que font quinze corps qui propagent dans l'air environnant un haut flux d'affût et de concentration. Pourtant, on sentait couler dans cette pétrification subite un puissant flot de désir et on savait que chacun ne se figeait que dans l'attente d'une floraison longtemps espérée. Seule Maria semblait absente aux événements de la pièce mais les autres étaient bandés comme des arcs de Cheyennes (ainsi que l'image en vint à l'esprit du curé qui lisait en ce moment le livre d'un missionnaire parti chez les Indiens) et on n'aurait su dire, en cet instant de totale contraction, quelle allait en être la résolution.

Finalement, le Marcelot, qui n'en attendait pas tant, se racla la gorge et regarda le père avec un peu plus d'insistance. Ce fut le signal du redoux et tout le monde se mit à parler dans un beau désordre fébrile.

— Onze étés qu'on a des moissons si dorées, disait le maire.

— La neige toujours à point et, avec ça, du gibier comme s'il en pleuvait ! s'exclamait le Jeannot.

C'était vrai que les forêts du bas pays étaient les plus giboyeuses de la région, au point qu'on avait du mal à les tenir pour nous autres parce que les gars des pays voisins, privés de la même abondance, venaient régulièrement y étancher leur frustration.

— Et nos vergers sont si beaux, renchérissait Eugénie, des pêches et des poires comme au paradis !

À ce point, elle jeta un regard inquiet au curé mais c'est ainsi qu'elle se représentait le jardin d'Éden, avec des pêches dorées et veloutées comme le baiser d'un innocent et des poires si juteuses qu'on ne rajoutait du vin de cuisson que par faiblesse coupable (le vrai péché de la chose). Mais le curé avait d'autres préoccupations que celle de l'aspect des pêches du paradis selon une mémère au demeurant si dévote qu'elle aurait pu se les figurer bleues ou douées de parole, cela lui aurait été bien égal. Il voyait surtout que ses brebis avaient gardé par-devers elles des raisonnements qui tiraient franchement vers la magie. Pourtant, il était troublé. Tout curé de campagne qu'il fût, il était inhabituellement cultivé pour un homme d'une charge si modeste. Il avait la passion des récits d'exploration et il lui arrivait de sangloter sous la lampe au récit des souffrances endurées par les frères qui étaient allés porter la bonne parole aux Amériques. Mais il était avant tout passionné de plantes médicinales et aromatiques et il écrivait chaque soir, de sa belle écriture de séminariste, ses observations sur la dessiccation ou l'usage thérapeutique des simples au sujet desquels il possédait une impressionnante collection de gravures précieuses et d'ouvrages érudits. Et cette culture qu'il avait, parce qu'il était bon et curieux, faisait de lui un homme capable de douter qui ne brandissait pas son missel à chaque événement inhabituel mais l'abordait plutôt avec une circonspection raisonnée. Or, à propos de la prospérité du bas pays depuis onze années sonnantes, il se devait de reconnaître qu'elle était réelle, et plus que réelle, enchantée. Il suffisait de parcourir les chemins vicinaux, de noter combien les arbres étaient beaux et les labours profonds, l'abondance d'insectes qui butinaient et pollinisaient, et jusqu'à un nombre croissant de libellules dont Maria regardait dans le ciel d'été les essaims vibrants et compacts : car cette nébuleuse de bienfaits, cette débauche de fruits ambrés et de récoltes superbes se concentrait sur le village, ses passages et ses bois communaux, et cessait nettement au-delà d'une frontière invisible plus tangible aux habitants de ces lieux que celles des grands traités de l'Europe. On se souvenait ce soir-là d'un matin de printemps à deux années de cela où tout le monde était sorti sur les perrons et s'était écrié de surprise et de ravissement devant un immense tapis de violettes qui parait les champs et les talus de son inondation vaporeuse ; ou bien d'une aube de chasse quatre hivers plus tôt où les hommes, sortant dans l'air glacial avec leurs écharpes épaisses et leurs bonnets à oreilles, avaient eu l'étonnement de voir les rues du village noires de lièvres qui se dirigeaient vers les bois. Ce n'était arrivé qu'une fois, mais quelle fois ça avait été ! Les hommes avaient suivi les lièvres jusqu'au bois sans que personne n'imagine d'en tirer un sur le chemin, puis les animaux s'étaient dispersés et la chasse avait commencé normalement. Mais c'était comme si les bêtes avaient représenté leur propre abondance avant que les choses ne rentrent dans l'ordre connu.

Aussi le curé était-il troublé. La voix primitive en lui sentait comme un chien flaire la bête que Maria était une anomalie du monde qui ne devait rien à Dieu, et cette part secrète qui, chez l'homme d'Église, ne peut s'exprimer qu'au travers de pages sur la décoction curative des armoises ou l'application des orties en onguent, sentait également le lien entre l'apparition de la nouvelle-née et l'étonnante douceur qui choyait le pays. La fillette paraissait somnoler mais il perçut en elle une vigilance palpable, et il comprit qu'elle entendait et voyait tout ce qui l'entourait, et que sa distraction apparente venait de l'un de ces états dont on fait l'expérience dans la transe de la prière, quand l'esprit est détaché du corps mais qu'il enregistre le monde avec une acuité décuplée.

Il prit une profonde inspiration.

— Il y a là un mystère qu'il faudra éclaircir, dit-il en levant le petit godet de goutte qu'une main charitable avait calé à côté de ses reliefs de poire au miel. La petite est bénie et nous découvrirons comment.

Et après la résolution de ne point chapitrer de bonnes gens qui voulaient voir des bêtes fantastiques répandre des brumes jusque vers le grand Morvan, il prit également celle de parler avec Maria à la prochaine occasion. Ses paroles produisirent l'exact effet escompté : tout le monde fut assez satisfait de la reconnaissance du mystère par l'autorité spirituelle qu'on aimait bien gaver de museau mais qui n'en demeurait pas moins distincte et au-dessus de son cheptel, et assez satisfait aussi qu'il s'y ajoutât un sentiment de sûreté parce qu'on allait savoir un jour ou l'autre, et du bon Dieu lui-même, ce qui se tramait dans tout ça. Tout le monde, donc, fut *assez* satisfait de cette conclusion que le curé mettait à une constatation dont on était soulagé qu'elle fût exprimée, mais personne ne le fut *profondément*, et le curé en premier : on faisait là une pause acceptable dans l'éclaircissement des énigmes, on pouvait reprendre souffle et voir venir en quiétude, mais chacun savait qu'il faudrait un jour entrer dans un cercle de vie qui réserverait maints tumultes et surprises. La vraie foi, on le sait, se soucie peu des chapelles, elle croit en la collusion des mystères et broie de son syncrétisme candide les tentations trop sectaires.

– Gustavo –

Une voix de mort

Au début de septembre, deux mois avant les événements de la ferme française, Clara arriva à Rome sous l'escorte de Pietro.

S'en aller de ses montagnes lui avait été une douleur que la gloire des paysages traversés n'avait pu apaiser. Au plus loin que remontaient ses souvenirs, elle avait toujours souffert quand elle devait rentrer à la cure ; elle passait chaque fois par le jardin clos avant de pousser la porte des cuisines ; et comme ce sas planté de beaux arbres lui était aussi nécessaire que l'air, elle redoutait les murs de la ville plus que tout autre fléau de ses rêves. De fait, il était manifeste qu'aucun humain n'avait su jusque-là toucher son âme comme la montagne, de sorte que la neige et les tempêtes vivaient à l'intérieur d'un cœur encore également ouvert au bonheur et aux sortilèges du malheur. Or, à mesure qu'ils progressaient dans la ville, ce cœur saignait. Elle ne découvrait pas seulement une terre qui avait capitulé sous l'ensevelissement des pierres mais encore ce qu'on avait fait à ces pierres elles-mêmes, qui s'élevaient vers le ciel par masses lisses et rectilignes et avaient cessé de respirer sous l'assaut qui les avait mutilées à jamais. Ainsi, dans l'obscurité naissante qui jetait au-dehors une humanité joyeuse grisée du retour des brises tièdes, Clara ne contemplait qu'un amas de pierres mortes et un cimetière où s'enterraient volontairement des vivants.

L'attelage progressait vers le sommet d'une colline où on croisait peu de monde et où elle pouvait respirer un peu mieux. Tout au long de la route, Pietro avait veillé à son confort mais il n'avait pas cherché à lui parler autrement et elle s'était tue comme elle le faisait tous les jours, l'esprit occupé de versants, de portées et de notes. On fit enfin halte devant une grande demeure aux murs bruns jetés très haut après des pins effilés qui fusaient des allées d'un patio intérieur et dépassaient l'enceinte d'une hauteur de fontaine immobile. Il y avait du chèvrefeuille au faîte des murs qui retombait par crépitations parfumées vers les pavés de la rue, et les fenêtres lançaient dans le crépuscule leurs longs voilages transparents. On les fit entrer dans un immense vestibule où Pietro la quitta, avant qu'on ne la guide au travers de pièces gigantesques dont les murs et les surfaces étaient submergés de tableaux et de sculptures qu'elle regarda avec un effarement qui s'incurva bientôt en espérance comme elle comprenait que cette étrangeté la consolerait peut-être du deuil de ses montagnes. Enfin, on ouvrit une porte qui donnait sur une chambre blanche et nue avec, au mur, un unique tableau. On la laissa seule en lui disant qu'on viendrait bientôt lui préparer son bain et lui porter son dîner, que chacun se coucherait tôt dans les fatigues du voyage et qu'on irait la chercher de bonne heure pour la mener chez le Maestro. Elle s'approcha du tableau dans un curieux désordre de révérence et de crainte. *Je vous connais mais je ne sais pas comment.* Un long moment passa. Puis quelque chose changea dans l'éther de la chambre et une transe légère se saisit de Clara, qui s'accusait aux strates de la peinture qu'elle ne voyait plus sur les deux dimensions du plan mais dans une profondeur nouvelle qui ouvrait pour elle la porte des quartiers du rêve. Elle ne savait plus si elle dormait ou si elle était éveillée cependant que le temps passait au même rythme que des nuages très hauts dans un azur d'encre noire et d'argent. Sans doute elle s'endormit car la scène changea et elle entrevit une femme qui riait dans le soir d'un jardin estival. Elle ne pouvait pas distinguer son visage mais elle était jeune, sûrement, et très gaie — puis elle disparut et Clara ne vit plus que des moirures d'encre mouvante avant de sombrer dans un dernier sommeil sans visions.

— Nous allons voir le Maestro, lui dit Pietro le lendemain. Ce n'est pas un homme facile mais tu joueras et cela suffira.

Le cabinet de répétitions du Maestro Gustavo Acciavatti se trouvait au dernier étage d'un bel immeuble avec de grandes croisées d'où se déversait un jour qui transformait le parquet en lac de lumière liquide. L'homme assis devant le clavier du piano paraissait à la fois très jeune et très vieux et Clara, en croisant son regard, pensa à un arbre où elle allait quand elle se sentait triste. Ses racines plongeaient profondément dans la terre mais ses branches étaient aussi vigoureuses que de jeunes rameaux et il avait une vigilance par laquelle il observait autant qu'il rayonnait alentour. Elle aurait pu décrire la forme de chacune des pierres de ses chemins et dessiner de mémoire toutes les branches de ses arbres, mais les visages passaient devant elle comme dans un songe avant de se fondre dans une universelle confusion. Or, cet homme qui la regardait en silence lui était aussi présent et vivant que ses arbres et elle pouvait distinguer le grain de sa peau et les irisations de ses yeux dans un éblouissement qui lui fit presque mal. Elle resta debout devant lui. *Je vous connais mais je ne sais pas comment.* La révélation qu'il savait qui elle était déchira l'espace de sa conscience puis s'évanouit dans l'instant. Soudain, elle remarqua dans un angle de la pièce une forme tassée sur une chaise. Son œil avait été attiré par un mouvement et elle crut voir que c'était un homme, petit et, autant qu'elle pouvait en juger, légèrement bedonnant. Il avait les cheveux roux et il ronflait, la tête penchée sur l'épaule. Mais comme personne ne lui prêtait attention, elle l'ignora aussi.

Puis le Maestro parla.

— Qui t'a appris ta musique ? demanda-t-il.

— Alessandro, répondit-elle.

— Il prétend que tu l'as apprise seule, dit-il. Mais personne n'apprend en un jour. C'est le curé qui t'a donné tes leçons ?

Elle fit non de la tête.

— Quelqu'un d'autre au village ?

— Je ne mens pas, dit-elle.

— Les adultes mentent, répondit-il, et les enfants les croient.

— Alors vous aussi, vous pouvez mentir, dit-elle.

— Sais-tu qui je suis ?

— Le Maestro.

— Que veux-tu jouer ?

— Je ne sais pas.

Il lui fit signe de prendre sa place, régla le tabouret, s'assit près d'elle et ouvrit la partition du chevalet.

— Allons, joue, dit-il, joue, maintenant. Je tournerai tes pages.

Le regard de Clara balaya rapidement et intensément les deux pages ouvertes de la partition — un battement de cils, deux, trois — et une expression indéchiffrable passa sur le visage du Maestro. Puis elle joua. Elle joua si lentement, si douloureusement, si parfaitement, elle joua avec une si infinie lenteur, une si infinie douceur et une telle perfection, que personne ne put parler. Elle cessa de jouer et personne ne put parler. Ils ne connaissaient aucun adulte qui sût jouer ainsi ce prélude parce que cette enfant jouait avec une tristesse et une douleur d'enfant mais une lenteur et une perfection d'homme mûr quand personne, parmi les adultes, ne sait plus accéder à l'enchantement de ce qui est jeune et vieux à la fois.

Après un long silence, le Maestro lui demanda de lui laisser sa place. Il joua le premier mouvement d'une sonate et, à la fin, y introduisit une infime modification. Elle fixait un point aveugle en avant de toutes les visions. Il lui demanda de rejouer ce qu'elle avait entendu. Elle le fit. Il alla chercher la partition. Elle suivit ce qui était écrit, n'y introduisit pas de modification mais, au moment d'aborder la mesure, leva la tête et le regarda. On apporta quantité d'autres partitions qu'on étala devant elle. Elle les ouvrit les unes après les autres, un battement de cils, deux, trois, et tous mouraient et renaissaient à chaque battement dans une avalanche de flocons échappés d'un rêve oublié. Enfin, tout parut se figer dans un grand silence vibrant. Un unique battement, et Clara fixait les pages d'une partition rouge et usée, si frissonnante que chacun en frémit d'un frisson qui creusait en soi un abîme. Elle alla au grand piano et joua la sonate russe qui l'avait saisie du vertige des cimes ; et ils surent que c'est ainsi que les hommes devaient vivre et aimer, dans cette fureur et cette paix, avec cette intensité et cette rage, dans un monde balayé de couleurs de terre et d'orage, dans un monde qui bleuit avec l'aube et s'assombrit sous l'averse.

Un instant passa. *Je vous connais mais je ne sais pas comment.*

On frappa discrètement à la porte.
— Oui ? dit le Maestro.
— Le Gouverneur Santangelo, répondit-on.

Clara resta seule dans la pièce en compagnie du petit gros aux cheveux roux qui n'avait pas bougé et ne semblait pas donner de signe de réveil. On vint lui apporter du thé et des fruits inconnus en robe de velours orangé et on lui donna de nouvelles partitions en insistant que le Maestro avait dit qu'elle n'en jouât qu'une seule. La première lui fit l'effet d'une profanation et elle la referma aussitôt, repoussée par des portées qui ressemblaient aux épanchements ronflants de l'orgue des offices des morts. Aucune autre ne lui fit le même effet mortifère, mais elle en ouvrit beaucoup sans retrouver ce qui l'avait bouleversée avec la sonate russe et, à Santo Stefano, avec le dernier morceau que Sandro avait posé devant elle dans l'église. Enfin, elle en arriva à un mince livret dont la première page tourna dans l'air des arabesques d'un genre inconnu. On y suivait des courbes qui s'envolaient comme des plumes et avaient même texture que la peau veloutée des beaux fruits. Auparavant, quand elle avait joué la sonate russe, ça avait été un faste d'arbres aux feuilles d'argent à quoi s'étaient mêlées de grandes prairies sèches traversées de rivières et, tout à la fin, elle avait eu la vision d'un coup de vent dans un champ de blé dont les tiges s'écrasaient sous les bourrasques avant de renaître d'un mouvement qui criait comme une bête. Mais cette musique nouvelle faisait entrer dans l'équation des paysages une amabilité de même scintillement que les récits d'Alessandro, et elle sentait qu'il fallait des racines profondes pour qu'une telle légèreté fût possible, en se demandant si elle connaîtrait jamais les auvents souriants où cette affabilité était née — au moins savait-elle maintenant qu'il existait des pays où la beauté naissait dans la douceur quand elle n'avait toujours connu que l'âpreté et la grandeur, et elle aima cela alors qu'elle apprenait le goût du fruit inconnu par la rencontre d'une musique qui en racontait la terre. Quand elle eut terminé le morceau, elle resta un instant à rêver de continents étranges et se prit à sourire dans la solitude de midi.

Une heure avait passé dans cette rêverie lumineuse quand des sons étouffés lui parvinrent de la pièce voisine. Il y eut une effervescence au milieu de laquelle elle reconnut la voix du Maestro qui raccompagnait le visiteur, puis elle entendit une voix étrangère et, bien que ses paroles fussent inaudibles, elle se leva, le cœur battant, car c'était une voix de mort qui lançait des avertissements qu'elle entendit comme des glas — et de quelque côté de ce tableau de désordre qu'elle regardât, elle était glacée de voir une ombre en paravent sur une étendue de terreur et de chaos. Enfin, cette voix était doublement effrayante parce qu'elle était belle aussi, et que cette beauté venait d'une énergie ancienne à présent dévoyée. *Je vous connais mais je ne sais pas comment.*

— Il faut avouer que tu n'es pas manchote, dit une voix derrière elle.

Le rouquin s'était levé, assez difficilement, à ce qu'il semblait, car il titubait en s'approchant et se passait une main incertaine dans les cheveux. Il avait le visage rond, un double menton qui lui donnait un air enfantin, et des yeux vifs et brillants qui, présentement, louchaient un peu.

— Je m'appelle Petrus, dit-il en s'inclinant devant elle et s'étalant du même coup sur le parquet.

Elle le regarda, stupéfaite, tandis qu'il se relevait avec peine et réitérait illico son salut.

— Le Maestro n'est pas commode, mais cette engeance est maléfique, dit-il quand il se fut rétabli.

Elle comprit qu'il parlait de la voix de mort.

— Tu connais le Gouverneur ? demanda-t-elle.

— Tout le monde connaît le Gouverneur, répondit-il avec perplexité.

Puis, en lui souriant :

— Je suis désolé d'être si peu présentable. Nous autres ne supportons pas bien l'alcool, c'est une question de constitution. Mais le moscato du dîner était divin.

— Qui es-tu ? demanda-t-elle.

— Ah, c'est vrai, dit-il, on ne nous a pas présentés.

Il s'inclina pour la troisième fois.

— Petrus, pour te servir, dit-il. Je suis une sorte de secrétaire pour le Maestro. Mais depuis ce matin je suis surtout ton chaperon.

Puis, en souriant avec contrition :

— Je t'accorde qu'une gueule de bois n'est pas de meilleur augure pour une première rencontre. Mais je ferai de mon mieux pour me rendre agréable, d'autant que tu joues vraiment très bien.

Ainsi passèrent les premiers jours de Rome. Elle n'oublia pas la voix de mort quoique l'on travaillât sans relâche et sans se soucier du dehors. Acciavatti lui avait dit qu'elle viendrait tôt le matin au cabinet désert pour qu'on n'apprît pas l'existence d'une petite prodige qu'il avait prise pour élève.

— Rome aime les monstres, lui avait-il dit, et je ne veux pas qu'elle en fasse un de toi.

Chaque aube, Petrus venait la chercher dans sa chambre et l'emmenait par les rues silencieuses. Il repartait ensuite pour la villa Volpe où elle le retrouvait au déjeuner ; après quoi il la laissait dans la salle du patio où il y avait un piano pour l'étude et où elle travaillait jusqu'au dîner qu'elle prenait dans sa compagnie et celle de Pietro. Parfois, le Maestro les rejoignait après souper et ils travaillaient encore avant le coucher. Clara était surprise de l'indulgence qu'Acciavatti et Pietro avaient pour Petrus. Ils le saluaient avec amitié et ne prêtaient pas attention à son comportement étrange. Pourtant, on ne pouvait pas dire qu'il fît preuve de beaucoup de tenue ; quand il venait la réveiller le matin, il était essoufflé, le cheveu en bataille et l'œil flou ; elle ne croyait plus que le moscato du premier jour avait été une exception car il se prenait régulièrement les pieds dans les tapis et, pendant les heures d'étude, s'affalait dans un fauteuil et dormait en bavant légèrement ; par intermittence, il poussait des grognements indistincts ; quand il se réveillait, il paraissait surpris d'être là. Puis il tentait de remettre le monde à l'endroit en tirant avec conviction sur sa veste ou sur son pantalon, mais il ne parvenait généralement à rien de concluant et finissait par renoncer, le nez pendant. Enfin, quand il se souvenait qu'elle était là et voulait lui parler, il devait s'y reprendre à deux fois car ce qui sortait d'abord ne comportait pas de voyelles. Pour autant, elle l'aimait bien sans comprendre vraiment ce qu'il faisait auprès d'elle, mais sa nouvelle vie de pianiste absorbait si complètement son énergie qu'elle en avait peu pour les autres aspects de son existence romaine.

Les leçons avec le Maestro ne ressemblaient à rien de ce qu'elle s'était imaginé. La plupart du temps, il lui parlait. S'il lui donnait des partitions, il ne lui disait jamais comment les jouer. Mais il lui posait ensuite des questions auxquelles elle savait chaque fois répondre car il ne voulait pas savoir ce qu'elle avait pensé mais ce qu'elle avait vu. Comme elle lui avait dit que la sonate russe avait éveillé en elle des images de plaines sèches et de rivières d'argent, il lui avait parlé des steppes du Nord et de l'immensité de ces contrées de saules et de glace.

— Mais l'énergie d'un tel géant va de pair avec sa lenteur et c'est pour ça que tu as joué si lentement.

Il l'interrogeait aussi sur son village natal et elle décrivait les échappées entre deux toits de tuiles par où on voyait des sommets dont elle connaissait par cœur chaque découpe et chaque pic. Elle aimait ces heures avec lui au point que, au début de novembre, deux mois après son arrivée à Rome, la souffrance de ses montagnes perdues ne lui était plus insupportable. Pourtant, le Maestro ne lui manifestait aucune affection spéciale et elle avait le sentiment que ses questions avaient une vocation qui n'était pas celle de l'apprentissage mais la préparaient à quelque chose dont il avait seul la compréhension, de même qu'elle formait par intermittence l'intuition qu'il la connaissait déjà quoiqu'ils ne se fussent rencontrés qu'au présent septembre.

Un jour qu'ils étudiaient une partition effroy-
ablement ennuyeuse et qu'elle fit paraître son
humeur en accélérant absurdement le jeu, il lui
dit avec agacement :

— Je te reconnais bien là.

Elle demanda le nom des fruits du premier
jour et lui dit :

— Alors donne-moi plutôt des pêches.

Il la regarda avec plus d'agacement encore
mais posa devant elle une partition avec ces
mots :

— Pour son malheur, cet homme était allemand mais il s'y connaissait quand même en
pêches.

En jouant et renouant avec les volutes
aériennes du plaisir, elle avait médité sur ce
qu'elle avait perçu derrière l'agacement du
Maestro, un élan qui s'adressait à quelqu'un
dont la silhouette floue avait brièvement flotté
dans l'atmosphère de la pièce. Et si les jours
suivants avaient été similaires aux précédents,
ils portaient la marque nouvelle de cette apos-
trophe à un fantôme.

Très souvent aussi, il venait la retrouver chez
Pietro après le dîner. Le piano se trouvait dans
la grande pièce du patio et on laissait, pendant
qu'on travaillait, les fenêtres ouvertes sur l'air
frais des soirées. Pietro les écoutait en fumant et
buvant des liqueurs mais il ne parlait pas avant
la fin de la leçon. De même, Petrus somnolait
ou ronflait dans une grande bergère jusqu'à ce

que le piano se taise et que le silence le réveille. Alors, elle les écoutait causer en lisant ou en rêvant, puis on la reconduisait à sa chambre tandis qu'ils restaient à deviser dans la nuit et, à travers le patio endormi, le timbre de leurs voix berçait longtemps son sommeil. Ainsi, un soir de la mi-novembre où on avait laissé closes les portes-fenêtres car il pleuvait beaucoup, Clara les écoutait converser en feuilletant des partitions qu'on avait apportées pour l'étude. Elle entendit Acciavatti dire : *mais finiront-ils par la jouer au bon tempo,* puis elle ouvrit une vieille partition froissée.

À l'encre noire, on avait écrit deux lignes en marge des premières portées.

> *la lepre e il cinghiale vegliano su di voi*
> *quando camminate sotto gli alberi*
> *i vostri padri attraversano il ponte per*
> *abbracciarvi quando dormite*[1]

Un instant passa dans un grand vide de sensations et Clara regarda une bulle de silence se propager à la vitesse des ondes avant d'exploser dans une apothéose muette. Elle relut le poème et il ne se produisit plus de déflagration, mais quelque chose avait changé, comme si l'espace

1. le lièvre et le sanglier veillent sur vous quand vous marchez sous les arbres / vos pères traversent le pont pour vous embrasser quand vous dormez

s'était dédoublé et qu'il y eût au-delà d'une frontière invisible un pays où elle désirait aller. Quoiqu'elle suspectât que la partition ne soit pour rien dans cette magie, elle alla tout de même au piano et joua le morceau qui ne fit que porter dans l'air un parfum de courants et de terre mouillée, et un mystère en forme de sillages arborés et d'émotions dérobées.

Quand elle leva les yeux après la dernière note, elle vit devant elle un homme qu'elle ne reconnut pas.

— D'où vient cette partition ? lui demanda le Maestro.

Elle désigna la collection qu'on avait apportée plus tôt sur son ordre.

— Pour quelle raison l'as-tu jouée ?

— J'ai lu le poème, dit-elle.

Il contourna le piano et vint regarder par-dessus son épaule. Elle sentit le souffle de sa respiration et les vagues de ses émotions mêlées. En le voyant dans la brusque lumière que cette surprise jetait sur la scène de ses sentiments, elle fut frappée des images qui défilaient en transparence de sa haute silhouette — d'abord une compagnie de chevaux sauvages dont elle entendit la rumeur longtemps après qu'ils s'en furent allés au loin, puis, dans les ombres d'un sous-bois aux allées dorées d'éclats de soleil, une grande pierre posée sur la mousse. Ses angles et ses creux, et toutes ses fissures nobles, étaient nés de l'œuvre conjointe des déluges et des siècles, et elle savait que cette pierre magnifique et vivante était le Maestro lui-même, car l'homme et la roche, en une inexplicable alchimie, se superposaient parfaitement. Enfin, les images s'évanouirent et elle fut de nouveau face à un homme de chair et de sang qui la regardait gravement.

— Sais-tu ce que c'est que la guerre ? demanda-t-il. Oui, bien sûr, tu le sais… Hélas, il y a une guerre qui vient, une guerre plus longue et plus terrible encore que les précédentes, voulue par des hommes plus forts et plus terribles encore que dans le passé.

— Le Gouverneur, dit Clara.

— Le Gouverneur, dit-il, et d'autres encore.

— C'est le diable ? demanda-t-elle.

— En quelque sorte, oui, dit-il, tu peux dire que c'est le diable, mais ce n'est pas le nom qui est le plus important.

Du diable, une orpheline qu'on avait élevée à la cure d'un village de montagne avait déjà entendu parler, et il n'était personne dans tous les Apennins qui ne connût les batailles qu'on y avait menées et ne fît le signe de la croix à l'évocation de ceux qui y avaient péri. Mais au-delà des récits de son enfance, Clara croyait comprendre d'où venait le désir de guerre du diable. Que l'on vécût dans des caveaux alignés les uns à côté des autres lui paraissait suffisant à expliquer les menées de la voix de mort, et elle se demandait si la pierre vivante qu'était le Maestro pensait la même chose qu'elle.

— Les guerres se déroulent sur les champs de bataille mais elles se décident dans les chambres des gouverneurs, qui sont des hommes experts dans le maniement des fictions. Cependant il y a aussi d'autres lieux, et d'autres fictions... Je veux que tu me parles de ce que tu vois et de ce que tu entends, des poèmes que tu lis et des rêves que tu fais.

— Même si je ne sais pas pourquoi ? demanda-t-elle.

— Il faut faire confiance aux musiques et aux poésies, répondit-il.

— Qui a écrit le poème ? demanda-t-elle encore.

— Un membre de notre alliance.

Puis, après un long silence :

— Je peux seulement te dire qu'il t'est destiné. Mais je ne pensais pas que tu pourrais le lire si tôt.

À cet instant, elle vit que Pietro cherchait le poème sur la partition et, à la façon dont il les regarda, elle comprit qu'il ne le trouvait pas.

Alors Gustavo Acciavatti, en face d'elle, lui sourit.

Bientôt, Petrus la reconduisit à sa chambre dont on avait fermé les fenêtres car les lances de l'eau continuaient de faire concert de leur fracas entêté.

— On ne me laisse pas faire mon travail, lui dit-il au moment de prendre congé.

— Ton travail ? demanda-t-elle.

— Mon travail, dit Petrus. Ils sont tous si sérieux et si froids. Moi, je suis là parce que je suis sentimental et bavard. Simplement, on te fait jouer toute la journée et, le soir, on t'assomme de guerres et d'alliances.

Il se gratta gracieusement le crâne.

— Je suis porté sur la bouteille et je ne suis peut-être pas très malin. Mais moi, au moins, je sais raconter une histoire.

Il partit et elle s'endormit, ou du moins le crut-elle jusqu'à ce que, avec une clarté insouciante des murs et des persiennes closes, elle entendît Pietro qui disait de l'autre côté du patio :

— La petite a raison, c'est le diable.

Et la voix du Maestro qui lui répondait :

— Mais le diable lui-même, qui donc l'a trompé ?

Puis elle sombra tout à fait.

Ce fut une étrange nuit et un étrange sommeil. Les rêves en avaient une acuité inconnue qui les tournait en visions plutôt qu'en chimères de la nuit. Elle pouvait parcourir les paysages du regard de la manière dont on embrasse un pays qui se trouve devant soi et elle se trouva à explorer les chemins d'une campagne inconnue comme elle eût emprunté les passages de ses pentes. Quoiqu'on n'y vît pas de montagnes, il y avait dans cette contrée un charme pénétrant et elle y sentait la force de terrains prospères et y goûtait la diversité des arbres. Si leur aménité ne ressemblait pas à celle des belles pêches, elle avait une forme de souplesse qu'on ignore en montagne. Cela donnait à la fin un équilibre qui bouleversait Clara, une vigueur sans âpreté, une exigence qui, tout au fond, souriait, si bien qu'en deux mois elle avait vu tout le spectre des géographies, les belles terres de labeur, les pêches veloutées du plaisir et, tout à l'opposé, ses montagnes rudes et fièrement érigées. Plus encore, en admirant l'ordonnancement soigné des enclos, elle prit conscience d'un enchantement invisible et puissant qui dépassait la faveur des régions d'opulence et transformait le paysage d'arbres vigoureux et de sentiers ombragés en une aventure de feuillage et d'amour. Elle vit aussi un village à mi-hauteur d'une colline, avec une église et des maisons dont les murs épais disaient la sévérité des hivers. Pourtant, on sentait qu'au printemps commençait une belle saison qui durait jusqu'aux gelées de l'automne, et c'était peut-être l'absence de montagnes, ou la profusion des arbres, mais on savait que viendrait toujours une heure où l'on pourrait se reposer des besognes. Enfin, elle apercevait des ombres fugitives, ni silhouettes ni visages ; et elles passaient dans l'indifférence alors qu'elle aurait voulu demander quel était ce village et quels fruits portaient ses vergers.

Ce fut comme une flèche. Elle ne savait ni d'où elle avait surgi ni où elle s'en était allée mais elle l'avait vue filer devant elle et disparaître au tournant du chemin. Si fugitive qu'ait été l'apparition, chaque trait s'en était gravé en elle avec une exactitude douloureuse qui lui faisait revoir le visage aux iris sombres et aux traits maigres et racés, tendus d'une peau dorée où la bouche jetait une tache de sang. Elle en chercha le sillage et découvrit la fillette à l'orée d'une futaie où s'avançait un grand cheval gris. Le panorama tout entier s'illumina et à la campagne glacée se superposa un paysage de montagnes et de brumes. Ils ne s'intercalaient pas mais s'enlaçaient comme des nuages : elle vit des panoramas qui s'enroulaient mais aussi des climats qui fusionnaient, et il fit beau et il neigea sous un orage lancé par-dessus un ciel clair. Alors une tornade s'abattit sur la scène. Dans une vision fulgurante qui condensait les actions et les temps, Clara aperçut les grandes distorsions de tempête, les tourbillons mauvais et les flèches noires montées au ciel dans la rage tandis qu'une petite vieille brandissait un bâton par-dessus son crâne échevelé. À l'instant du basculement d'entre le rêve et la veille, elle vit une autre scène, aussi, où la fillette prenait son dîner dans la compagnie de six adultes qui l'entouraient d'un halo chatoyant et paisible en quoi, pour la première fois de sa vie, s'incarnait la matérialité de l'amour. Enfin, tout disparut et Clara resta éveillée dans le silence de la chambre obscure. Au matin, elle raconta au Maestro ce qu'elle avait vu dans le songe. À la fin de son récit, elle ajouta le prénom de la

petite étrangère car il lui venait dans un éclaboussement d'évidence.

Gustavo Acciavatti, pour la deuxième fois, lui
sourit.

Mais son sourire, cette fois, était triste.

— Toutes les guerres ont leurs traîtres, lui
dit-il. Depuis hier, Maria n'est plus en sécurité.

Villa Acciavatti

Conseil elfique restreint

— Qui est le traître ? demanda le Maestro.

— Je ne sais pas, dit le Chef du Conseil. Nous ne sommes plus sûrs de la moitié du cénacle. Ça peut être n'importe lequel des dix. Je n'ai pas senti que j'étais suivi et les traces ont été effacées rapidement.

— Je n'ai pas vu que tu étais suivi. Il y a bien un autre pont et un autre pavillon, dit le Gardien du Pavillon. Il faut renforcer la protection de Maria.

— Non, dit le Maestro, il faut que ses pouvoirs croissent et que Clara consolide leur lien.

— Nous n'avons aucune idée de ce que nous faisons, dit le Chef du Conseil, et pourtant nous transformons nos filles en soldats.

— Le moins qu'on puisse dire, dit Petrus, c'est que vous ne leur laissez pas le temps de jouer à la poupée et que vous ne les aidez pas beaucoup non plus.

— Tu as écrit le poème juste après la mort de Teresa, dit le Maestro au Gardien du Pavillon, et elle l'a découvert aujourd'hui. Je l'enverrai à Maria.

— Un poème par-ci, une partition par-là, quelle débauche d'explications, dit Petrus. Comment peuvent-elles comprendre qui sont ce lièvre et ce sanglier ?

— Maria m'a vu le jour de ses dix ans, dit le Gardien du Pavillon, le sanglier lui parlera. Et ses gens sont taillés comme des diamants. Ils vont au-delà de nos espérances.

— Et que pensez-vous des gens de Clara ? demanda Petrus. Pas d'amis, pas de famille, pas de mère. Un professeur irascible et sibyllin et du travail par-dessus la tête. Mais Clara est l'artiste de votre équipe de petites guerrières. Il faut choyer son cœur et sa sensibilité, et ça ne peut pas se faire en l'entraînant comme une recrue.

— Il faut une femme dans la vie de Clara, dit le Chef du Conseil.

— Quand Pietro sera satisfait des conditions de sa sécurité, elles se rencontreront, dit le Maestro.

Puis, après un moment de silence, au Gardien du Pavillon :

— L'as-tu entendue jouer... oui, je sais, c'est ta fille et tu l'as entendue avant moi... quel déchirement... et quel émerveillement...

– Maria –

Le lièvre et le sanglier

Après les émotions du cheval gris et des tornades offensives, la vie à la ferme avait repris son cours campagnard rembourré de chasses, de fromages salés et de courses dans les bois. À présent que le fait des belles saisons avait été validé par les fermes et par le clocher, on pouvait s'y accouder plus tranquille et en contemplant la neige souple qui, cet hiver-là, couvrit les terres au moment précis où on songeait à l'affouage, en goûtant nombre de petits matins craquants comme des galettes qui lançaient des traces roses dans des cieux plus transparents que l'amour, en salant et mettant à confire les beaux morceaux d'un gibier qui semblait ne s'épuiser jamais — en considérant tout cela, on ne manquait pas de hocher la tête ou d'échanger un regard. Puis on s'en retournait à son ouvrage sans commenter autrement.

À propos de la chasse, le père eut un soir une remarque qui fit dresser un sourcil à Maria. On dînait de lard et de betteraves cuites sous la cendre, accommodées d'une cuillerée de crème mêlée de gros sel.

— Le gibier est plus fourni mais la chasse est plus juste, dit-il.

Maria sourit puis replongea le nez dans ses vapeurs de betterave. Le père était un homme des champs, rude et peu causant, qui marchait lourdement et prenait toujours son temps. Quand il fendait les bûches, c'était à un rythme que tout le village aurait pu distancer mais comme on voyait que la régularité croisée de ténacité était plus remarquable encore que la vélocité, c'est lui que les veuves du pays priaient d'endosser leur propre affouage, pour quoi il demandait une somme modique quand elles eussent voulu lui en donner le quintuple. Il cultivait la même cadence pour toutes ses affaires, y compris celles de l'intimité. Il n'exprimait pas grand chagrin devant les épreuves et les deuils qui avaient pourtant été terribles car sa femme et lui avaient perdu en bas âge leurs deux fils. Mais la peine se maintenait cruelle pendant plus d'années qu'il n'aurait fallu. Par bonheur, il en était ainsi aussi des joies et Maria était la bénédiction de sa vie d'homme mûr, bien que cela ne se traduise jamais par des démonstrations en lesquelles se serait concentré son amour, au lieu de quoi il le répartissait également, de la même manière qu'il ratissait son jardin et labourait sans hâte ni haltes — ainsi en jouissait comme d'un cadeau qui baignait uniformément ses années. De même, quand il causait, il veillait à ce que ses mots ne rompent pas l'équilibre des émotions mais en épousent naturellement les contours. Tout cela, Maria le savait et elle ne répondit donc que par un sourire à la remarque de son père qui passa sur le dîner comme un vol de jeunes grives.

Mais il avait raison : la chasse était devenue plus juste. À qui aurait pu penser que l'abondance de gibier mènerait à la jouissance de tuer à l'envi, les faits avaient répondu par un étonnant démenti. De cette générosité qui inondait leurs bois et leur offrait de plus belles prises qu'à leurs ancêtres, les hommes du village avaient conçu une retenue qui leur faisait choisir leurs proies avec soin. Ces derniers hivers, on avait mis fin à quelques raouts de sangliers qui déterraient les patates, on avait rempli les caves de salaisons de garde et prélevé sa dîme de bonne chère, mais pas plus que ce qu'il fallait pour reconstituer le corps du coût de son labeur. Plus encore, on avait eu le sentiment d'envoyer les piqueurs en émissaires plutôt qu'en éclaireurs et de leur faire ordonner les positions avec une douceur inhabituelle qui faisait de la chasse un art nouveau de l'échange. Oh, bien sûr, les hommes ne partaient pas lever dans les taillis en agitant un drapeau blanc et en demandant poliment aux lapins de se porter au-devant des fusils, mais tout de même : on les débusquait avec respect et on n'en alignait pas plus que de raison. À la vérité, la remarque du père venait de ce qu'on avait dû le matin même bouter hors du territoire communal des chasseurs du canton voisin qui, en souffrance de gibier, étaient venus en contrebande musarder sur les flancs de nos collines. Où ils avaient trouvé pléthore de lièvres et de faisans, et même quelques daims qu'ils avaient canardés comme des sauvages avec des rires gras dont ceux du village avaient été dégoûtés, et ils le leur avaient envoyé dire à coups de grenaille et de plomb. Mais le pire est que le jeu n'avait pas, cette fois, provoqué la gloriole virile qui en est le vrai but, parce que nos hommes avaient eu le sentiment d'une profanation que l'un d'eux (le Marcelot, comme de juste) résuma fort bien lorsqu'on se fut rentré aux fermes après avoir expulsé tous les soudards et contrôlé chaque coin de bosquet : *sacrés mécréants, aucun respect pour le travail.* De là la remarque du père ; mais Maria pouvait déceler que, des événements du jour, il avait tiré des conclusions qui débordaient l'indignation.

Pour les démonstrations d'affection, au demeurant, Maria ne souffrait guère de carence, les femmes de l'endroit en étant aussi prodigues que des Pater et des mesures de lait dont elles tentaient inlassablement de fortifier cette petite trop maigre (mais si belle) qui ne se souvenait pas d'un retour à la ferme qui n'ait été accommodé de rillettes. Mais Maria raffolait surtout des fromages de nos vaches et, au grand désespoir de Jeannette, la meilleure cuisinière des six cantons, boudait les civets, les ragoûts et, en général, les préparations mélangées. Elle venait aux fourneaux et prélevait sa part de dîner sous la forme de produits séparés : elle grignotait une carotte et on faisait griller pour elle un petit morceau de viande qu'elle mangeait à part, avec une pincée de sel et un brin de sarriette. La seule exception qu'elle faisait à ce régime de garenne et de bois venait des prodiges d'Eugénie, qui était céans la maîtresse des confitures et des décoctions de belles fleurs. Mais qui aurait pu résister à ses œuvres ? On apportait de sa confiture de coings aux communions solennelles et même aux épousailles ; il n'y avait pas jusqu'à ses infusions qui ne semblassent infiltrées de magie ; et il fallait bien cela comme explication aux soupirs d'aise que l'on se permettait à la fin du repas. Au reste, Eugénie était surtout versée dans la connaissance des plantes médicinales et le curé la consultait souvent et la respectait fort car elle avait savoir d'un nombre impressionnant de simples et d'usages thérapeutiques dont l'origine remontait à des antiquités qui lui étaient splendidement inconnues. Pourtant, elle privilégiait surtout ce qu'on avait en abondance dans le pays et qui avait prouvé son efficacité au cours des années, par quoi elle avait arrêté une triade victorieuse qui semblait, du moins à la ferme, avoir démontré ses vertus : thym, ail et aubépine (qu'elle appelait noble épine ou poire d'oiseau, des noms que le curé avait vérifiés et qui étaient, en effet, les plus populaires pour désigner l'arbuste). Maria aimait l'aubépine avec passion. Elle en aimait l'écorce gris argenté qui ne devient brune et grumeleuse qu'avec l'âge, et les fleurs légères d'un blanc si délicatement teinté de rose qu'on en aurait sangloté, et elle aimait à les cueillir avec Eugénie aux premiers jours de mai en prenant soin de ne pas les froisser et en les mettant de suite à sécher dans l'ombre d'un cellier paré comme une mariée. Elle aimait, enfin, les infusions qu'on préparait chaque soir en versant une cuillerée de fleurs dans une tasse d'eau bouillante. Eugénie jurait que cela fortifiait l'âme et le cœur (ce qui a été prouvé par la pharmacopée moderne) et qu'on y gagnait aussi un regain de jeunesse (ce qui n'a pas été démontré dans les livres). Bref, si Eugénie n'avait ni le même âge ni le même œil qu'Angèle, c'était tout de même une mémère à laquelle on n'en pouvait pas non plus impunément conter. Et si Angèle avait très tôt supputé que Maria était d'une étoffe magique, Eugénie le percevait aussi avec une intensité croissante depuis les événements de la futaie. Un petit matin qu'elle descendait en cuisine après les premières prières, elle s'arrêta net devant la grande table de bois où l'on prenait les repas. La salle était silencieuse. Les autres mémères nourrissaient les poules et trayaient les vaches, le père était parti inspecter ses vergers et Maria dormait encore sous le gros édredon rouge. Eugénie demeura seule face à la table sur laquelle il n'y avait qu'une cafetière de terre cuite, un verre d'eau pour qui aurait soif dans la nuit et trois gousses d'ail destinées au dîner. Elle fit un effort de concentration qui ne produisit que la vision présente dont elle voulait se défaire, puis elle se relâcha et s'appliqua à oublier ce qu'elle regardait.

Elle revoit à présent la table telle que la veille, alors qu'elle est la dernière à s'en aller après avoir étouffé la lampe ; elle goûte la quiétude de la salle encore tiède où une famille heureuse a pris plus tôt son dîner ; elle s'attarde sur les recoins obscurs que le faible éclairage pare de quelques perles de lumière ; et son regard revient à la table où il n'y a plus qu'un verre d'eau à côté d'une cafetière et de trois gousses d'ail oubliées. Alors elle comprend que Maria, qui traverse parfois le foyer aux heures sombres du sommeil, est venue dans la nuit et a changé les gousses de place — quelques centimètres — et le verre d'eau aussi — des millimètres plutôt — et que cette translation infime de cinq éléments triviaux a entièrement transformé l'espace et, d'une table de cuisine, engendré une peinture vivante. Eugénie sait qu'elle n'a pas les mots parce qu'elle est née paysanne ; elle n'a jamais vu de tableau hors ceux qui ornent l'église et racontent l'Histoire sainte, et ne connaît d'autre beauté que celle des vols d'oiseaux et des aurores printanières, des sentiers de bois clairs et des rires d'enfants aimés. Mais elle sait d'une certitude d'airain que ce que Maria a accompli avec ses trois gousses d'ail et son verre est un arrangement de l'œil qui courtise le divin, et elle remarque alors qu'en sus des changements dans la disposition des choses, il y a un ajout que le tour du soleil lui révèle à l'instant et qui est une brisure de lierre posée juste à côté du verre. C'est parfait. Eugénie n'a peut-être pas les mots mais elle a le talent. Elle peut voir, de la même manière qu'elle *voit* l'action des simples sur le corps et les gestes de la guérison, l'équilibre dans lequel la petite a placé les éléments, la tension splendide qui les habite à présent et la succession des vides et des pleins sur fond d'obscurité soyeuse par où se sculpte un espace désormais sublimé par un cadre. Alors, sans mots toujours mais par la grâce de l'innocence et du don, Eugénie, seule en sa cuisine sous les rubans qui coiffent quatre-vingt-six années de tisanes d'aubépine, reçoit en plein cœur la magnificence de l'art.

Ce matin-là, Maria descendit tôt se couper sa lichette de fromage au cellier. Mais au lieu d'aller passer du temps aux arbres avant la classe, elle revint à la cuisine où, à son poste de combat, Eugénie tournait dans une casserole de cuivre un mélange de fanes de céleri, de fleurs de pervenches et de feuilles de menthe qu'elle destinait à un cataplasme pour une jeune mère affligée d'engorgement laiteux. Maria prit place à la grande table où les gousses n'avaient pas changé de place.

— Tu y as mis du céleri ? demanda-t-elle.

— Du céleri, de la pervenche et de la menthe, répondit Eugénie.

— Du céleri qu'on cultive ? demanda Maria.

— Du céleri qu'on cultive, répondit encore Eugénie.

— Que tu as pris au jardin ?

— Que j'ai pris au jardin.

— Qui sent moins mauvais que le sauvage ?

— Qui sent bien meilleur que le sauvage.

— Mais qui n'est pas si efficace ?

— Cela dépend, mon ange, cela dépend du vent.

— Et la pervenche, n'est-elle pas mélancolique ?

— Si fait, elle est mélancolique.

— Ne l'offre-t-on pas pour dire sa tristesse ?

— On l'offre aussi pour dire poliment sa tristesse.

— Ce sont bien des pervenches de nos bois ?

— Ce sont des pervenches du talus derrière les cages des lapins.

— Qui ne sont pas si efficaces que celles des bois ?

— Cela dépend, ma petite, cela dépend du vent.

— Et cette menthe, tantine ?

— Cette menthe, ma petite ?

— D'où vient-elle à cette heure ?

— Elle vient du vent, mon ange, comme tout

le reste, elle vient du vent qui la dépose là où le bon Dieu le demande et où nous la cueillons en reconnaissance de Ses bienfaits.

Maria aimait ces dialogues dont les répons lui étaient infiniment plus chers que ceux qu'on faisait à l'église et qu'elle provoquait pour une raison qui s'éclaircira à la lumière du nouvel événement qui, ce jour-là, inonda le petit monde de la ferme de ses exotiques effluves. Vers onze heures, le Jeannot toqua à la porte de la cuisine où se trouvaient rassemblées les mémères qui officiaient à la même tâche d'envergure, car on approchait de la fin du carême et on allait donner tantôt le grand dîner qui récompenserait des privations consenties. La cuisine sentait l'ail et le gibier, et la table débordait de paniers somptueux dont le plus imposant dégueulait les premiers mousserons de l'année qu'on avait cueillis en telle quantité qu'il en tombait tout autour de l'osier et qu'on en avait pour une décade de fricots parfumés et de bocaux odorants. Tout cela dès la fin d'avril.

On vit tout de suite que le Jeannot était retourné de quelque chose qui avait à voir avec sa fonction puisqu'il portait sa casquette de postier et tenait à deux mains la sacoche de cuir des tournées. On le fit entrer au chaud et, quoique mourant de curiosité, on l'installa d'abord devant une tranche de rillettes et un petit verre de vin de pays, car l'événement méritait les honneurs qui se rendent par chez nous avec un peu de gras de porc et une rasade de rouge. Il y toucha à peine. Il avala bien une gorgée polie mais on voyait qu'il se concentrait sur un drame majeur duquel il avait maintenant la charge. Le silence s'étendit sur une salle que berçait seulement le chuintement du feu sous la marmite où cuisait un lapin. Les femmes s'essuyèrent les mains, plièrent leurs torchons, rétablirent leur coiffe et, en silence toujours, tirèrent à elles les chaises et s'y assirent de concert.

Un instant passa, frémissant comme le lait.

Au-dehors, la pluie se mit à tomber, une belle averse, ma foi, qui venait d'un nuage noir qui avait crevé d'un coup et allait donner à boire pour la journée aux violettes et aux bêtes. La salle était pleine du bruit de l'eau et du chuchotement du feu noyés dans ce silence trop grand pour les cinq humains attablés qui prenaient là le pouls du destin. Parce qu'on n'en doutait pas : c'était bien le destin qui donnait au Jeannot cette figure solennelle qu'on ne lui voyait que lorsqu'il parlait de la guerre, qu'il avait faite comme courrier aussi mais qui lui avait valu pareillement aux autres de renifler la poudre et de souffrir la misère des combats. On le regardait qui reprenait une gorgée de vin, mais pour le courage cette fois-ci, et on savait qu'il devait recouvrer des forces avant que de commencer. Alors on attendait.

— Or donc, dit enfin le Jeannot en s'essuyant la bouche au revers de sa veste, j'ai une lettre à remettre.

Il ouvrit sa sacoche pour y prendre une

enveloppe qu'il posa au milieu de la table afin que tout le monde pût la regarder à son aise. Les mémères se levèrent et se penchèrent. Le silence revint, aussi vaste et sacré qu'une grotte primitive. L'enveloppe faisait dans l'obscurité de l'orage un petit puits de lumière mais les mémères ne s'intéressaient pour le moment qu'aux lettres d'encre noire qui disaient simplement :

Maria
Ferme des Combes

À cela s'ajoutait un timbre auquel on n'avait jamais vu de semblable.

— C'est un timbre italien, dit le Jeannot en rompant le silence parce qu'il voyait que les mémères se fatiguaient les yeux sur le petit carré mystérieux.

Elles retombèrent d'un même corps sur la paille de leurs chaises. Au-dehors, la pluie redoublait de vigueur et il faisait maintenant plus sombre qu'à six heures. Le fumet du lapin qui mijotait dans son vin se mêlait au son de l'eau et l'intérieur de la ferme était un même psaume odorant dont s'enveloppait la petite société penchée sur l'enveloppe d'Italie. Un nouvel instant passa dans les limbes de la circonspection, puis le Jeannot s'éclaircit la gorge et reprit la parole, car il lui semblait qu'on avait laissé à l'observation un laps de temps décent.

— Or donc, faut-il l'ouvrir ? demanda-t-il d'une voix à la fois neutre et encourageante.

Les mémères se regardèrent de dessous leurs coiffes à rubans en pensant la même chose, c'est-à-dire qu'un tel événement requérait le conseil de la famille au complet, lequel ne pourrait se tenir que lorsque le père serait rentré des labours et la mère de la ville, où elle était depuis trois jours près sa sœur dont la plus jeune fille était poitrinaire (elle s'y était rendue avec une pleine sacoche des onguents d'Eugénie qu'on attendait là-bas avec impatience, dans le désespoir des médecines officielles qui étaient de peu d'effet et alors que les forces de la jeune fille déclinaient à vue d'œil). Soit, et c'est le calcul qui se faisait dans l'esprit tout nappé d'Italie de nos quatre petites vieilles, dans deux jours et deux nuits. Une torture.

Le Jeannot, qui assistait comme s'il pouvait les entendre aux atermoiements intérieurs de ces dames, se racla de nouveau la gorge et, d'un ton qu'il voulait cette fois ferme et paternel, suggéra :

— C'est qu'il y a peut-être urgence.

Les voies postales qui vont de l'Italie au bas pays sont énigmatiques mais on peut au moins tenir pour probable qu'elles ne se parcourent pas en trois heures et, partant, ne sont pas privilégiées dans les ères de péril. A fortiori sans adresse ni patronyme. Or, tout au contraire, en sus de la pluie et du lapin chasseur, la salle se teinta soudain d'une inquiétante coloration d'urgence. Angèle regarda Eugénie qui regarda Jeannette qui regarda Marie, et on croisa ainsi les regards jusqu'à ce que les mentons entrent à leur tour dans la danse et se mettent à osciller avec un sens du rythme canonique à en émerveiller un chef de chœur chevronné. On hocha la tête pendant deux ou trois minutes encore, avec une détermination si croissante qu'on y entraîna le Jeannot, qui se sentait subitement d'attaque pour un petit forfait de rillettes mais ne voulait pas rompre la concorde de cet admirable ordonnancement de mentons. Puis on se décida.

— On peut au moins l'ouvrir, dit Angèle, ça ne décide de rien.

— De fait, dit Eugénie.

— On l'ouvrira seulement, dit Marie.

Jeannette ne dit rien mais pensa de même.

Angèle se leva, alla chercher dans le tiroir du buffet le couteau fin qui avait autrefois ouvert maintes lettres de soldats, prit de la main gauche l'enveloppe italienne, y inséra de la droite la pointe effilée et commença d'en couper le rebord.

Alors tout explosa ; la porte s'ouvrit à la volée et la silhouette de Maria se profila dans l'embrasure sur un fond de campagne sous l'orage ; la pluie, qui tombait dru depuis une demi-heure déjà, se transforma en un déluge si puissant qu'on n'entendait plus que le choc des trombes dans la cour. On avait déjà vu de ces averses diluviennes qui noient en l'espace de rien une terre devenue submersible — mais ça !

Ça, c'était autre chose, car l'eau ne restait pas au sol mais s'y jetait avec une violence qui faisait vrombir tout un territoire tourné en un gigantesque tambour, puis repartait vers le ciel sous la forme de geysers fumants gonflés et retentissants du fracas des impacts. Maria resta encore un instant à la porte au milieu de l'hébétement général et du vacarme effroyable des eaux. Puis elle referma le battant, s'avança vers les mémères et tendit la main en direction d'Angèle qui, sans comprendre ce qu'elle faisait, y déposa la lettre. Le monde se révulsa et se remit d'un coup dans le bon sens, la pluie cessa et, dans le silence retrouvé, un grésillement du lapin qui barbotait dans son jus fit sursauter tout le monde. Angèle regarda Maria qui regarda Angèle. On se taisait en jouissant comme jamais de l'incomparable joie d'être dans le silence d'une cuisine qui sentait le lapin en cocotte, et on regardait Maria qui avait au visage une gravité nouvelle en sentant que quelque chose chez elle s'était métabolisé en une charpente inconnue de l'âme.

— Or, ma petite ? finit par dire Angèle d'une voix un peu chevrotante.

Maria murmura :

— Je ne sais pas.

Et comme personne ne disait mot, elle ajouta :

— J'ai su que la lettre était pour moi et je suis venue.

Que faire lorsque le pouls du destin s'accélère de la sorte ? Ce qui est beau avec la candeur telle qu'elle était concentrée dans cette salle de ferme glougloutante de ragoût au vin blanc, c'est qu'elle accepte ce qu'elle ne sait pas gouverner. Les mots de Maria convenaient à la croyance séculaire que le monde était plus vieux que les hommes et, en conséquence, rétif à l'exhaustivité de leurs explications. Tout ce qu'on voulait, c'est que la petiote allât bien, et tandis qu'Eugénie préparait une tisane d'aubépine, on s'assit de nouveau sur des chaises dont on s'était levé d'un coup au moment du grand déchaînement et on attendit sagement que Maria ouvrît elle-même une missive qui, cette fois, ne souffla mot sous l'offense du couteau. De l'enveloppe décachetée, Maria retira une feuille de papier pliée en quatre, d'une texture si fragile que l'encre était passée au travers et qu'on n'avait écrit que d'un seul côté les lignes que voici :

> *la lepre e il cinghiale vegliano su di voi*
> *quando camminate sotto gli alberi*
> *i vostri padri attraversano il ponte per*
> *abbracciarvi quando dormite*

Maria ne connaissait pas l'italien mais de la même façon qu'elle aimait les répons d'Eugénie parce qu'ils emportaient avec eux un condensé du monde qui le rendait plus lyrique et plus pur, elle pouvait sentir le souffle de lignes qui faisaient à l'oreille, rien qu'à les regarder, sans les comprendre du tout, une vibration de cantique. Jusqu'alors, les plus beaux cantiques étaient ceux de la violette et de l'aubépine que chantait Eugénie en ses offices de cueilleuse, et s'il s'y mêlait des cages à lapins et des céleris de potager, elle trouvait que cela ne les détournait pas du divin mais donnait à la foi une forme bien plus intense que le latin de l'église. Mais ces mots dont elle ne savait pas même comment les tourner dans sa bouche dessinaient une nouvelle terre de poésie et creusaient dans son cœur une faim inédite.

La religion de la poésie, Maria la côtoyait pourtant chaque jour lorsqu'elle montait aux arbres et qu'elle écoutait le chant des rameaux et des feuilles. Elle avait compris très tôt que les autres se mouvaient dans la campagne comme des aveugles et des sourds auxquels les symphonies qu'elle écoutait et les tableaux qu'elle embrassait n'étaient que bruits de la nature et paysages muets. Quand elle parcourait ses champs et ses bois, elle était en contact permanent avec des flux matériels sous la forme de tracés impalpables mais visibles qui lui faisaient connaître les mouvements et les radiations des choses, et si elle aimait aller en hiver aux chênes de la combe du champ voisin, c'est que les trois arbres aimaient l'hiver aussi et y esquissaient des estampes vibrantes dont elle voyait et sentait les touches et courbes à la manière d'une gravure de maître incarnée dans les airs. De plus, Maria ne dialoguait pas seulement avec la matière mais échangeait aussi avec les animaux de ces terres.

Elle ne l'avait pas toujours su aussi facilement. La capacité de voir le passé en images, celle de discerner la disposition adéquate des choses, celle d'être prévenue d'un événement remarquable comme l'arrivée de la lettre et l'imminence d'un danger si elle ne l'ouvrait pas elle-même, celle, enfin, de causer aux animaux des herbages, des creux et des couverts, avaient crû après l'équipée de la clairière de l'est. Si elle avait toujours vu les grands ruissellements magnétiques de l'univers, cela n'avait jamais été avec une telle netteté dont elle ne savait si elle venait de la révélation du sanglier fantastique ou de quelque chose qu'il avait changé en elle cette nuit-là. Peut-être le saisissement d'apprendre le secret de sa venue au village avait-il permis qu'elle reconnût en elle-même l'existence de ses dons, ou peut-être la magie de cet être surnaturel l'avait-elle bénie de nouveaux talents et transformée en une Maria inédite dont le sang s'irriguait différemment. Ce qui était certain, c'est qu'elle pouvait parler aux animaux avec une aisance qui s'augmentait chaque jour et, de la même façon qu'avec les arbres, cela passait par la capture des vibrations et des flux qui émanaient d'eux, qu'elle lisait comme des relevés topologiques et qu'elle distordait légèrement pour faire entendre ses propres pensées. Il est difficile de décrire ce dont on ne peut faire l'expérience ; il est probable que Maria jouait avec les ondes comme d'autres plient, déplient, assemblent, nouent et dénouent des cordes ; ainsi, elle pesait par la force de son esprit sur la courbure des lignes dans lesquelles sa perception du monde était prise et cela produisait un vivier de paroles muettes qui autorisait toute la palette des dialogues possibles.

De tous les animaux, c'était avec les lièvres qu'elle préférait parler. Leur rayonnement modeste se modelait facilement et leurs conversations légères fournissaient des informations auxquelles d'autres bêtes plus prétentieuses ne prêtaient pas attention. C'est auprès des lièvres qu'elle s'était enquise du cheval gris après le jour des flèches sombres, et auprès d'eux qu'elle avait commencé de soupçonner qu'une forme de protection avait désormais passé — comment et pourquoi, elle n'aurait su le dire, mais les lièvres parlaient d'un reflux des saisons et d'une sorte d'ombre qui, par moments, s'en venait errer sur les bois. Surtout, ils n'avaient pas pu lui dire comment le cheval était venu mais ils avaient perçu sa détresse à ne pas pouvoir la rejoindre. Et à ce qu'elle lui avait crié — *quel est votre nom ?* — ils n'avaient pas de réponse non plus mais ils pressentaient qu'il avait été empêché de révéler comment il s'appelait par une force qui n'était ni bonne ni, hélas, démunie. Or, les stigmates de cette force, Maria les constatait de plus en plus dans la belle campagne. Un soir qu'elle était à plat ventre dans l'herbe de la friche et qu'elle laissait sa pensée vaguer au gré des cantos qui, çà et là, éclataient dans le soir de mars, elle sauta soudain sur ses pieds avec une vivacité de chat effrayé parce que la musique des arbres avait subitement cessé et fait place brièvement à un grand silence glacé. Elle aurait pu en mourir. Plus encore, elle était certaine que cela n'était pas naturel, qu'un pouvoir y avait pourvu avec détermination, que ce pouvoir brûlait d'accomplir un dessein très morbide et très noir et que ce qui avait duré trois secondes à peine se reproduirait avec plus de vigueur. Maria savait aussi qu'elle était trop jeune pour comprendre le jeu de rivalités des grandes forces mais elle percevait les remous d'un affolement qu'on avait certainement espéré plus lointain. Elle ne pouvait pénétrer la substance de cette intuition qui la jetait dans les bois en quête d'un lièvre avec qui partager son désarroi, mais elle avait la certitude qu'un dérèglement dans le firmament des puissances provoquait ces événements inédits.

C'est à cette époque, en ce printemps qui était un peu moins splendide que les précédents (où il ne plut pas à l'exact moment où on l'aurait désiré et où il gela un peu plus tard qu'il n'eût fallu pour les abricotiers du verger), que Maria fit un rêve dont elle s'éveilla avec une sensation d'allégresse et d'effroi mélangés.

Le poème italien avait déjà suscité un considérable émoi. Il n'y avait personne qui fût susceptible de le traduire et monsieur le curé l'avait regardé avec perplexité, parce que son latin lui permettait bien de deviner des mots mais non pas de comprendre l'intention de l'ensemble, non plus que les circonstances de sa distribution postale. Il balança la décision de présenter aux autorités ecclésiastiques un faisceau de faits que ni la raison ni la foi ne permettaient d'éclaircir avec satisfaction, mais résolut *in fine* de ne pas leur écrire et de garder par-devers lui pour le moment la liste des choses étonnantes de ces temps. Au lieu de cela, il fit venir de la ville un beau dictionnaire d'italien dont la couverture rouge au grainé de pétale illumina l'austérité cléricale de son vieux sous-main fatigué. La beauté qu'il découvrait dans les sonorités de cette langue dépassait en béatitude toutes les transes verbales connues, y compris celles du latin qu'il aimait pourtant tendrement. De quelque façon qu'il la prononçât, il avait dans la bouche un même goût d'eau claire et de violettes mouillées, et devant les yeux une même vision de remous joyeux à la surface d'un lac vert. Bien après qu'il eut traduit le poème et médité sur son arrivée à la ferme, il continua de lire les mots du dictionnaire et se fit en quelques mois une base qui lui permettait de comprendre les citations qui accompagnaient parfois les définitions — d'autant qu'il y avait à la fin de l'ouvrage un précis de conjugaison qui, pour lui donner du retors, ne sut pas décourager ses ardeurs. Bref, en six mois, notre curé parlait un italien hésitant avec des tournures peut-être inhabituelles à Rome et un accent que la phonétique indiquée ne pouvait totalement assurer, mais aussi cette solidité de connaissance que l'on acquiert quand on étudie bien ce que l'on ne peut pas pratiquer par ailleurs. Il avait partagé le résultat de sa traduction et on n'avait pu aller beaucoup plus loin que quelques conjectures et hochements de tête : on croyait que la lettre n'était pas venue là au hasard et qu'elle était bien destinée à Maria, on se demandait ce que ce lièvre et ce sanglier avaient à faire dans le paysage, et si on se promenait sous les arbres, ma foi… on soupira. Mais impuissance n'est pas quiétude et tout ceci se poursuivit en silence dans les cœurs qui se demandaient ce que serait le prochain remue-ménage et si la petite était toujours en sûreté. Aussi Maria, qui savait tout cela, ne dit-elle mot de son rêve. Un grand cheval blanc s'avançait dans la brume, puis il passait et elle marchait sous l'arche d'arbres inconnus le long d'un chemin de pierres plates. Alors la musique commençait. Combien de chanteurs, elle n'aurait su le dire, ni si c'étaient des hommes, des femmes ou même des enfants, mais elle entendait distinctement leurs paroles qu'elle redit avec ferveur dans l'obscurité de cette aube. Une larme coula sur sa joue.

la renaissance des brumes
les sans racines la dernière alliance

À la fin, quand les choristes s'étaient tus, elle avait entendu une voix qui répétait *la dernière alliance*, puis elle s'était réveillée dans l'émerveillement des musiques et la tristesse de cette voix qui n'était ni jeune ni vieille et portait en elle toutes les joies et tous les chagrins. Maria ignorait pourquoi elle avait auparavant voulu savoir quel était le nom du cheval d'argent mais pendant quelques minutes, cela lui avait semblé la seule chose importante en ce monde. De même, il n'était rien qui comptât plus ce matin que d'entendre une nouvelle fois cette voix d'argent pur. Et si la perspective d'avoir un jour à quitter le village l'emplissait d'une affliction d'autant plus grande qu'elle pressentait que cela arriverait avant l'heure où les enfants quittent normalement les lieux où ils ont été protégés et aimés, ce que cette voix faisait à son désir lui apprenait aussi qu'elle partirait sans vaciller, quels que fussent déchirements et larmes.

Elle attendait.

– Leonora –

Tant de lumière

Après la découverte du poème en marge de la partition et la révélation d'une trahison obscure qui menaçait une inconnue prénommée Maria, Clara fut quelques jours sans revoir le Maestro. Il semblait que Pietro l'ait accompagné car il ressurgit à la villa le soir où on l'informa que les leçons matinales reprendraient le lendemain. Clara fut surprise de la joie qu'elle eut à le revoir, quoiqu'ils fussent fidèles au contrat laconique du premier jour qui ne les vit échanger que quelques mots avant de rejoindre leurs chambres. Mais il y avait dans la voix et les gestes du grand homme un peu voûté quelque chose de familier qui lui fit l'effet d'un retour au foyer, et elle s'étonna qu'en un laps de temps si court, entrecoupé de si rares tendresses, les deux seuls hommes qu'elle côtoyait à Rome lui fussent devenus plus chers que tous ceux avec lesquels elle avait vécu jusque-là. Ce n'était pas le miroitement chamarré qui enveloppait les humains assemblés autour de la table de la ferme, mais les chevaux sauvages et les pierres de sous-bois créaient une affection sans effusions dont le champ de résonance s'étendait jusqu'à Pietro Volpe. Ainsi se rendit-elle le matin suivant au cabinet de répétitions où la leçon commença de la même façon que les autres. Mais à l'heure où elle aurait dû partir, le Maestro fit apporter du thé.

— Tu as eu d'autres rêves ? lui demanda-t-il.

Elle fit signe que non.

— Les vraies visions ne viennent pas au hasard, dit-il. Celui qui veut voir les contrôle.

— Tu peux voir Maria ?

— On me dit où elle est et ce qu'elle fait. Mais je ne la vois pas comme tu l'as vue dans ton rêve, ni comme tu pourrais la voir simplement en le décidant.

— Comment sais-tu que je le pourrais ?

Il passa sur le visage du Maestro une expression dont toute sa chair lui criait que c'était celle de l'amour.

— Je le sais parce que je connais ton père, dit-il. Il a un très grand pouvoir de vision, et je crois que tu as le même.

Une bulle de silence semblable à celle du soir du poème creva dans sa poitrine et lui fit mal.

— Tu connais mon père ? demanda-t-elle.

— Je le connais depuis très longtemps, dit-il. Il a écrit le poème de la partition pour toi. Quand tu l'as lu, il t'a menée à Maria.

Il y eut un long moment pendant lequel la bulle se reforma puis creva une dizaine de fois.

— Le sanglier et le lièvre sont nos pères ? demanda-t-elle.

— Oui.

Le souffle lui manqua.

— Mais je ne sais pas comment faire, dit-elle finalement.

— Tu vois quand tu joues.

— Je vois des paysages.

— La musique te relie aux lieux et aux êtres. Ces paysages existent et Maria est réelle. Elle vit loin, en France, dans un lieu où nous pensions qu'elle serait longtemps protégée. Mais le temps presse à présent et il faut que tu fasses confiance aux pouvoirs des tiens et à ceux de ton art.

Puis il se leva et elle comprit que la matinée au cabinet de répétitions était terminée. Mais à la porte, il lui dit encore :

— Ce soir, je vais te présenter une dame qui s'appelle Leonora. Elle nous a rappelé hier que tu as eu onze ans en novembre et m'a demandé de t'inviter à dîner.

Dans le soir, on fit route vers le versant d'une autre colline. Le Maestro lui-même les accueillit sur le perron d'une belle demeure, au bout d'une allée plantée de grands arbres qu'elle n'avait encore jamais vus dans Rome. Dans l'obscurité de l'heure, on ne distinguait pas le jardin, mais on entendait le courant d'un ruisseau dont les pierres composaient un motif mélodique qui éveilla en elle des images de lucioles vacillantes et de montagnes dans la brume. Elle regarda

111

le Maestro et il lui parut qu'elle avait devant elle un autre homme encore, qui n'était ni le professeur de musique ni celui auquel les fantômes donnaient le visage des passions, mais une âme traversée d'élancements qui filaient comme des flèches dans la même direction. Alors, elle la vit, brune et très longue, dissimulée dans son ombre ; les cheveux courts et les yeux immenses ; une tenue stricte qui eût pu passer pour austère ; point de fard et, à l'annulaire, un anneau d'argent d'une extrême finesse. À cette sobriété magnifique, l'âge avait ajouté des rides qui redoublaient les lignes pures de sa mise. On admirait le tracé de son épaule habillée d'une soie sans pli ni motif, et la pâleur du tissu, le piqué net à l'arrondi de l'encolure, la peau nue et un peu nacrée, le brillant sombre des boucles sans apprêt faisaient comme ces paysages de mer où se répondent les étirements de la grève et du ciel, dans ce raffinement de couleurs éteintes qu'atteignent seuls les chefs-d'œuvre de l'épure.

Il faut dire qui était Leonora, en sus d'être la sœur de Pietro et la femme du Maestro. La maison Volpe était une vieille dynastie de marchands d'art prospères. Avant que Clara n'y réside, Pietro donnait chez lui de grandes réceptions auxquelles il avait renoncé afin qu'elle demeurât cachée ; de même, les Acciavatti recevaient les artistes de leur temps qui, dès leurs premières visites, prenaient à la villa des habitudes jusqu'à venir là chaque jour déjeuner ou causer après le souper. Aussi Leonora Acciavatti née Volpe n'avait-elle jamais vécu seule. Le permanent flux des hôtes de la maison familiale s'était déplacé vers celle qu'elle partageait avec le Maestro, et elle y avait gardé la même manière singulière d'accueillir qu'elle avait eue autrefois là-bas ; on ne la suivait pas au travers des galeries mais par l'effet d'une géométrie qui ignorait la ligne droite, on s'adaptait aux trajectoires courbes de ses déplacements ; de même, on ne s'asseyait pas *en face* d'elle mais on se plaçait alentour selon des coordonnées géodésiques qui dessinaient dans l'espace intime les contours d'une sphère invisible. Alors, en dînant, on suivait des yeux un réseau de lignes incurvées dont ses gestes épousaient la cambrure, puis on partait en emportant avec soi un peu de la grâce de cette femme qui n'était pas belle mais que l'on trouvait sublime, ce qui, dans ce lieu d'art, était insolite car elle n'était pas musicienne, ne peignait ni n'écrivait et passait ses jours à converser avec des esprits plus brillants que le sien. Mais bien qu'elle ne voyageât pas et n'eût pas le goût du changement, que maintes femmes de même destin n'aient été que des élégantes, Leonora Acciavatti, à elle seule, était un univers. De l'héritière promise à l'ennui de sa caste, le sort avait fait une âme rêveuse douée du pouvoir de l'ailleurs, si bien qu'on se sentait naître auprès d'elle des fenêtres sur l'infini et qu'on comprenait que c'est en creusant en soi qu'on échappe aux prisons.

N'eût-il jamais été effleuré de caresses, il y a en chaque être la conscience native de l'amour, et dût-il n'aimer personne encore, il le connaît d'une mémoire qui traverse les corps et les âges. Leonora ne marchait pas mais glissait en laissant derrière elle un sillage de bateau de rivière, et à chaque glissade par où se déformait et se reformait une atmosphère aussi soyeuse que le sable des berges, le cœur de Clara rejoignait un peu plus le savoir qu'il avait toujours eu de l'amour. Elle la suivit jusqu'à la table du dîner et répondit aux questions qu'elle lui posait sur son piano et sur ses leçons ; on fit servir un repas fin et on fêta joyeusement ses onze ans ; enfin, on se quitta sur le perron, dans la musique étrange de l'eau, et ce fut le retour dans la nuit froide à la chambre solitaire du patio. Mais Clara se sentait moins seule qu'elle ne l'avait jamais été à Rome, parce qu'elle avait perçu en Leonora la pulsation familière de ses montagnes abruzzaises, la même qui sourdait continûment de ses terres de rochers et de pentes. Longtemps, elle ne l'avait pas connue autrement. Mais après la partition bleue de l'église, elle avait perçu la même vibration en parcourant ses chemins ou en jouant les belles œuvres, qui ne venait pas seulement des lieux auxquels ses yeux ou son piano la reliaient mais aussi de son esprit et de son corps illuminés par le jeu. Or, cette fréquence conjointe de la terre et de l'art se retrouvait dans les yeux et les gestes de Leonora, si bien qu'en celle en qui Rome voyait une élite à laquelle il était naturel que le Maestro s'alliât, Clara seule comprenait ce qu'il avait véritablement reconnu.

Elles ne se revirent pas de l'hiver. Clara travailla âprement sous la direction du Maestro qui continua de lui demander d'accroître son pouvoir de vision. Mais elle ne voyait rien, ni dans ses rêves ni dans le jour. Pour autant, il ne manifestait pas d'impatience et veillait seulement à ce qu'elle jouât des partitions qui lui semblaient aussi mortes que les pierres de la ville. Il ne lui répondait jamais quand elle demandait pourquoi il choisissait ces pièces pleines d'ennui, mais elle avait appris à discerner des éléments de réponse dans la question qu'il lui faisait aussitôt. Ainsi, un matin qu'elle l'interrogeait sur un morceau qui la faisait interminablement bâiller, il fronça les sourcils et lui demanda ce qui fait qu'un arbre est beau dans la lumière. Elle changea le tempo de son jeu et la pièce y gagna une élégance qu'elle n'avait pas soupçonnée à l'abord. Une autre fois qu'elle s'endormait sur une pièce si inutilement triste qu'on ne pouvait même pas pleurer en jouant, il s'enquit du goût des larmes sous la pluie et, en faisant ses doigts plus aériens, elle sentit une mélancolie blanche enfouie sous l'académisme des sanglots. Mais le dialogue le plus important advint un matin d'avril alors qu'excédée de devoir répéter une partition creuse, elle cessa simplement de jouer.

— On ne voit rien, dit-elle, il n'y a là que des gens qui jacassent et qui passent.

À sa grande surprise, il lui fit signe de se lever et de le rejoindre autour de la table où il prenait le thé.

— Tu es très douée mais tu ne connais du monde que tes montagnes et tes chèvres, et ce que t'en a dit ton curé qui en sait encore moins que les chèvres, lui dit-il. Pourtant, il y avait une vieille bonne et un berger qui te racontaient des histoires.

— J'écoutais leur voix, dit-elle.

— Oublie les voix et souviens-toi des récits.

Comme elle le regardait sans comprendre, il ajouta :

— Là d'où je viens, on ne s'intéresse pas non plus aux histoires, pourvu qu'on ait le chant de la terre et du ciel.

Puis, après une hésitation :

— Il y a un tableau dans ta chambre, n'est-ce pas ? Il a été peint il y a très longtemps par un homme qui venait de mon pays et, comme moi, s'intéressait aux récits. Ce soir, regarde encore le tableau et tu verras peut-être ce que la terre et les paysages occultent dans ton cœur, malgré les sagas de la vieille bonne et les poésies du berger. Sans terre, l'âme est vide, mais sans récits, la terre est muette. Tu dois raconter en jouant.

Il lui dit de reprendre place devant le piano et elle rejoua la partition bavarde. Elle n'avait pas compris ce qu'il avait voulu dire mais elle entendit une voix plus profonde en deçà de celles qui péroraient et passaient.

Elle leva les yeux vers lui.

— Souviens-toi des récits, dit-il en se levant. Ils sont l'intelligence du monde — de celui-ci, et de tous les autres.

Le même soir, il vint chez Pietro travailler avec elle. C'était la fin d'avril, il faisait très doux pour la saison et on avait au patio des roses en abondance, ainsi que du lilas déjà fleuri dont le parfum était sublimé par la petite pluie d'avant le dîner. Quand Clara arriva dans la salle du piano, elle eut la surprise d'y trouver Leonora.

— Je viens et je m'en vais, lui dit-elle, mais je voulais t'embrasser avant votre leçon.

Et, en effet, elle était habillée pour sortir d'une robe en tombé de crêpe noir qu'éclairaient deux larmes de cristal à quoi s'assombrissaient encore ses cheveux et ses yeux. On ne pouvait se figurer plus absolu raffinement que la fluidité de cette robe et de ces pendants en perles d'eau immobile, et comme Leonora y ajoutait les arabesques auxquelles se réglaient ses mouvements, on ne savait plus si on regardait une rivière ou une flamme qui s'enroulait sur elle-même.

— Je sais qu'on te dit bien peu et qu'on te demande de travailler dans la solitude, dit Leonora.

Elle se tourna vers Gustavo et Pietro.

— Mais j'ai confiance en ces hommes. Alors je viens partager avec toi ma foi et te demander si tu veux bien jouer pour moi.

Répandant dans le soir sa fréquence comme d'un parfum rare et léger, elle dit encore :

— J'aimerais entendre la partition que tu as jouée dans l'église la première fois, celle qu'Alessandro t'a donnée à la fin et qui était bleue, je crois.

Clara lui sourit. Faut-il dire qu'en onze années d'une existence sans heurts ni tourments, elle n'avait pas souri plus de quatre fois ? Quoiqu'elle eût été initiée depuis longtemps aux sympathies naturelles, elle n'avait jamais pénétré le domaine des affinités humaines. Leonora vit ce sourire et porta une main à sa poitrine pendant que Clara prenait place devant le clavier et que les hommes s'asseyaient à leur tour. Elle n'avait pas rejoué la partition bleue depuis le jour des grandes noces. Elle se souvint de ce que le Maestro lui avait dit des récits et, aux lacs silencieux que chantait le morceau, se superposa un fil étrange qu'elle suivit comme une piste. Quelque chose s'enroula dans l'air puis se déroula à l'intérieur d'elle-même. C'était plus qu'une fragrance mais moins qu'un souvenir, et il y flottait une note de terres et de cœur sous la forme d'une histoire de découvertes dans la nuit que ses doigts voulaient maintenant raconter. Alors elle joua le morceau comme au premier jour, à la même vitesse et avec la même solennité, mais ses mains étaient lestées d'une magie nouvelle qui ouvrait le territoire du rêve dans les heures éveillées. Une lampe à pétrole éclairait la table autour de laquelle la famille prenait son repas. Par quels cristaux passait cette vision dont Clara savait qu'elle n'était pas une rêverie mais la perception actuelle, loin au nord, du monde de Maria ? À mesure qu'elle jouait, elle se connectait à un immense kaléidoscope où son cœur reconnaissait des irisations familières et où son œil plongeait à la façon des aigles, en augmentant à chaque battement d'ailes le détail de la scène. Elle pouvait scruter les visages de ces hommes et femmes qu'elle n'avait vus que fugacement à la fin du premier rêve. On parlait peu en dînant et on économisait des gestes réglés par le même ballet de la vie ordinaire, par la même cène paisible où se coupe en silence le pain, où on veille à ce que la petite soit toujours bien servie et où, à une remarque du père, on s'esclaffe avant de replonger le nez dans sa soupe. Au moment où elle aborda la dernière mesure, tous rirent à gorge déployée alors que la mère se levait pour aller chercher un compotier dans l'ombre de la salle. Puis Clara cessa de jouer et la vision disparut.

Elle leva les yeux. Leonora avait posé la main sur le bois sombre et ses joues étaient inondées de larmes. Sur le visage de Pietro aussi avait passé un sanglot, et Petrus semblait aussi ému qu'éveillé. Mais le Maestro n'avait pas pleuré. Leonora vint à côté d'elle et, en se penchant, lui déposa un baiser sur le front.

— Je m'en vais, lui dit-elle en essuyant ses larmes, mais je te remercie de ce que tu nous as offert ce soir.

Se tournant vers le Maestro, elle dit encore :

— Il y aura bien d'autres heures à présent.

Plus tard, dans sa chambre, Clara ne s'endormit pas. Elle sentait en elle la brèche qui s'était ouverte quand elle avait joué pour Leonora et elle voulait rejoindre encore une fois la ferme de Maria. Elle resta un long moment abandonnée au silence et laissa vaguer son esprit au gré des bribes de récits que lui faisait autrefois sa vieille bonne. Après un certain temps, une nappe liquide de réminiscence vint la baigner de toute la grande histoire qu'il y avait dans les petites histoires du Sasso. Elle ne cherchait pas à les suivre non plus qu'à les reconstituer vraiment, mais elle voyait maintenant qu'elles avaient une étoffe qu'elle pouvait transcrire en musique — une musique insolite où à la sonorité et à la tonalité des formes s'ajoutait la même strate qui naissait parfois de ses dialogues avec le Maestro, et qu'elle avait perçue le premier soir devant le tableau de sa chambre où, à l'ivresse des couleurs, se mêlaient les récits de l'image. Elle vit la vieille bonne repriser en lui contant une histoire d'enfants perdus dans la montagne ou de bergers égarés dans les combes, et elle se laissa couler au fil d'une méditation sans direction ni suite dont la mélodie allait au-delà des présences et des temps. Alors, par une conflagration nouvelle des récits et des terres, le même canal tracé plus tôt par la partition s'ouvrit dans son esprit sans qu'elle eût à faire d'effort pour en maintenir la lumière. Oh tant de lumière. C'est la nuit aussi sur le petit monde de la ferme et dans la salle silencieuse meurent les dernières braises. On sent la force des pierres autour des humains qui s'en encerclent et protègent, et la force du bois qui étend ses tentacules dans l'invisibilité des parois. Malgré l'obscurité, les vibrations minérales et organiques dessinent un réseau lumineux dont Clara s'émerveille de voir les tracés car Maria est là, dans l'étrange clarté, et, immobile, regarde la table où il y a un pot de terre, un verre d'eau empli de moitié et des gousses d'ail oubliées du repas. Alors, dans le déroulé interminable et fulgurant par lequel la main de la petite Française déplace le verre et y ajoute une brisure de lierre, il y a un redéploiement de la totalité de l'univers dont Clara perçoit les craquements gigantesques et les déplacements de banquise — puis tout se pose et se tait et embrasse le génie de la félicité. Ainsi de la nuit du grand commencement. Clara suivit Maria à travers le foyer endormi jusqu'à son lit où elle s'enfouit sous un gros édredon rouge. Mais avant de s'endormir, Maria ouvrit grand les yeux en fixant le plafond et Clara reçut au cœur ce regard. Était-ce la magie du lien de musiques et de récits ? Elle en fut bouleversée comme d'une première intimité avec un être qui n'attendait rien d'elle en retour et, dans le silence de sa chambre du patio, pour la seconde fois du jour, elle sourit. Enfin, juste avant le sommeil, elle eut la dernière vision d'une table de

ferme où, à la juste tension d'un verre, d'un pot
de terre et de trois gousses effleurées de lierre,
se capturaient la somptuosité et la nudité du
monde.

— Je l'ai vue en jouant, dit-elle le lendemain
matin au Maestro, et je l'ai revue dans la nuit.

— Mais elle ne peut pas te voir.

Il écouta ce qu'elle lui décrivit du dîner, des
hommes et des femmes de Maria, des rires par-
tagés et des pierres protectrices mais vivantes.
Puis ils entamèrent la leçon avec un morceau
qui lui parut plus morne et plat que les plaines.

— Concentre-toi sur l'histoire et oublie les
plaines, lui dit le Maestro. Tu n'écoutes pas ce
que te raconte la partition. On ne voyage pas
seulement dans l'espace et le temps mais, surtout, dans le cœur.

Elle fit son jeu plus délicat et plus lent et elle
sentit que s'ouvrait en elle un nouveau canal,
qui débordait le paysage de plaine et traçait
un réseau de points aimantés autour desquels
s'enroulait une histoire que la musique pouvait
dérouler. Alors elle retrouva Maria. Elle cou-
rait sous des nuages si noirs que la pluie elle-
même était d'argent sombre. Elle la vit traverser
comme une flèche la cour de la ferme, ouvrir la
porte à la volée puis rester un instant face à la
compagnie éberluée d'un postier et de quatre
petites vieilles. Enfin elle entra, tendit la main
et se saisit de la lettre. Clara vit l'eau du ciel se
révulser d'un coup et s'évaporer dans le silence

122

et le soleil retrouvés, et Maria lire les deux lignes disposées sur le papier léger de la même manière que sur la partition du patio.

la lepre e il cinghiale vegliano su di voi
quando camminate sotto gli alberi
i vostri padri attraversano il ponte per
abbracciarvi quando dormite

Clara sentit l'émotion que Maria avait à découvrir le poème, puis elle leva les yeux vers le Maestro et maintint la coexistence des deux perceptions, dans un embrassement par lequel elle voyait l'ici et l'ailleurs, la ferme étrangère et le cabinet de la ville, comme des grains de poussière dans un rayon de lumière.

— C'est le pouvoir de ton père, dit le Maestro après un silence.

Elle sentit en elle-même une présence inaccoutumée, un effleurement léger mais pressant.

— Tu vois ce que je vois ? demanda-t-elle.

— Oui, dit-il, je vois Maria comme tu la vois. Celui ou celle qui voit a aussi le pouvoir de faire voir.

— Tu as envoyé le poème ?

— Il a fait le lien entre vous, dit-il. Mais le poème n'est rien sans le don par lequel ta musique relie entre elles les âmes qui se cherchent. Nous faisons un pari qui peut sembler insensé mais chaque événement nouveau semble confirmer que nous avons raison.

— Parce que je vois Maria, dit-elle.

— Parce que tu vois Maria hors du Pavillon, dit-il.

— Hors du Pavillon ?

— Le Pavillon où les nôtres peuvent voir.

Puis elle posa une dernière question et une vague étrange passa en elle avant de disparaître comme un songe.

— Verrai-je un jour mon père ?

— Oui, dit-il, je l'espère et le crois.

Ainsi débuta une ère nouvelle. Elle travaillait le matin au cabinet de répétitions puis rentrait à la villa du patio pour le déjeuner, lequel se suivait toujours d'une sieste, après quoi elle retrouvait Leonora qui venait là prendre le thé et l'écouter jouer. À cette amitié italienne s'en agrégeait une autre, celle qu'elle avait pour la petite Française et ses inénarrables mémères, car la vision de Maria ne la quittait plus et elle vivait avec elle de la même façon qu'on respire. Aux heures passées avec la femme du Maestro se mariaient celles de la ferme lointaine en une conflagration qui lui rendait les vieilles Bourguignonnes aussi familières que la grande bourgeoise de Rome. Tout le jour durant, elle les suivait de la cuisine au jardin et du poulailler au cellier, qui priaient ou cousaient, concoctaient ou binaient, et en scrutant les pauvres visages érodés par l'âge et le labeur, elle apprit leurs prénoms dont elle se répétait à mi-voix les sonorités insolites. Entre toutes, c'était Eugénie qu'elle préférait, peut-être parce qu'elle parlait aux lapins en les nourrissant de la même façon qu'elle s'adressait à Dieu en priant ; mais elle aimait aussi le père et ses silences d'homme farouche, et elle comprenait que la confiance qui le liait à Eugénie et à la petite plongeait sous la surface de leur terre, comme une affinité souterraine qui se serait propagée sous les champs et les forêts puis aurait remonté au jour par la plante de leurs pieds. En revanche, il en allait différemment de Rose, la mère, qui parlait un étrange langage de ciel et de nuages et semblait un peu à part de la petite société de la ferme. Cependant, c'était d'abord Maria qu'elle suivait de l'aube au coucher et dans la retraite de la nuit ; Maria qui ouvrait grand les yeux dans le noir et la regardait sans la voir ; et Maria dont la touchaient au cœur les marches dans cette campagne qu'elle faisait briller de miroitements ineffables.

Puis ce fut une nouvelle année et un mois de janvier très froid qui étreignit Clara d'une appréhension douloureuse. Elle s'en ouvrit au Maestro alors qu'ils travaillaient dans une aube blafarde qui, pensait-elle sombrement, seyait à ravir aux pierres mortes de la ville.

— Notre protection tient, dit le Maestro.

Il regarda de nouveau au travers de la vision de Clara et, se passant la main sur le front, soupira et parut soudain très las.

— Mais l'ennemi est peut-être plus fort que nous ne l'imaginons.

— Il fait si froid, dit Clara.

— C'est son intention.

— L'intention du Gouverneur ?

— Le Gouverneur n'est qu'un serviteur.

Puis, après un silence :

— Dans dix jours, nous fêterons l'anniversaire de Leonora et il y aura quelques amis à dîner. Je voudrais que tu prépares un morceau de ton choix et que tu le joues pour nous ce soir-là.

Le soir du dîner d'anniversaire, Clara n'avait pas revu Leonora mais elle avait pensé à elle chaque seconde de journées dévolues pour moitié à la pièce qu'elle avait prévu de jouer, pour moitié à Maria qui semblait arpenter fiévreusement ses terres blêmes. Elle avait travaillé au patio sans aller au cabinet de répétitions, dans une solitude d'autant plus grande que Pietro avait disparu lui aussi et qu'il ne reparut pas non plus le jour où on la conduisit sur l'autre colline. Depuis le matin, elle souffrait du même pressentiment douloureux qui avait crû au point qu'elle avait la sensation de respirer aussi difficilement qu'à son arrivée dans la ville. Durant tout ce temps, Petrus, fidèle à ses habitudes, avait ronflé dans sa bergère sans se soucier de ses tourments. Mais au moment où elle s'apprêtait à partir pour la villa Acciavatti dans une humeur confuse où dominait l'anxiété, il apparut dans un costume noir qui tranchait d'avec le négligé de ses tenues ordinaires. Il surprit son regard étonné.

— Ça ne va pas durer, lui dit-il.

Et comme elle le regardait, interloquée :

— Les vêtements, dit-il. C'est quand même une chose étrange. Je ne sais pas si je m'y ferai jamais.

Il faisait encore plus froid qu'aux jours précédents et il tombait une petite pluie insidieuse qui se portait aux os. L'allée serpentait dans la nuit et elle entendait le chant de l'eau élevé par l'hiver à son niveau mélodique majeur. Pour une raison inconnue, sa poitrine se serra un peu plus mais elle n'eut pas le temps d'y songer car on arrivait au perron où les attendait un homme aux traits aquilins et familiers. Il était d'une élégance extrême, en tenue d'apparat avec queue-de-pie et pochette de soie, mais ses vêtements s'assouplissaient nonchalamment de ses gestes racés et paraissaient une seconde peau en dépit des travestissements du gala. On voyait que l'homme était né nanti de cette grâce où se puisent les plus grandes extases et les interminables incendies, et Clara sut qu'il était beau parce qu'il respirait à la manière des arbres, avec une ampleur qui le rendait tout à la fois plus aérien et plus droit. C'était par cette respiration solaire qu'il s'épousait au monde avec une fluidité qu'atteignent rarement les humains, et qu'il entrait avec l'air et le sol dans l'harmonie qui avait fait de lui un artiste magnifique. Puis la chute était venue au tribunal d'une espèce qui n'est pas conformée pour la ferveur des grands dons — mais ce soir-là, Alessandro Centi, car c'était lui, était redevenu l'homme qu'il avait été autrefois.

— Eh bien, petite, murmura-t-il, nous voici réunis tout à point.

Il l'entraîna à sa suite en commençant une histoire dont elle n'écouta pas les paroles, bercée qu'elle était par l'allégresse de sa voix. Derrière eux, Petrus marmonnait énigmatiquement mais elle ne put pas en comprendre la cause car ils arrivèrent dans la grande salle illuminée de bougies où son chaperon fondit comme l'éclair sur un plateau de coupes ambrées. Gustavo et Leonora causaient avec une dizaine d'invités qui embrassèrent Clara, qu'on leur présenta comme la nièce de Sandro mais aussi une jeune virtuose du piano. L'assemblée lui plut. Il y avait là les amis les plus proches qui, tous, paraissaient connaître Alessandro de longue date et se réjouir qu'il fût de nouveau parmi eux. Aux bribes de conversation qu'elle dérobait çà et là, elle comprenait que la plupart étaient des artistes. Elle apprit avec surprise qu'Alessandro était peintre et elle entendit à plusieurs reprises qu'on lui disait de peindre de nouveau et de ne plus avoir peur de la nuit. On servait du vin doré, on riait et devisait avec un mélange de sérieux et de fantaisie dans lequel elle se sentit peu à peu dériver en une sensation bienheureuse qu'elle ne se souvenait pas avoir jamais éprouvée… grandeur des communautés tissées de la même inclination ajoutée à la chaleur protectrice des hordes primitives… des hommes et des femmes liés par la conscience partagée de leur fragilité d'êtres nus et d'une collusion de désir qui les associait dans le vertige de l'art... et c'était le même rêve éveillé, les mêmes abîmes et les mêmes appétits qui les avaient convaincus un jour d'écrire leur histoire à l'encre des fictions de couleurs et de notes.

Leonora vint lui parler et la compagnie se rassembla autour d'elles pour écouter les réponses que Clara faisait aux questions sur son piano et ses heures de travail avec le Maestro. Mais quand Gustavo la pria de jouer, elle se leva, le cœur battant, tandis que le pressentiment qui l'avait poursuivie durant toute la journée la submergeait au centuple.

— Que vas-tu jouer ? demanda une des invitées.

— Un morceau que j'ai composé, répondit-elle, et elle vit la surprise du Maestro.

— C'est ta première composition ? demanda un homme qui était chef d'orchestre, lui aussi.

Elle fit oui de la tête.

— A-t-elle un titre ? demanda Leonora.

— Oui, dit-elle, mais je ne sais pas si je dois le dire.

Tout le monde rit et Gustavo haussa un sourcil amusé.

— Ce soir est un soir de grande mansuétude, dit-il, tu peux dire ton titre si tu le joues ensuite.

— Le morceau s'appelle *Pour son malheur, cet homme était allemand*, répondit-elle.

L'assemblée éclata de rire et Clara comprit qu'elle n'avait pas été la seule destinataire de cette saillie du Maestro. Elle vit aussi qu'il riait de bon cœur en même temps qu'elle décelait en lui la même émotion qu'il avait eue en lui disant : *je te reconnais bien là.*

Puis elle joua et il se produisit trois événements. Le premier fut la subjugation de tous les présents du dîner que le jeu de Clara transforma en statues de sel ; le deuxième l'amplification du bruit de l'eau sur les pierres du jardin, qui se mêlait si parfaitement à sa composition qu'elle comprit qu'elle avait vécu dans cette musique du moment où elle l'avait entendue ; et le troisième l'arrivée d'un invité inattendu dont la silhouette s'encadra soudain dans l'embrasure de la porte.

Beau comme tous les anges du grand dôme, Raffaele Santangelo souriait et regardait Clara.

Pavillon des Brumes

Conseil elfique restreint

— Elle sait que les pierres sont vivantes. Même dans la ville, elle ne l'oublie pas. Et elle joue miraculeusement. Mais elle est trop seule encore.

— Leonora est là et Petrus veille.

— Il boit trop.

— Mais il est plus dangereux qu'une cohorte de guerriers abstinents.

— Je sais, je l'ai déjà vu boire et se battre, et convaincre des phalanges de conseillers hostiles. Et les pouvoirs de Clara grandissent. Mais de combien de temps disposons-nous ? Nous ne serons peut-être même pas capables de sauver nos propres pierres.

– Eugénie –

Tout le temps de la guerre

Après avril et l'événement de la lettre italienne, il s'était fait à la ferme quelques mois
aussi plats qu'un pain sans levain. La saison avait
passé et une autre l'avait remplacée. Maria avait
eu douze ans et il n'avait pas neigé. L'été avait
été inattendu. On n'avait jamais vu encore de
temps plus changeant et plus chaotique, comme
si le ciel hésitait sur la marche qu'il voulait adop-
ter. Les orages de la Saint-Jean avaient éclaté
trop tôt. Les soirées chaudes avaient succédé à
des crépuscules d'automne où on sentait que la
saison tournait. Puis l'été s'était remis d'aplomb
et les libellules avaient reparu par hordes.

Maria continuait de deviser avec les animaux
des bois. Les rumeurs d'ombres s'intensifiaient
dans la communauté des lièvres qui semblait y
être plus sensible que les autres. Mais les cerfs
parlaient aussi entre eux d'une sorte de dépérissement des ressources que quelque chose gâtait
sans que l'on sût comment et même si, pour le

moment, le village poursuivait sa vie ordinaire sans comprendre le changement, Maria notait un paradoxe surprenant : la campagne déclinait mais les dons des mémères croissaient.

L'évidence s'en fit à la fin de janvier — le soir de l'anniversaire de Leonora — alors que Jeannette avait été rivée tout le jour à des fourneaux transformés en cabinet d'alchimiste parce qu'on recevait ce soir-là un frère du père et sa femme arrivés du grand Sud. Le dîner, composé d'une pintade truffée encadrée d'une terrine de foie et d'un pot-au-feu en ravigote (le tout agrémenté de cardons si bien caramélisés que le jus en coulait encore dans les gorges en dépit du vin de côte), fut un éblouissant triomphe. Quand il finit par s'échouer sur une tarte à la crème qu'on avait servie avec les pâtes de coings d'Eugénie, il n'y avait plus dans la salle qu'une cargaison d'estomacs aussi heureux et stupides qu'avant l'indigestion. Mais sur le coup des deux heures, il se fit dans la chambre d'Angèle, qu'elle avait cédée au Marcel et à Léonce, un tintamarre qui réveilla toute la ferme. On tâtonna dans le noir, on alluma les bougies et on se rendit à la chambre où se tordait sous les douleurs d'une attaque de foie et d'une forte fièvre un Marcel dont on craignit qu'il ne fût emporté dans l'heure. Eugénie, qui n'avait cessé de rêver de cavernes profondes où s'entassaient des sédiments d'une matière gluante et jaunâtre, ne fut soulagée de se réveiller de ce mauvais pas que pour découvrir qu'elle

133

entrait dans un autre. Elle titubait un peu et tentait de rétablir le bonnet de nuit qui lui avait glissé sur l'oreille, mais la découverte du malade sur son lit de souffrance la réveilla d'un coup et la campa droit dans ses chaussettes de grosse laine. Elle avait déjà guéri tout le bas pays des maux divers pour lesquels on venait la consulter et prescrit, partant, un considérable cortège de potions, dilutions, teintures, sirops, décoctions, gargarismes, pommades, onguents, baumes et cataplasmes de sa confection, parfois destinés à des malades dont les chances d'en réchapper étaient minces et à l'enterrement desquels elle avait ensuite assisté tristement. Pourtant, si étrange que cela pût paraître, c'était la première fois qu'elle se trouvait en présence d'un malade à l'heure fatidique. La crise était tout autour et on ne pouvait pas la fuir. Par ailleurs, elle n'en avait pas le moins du monde l'intention. Au contraire, elle était animée du sentiment que tous les chemins de sa vie avaient mené à cette chambrette de douleur.

Eugénie n'était pas comme Angèle une femme à la vie intérieure intense dont les braises se seraient peu à peu éteintes. Elle voyait le monde comme un ensemble de tâches et de jours dont l'existence seule suffisait à leur justification. Elle se levait le matin pour prier et nourrir les lapins, préparait ensuite ses remèdes, priait de nouveau, cousait, ravaudait, récurait, s'en allait faucher ses simples et biner son potager, et si tout avait été exécuté en temps et sans heurts, se couchait contente sans une seule pensée. Mais l'acceptation du monde tel qu'il lui était livré avait peu à voir avec la résignation. Si Eugénie était heureuse d'une vie ingrate qu'elle n'avait pas choisie, c'est qu'elle vivait dans les prières continuelles qui lui avaient été inspirées à cinq ans par une feuille de menthe du jardin de sa mère. Elle avait senti courir dans ses vaisseaux le flux vert et parfumé de la plante, qui n'était pas seulement une matière merveilleusement accordée à la texture de ses doigts et de son odorat mais racontait aussi une histoire sans mots à laquelle elle s'était abandonnée comme au courant d'une rivière. Alors, ça avait été en elle une incroyable clarté qui lui commandait en images une série d'actions qu'elle avait accomplies le cœur battant et qui n'avaient été interrompues que par les exclamations des adultes qui voulaient l'empêcher de continuer — jusqu'à ce que l'on découvre qu'elle avait été piquée à la joue et que l'on comprenne qu'en se frottant le visage avec la feuille de menthe humide et poivrée, elle s'appliquait le remède qui pouvait déprimer la douleur. Elle n'en était pas consciente, elle n'avait même jamais soupçonné que les autres n'étaient pas bercés de la même oraison qui avait d'abord pris la forme de chants délicieux qu'elle entendait dans le contact avec la nature, puis s'était remplie de sens lorsqu'on l'avait menée à l'église et que l'esprit de ces psaumes avait trouvé là un visage et des mots ; elle avait simplement écrit les paroles sous les portées de la partition qu'elle connaissait déjà et les fastes de la menthe y avaient conquis leur doctrine et leur Dieu. D'une certaine façon, c'était une perception des cantiques naturels qui se rapprochait au plus près de celle de Maria, et si elle avait été saisie par la composition aux gousses d'ail dont avait été sublimée la salle de la ferme, c'est parce qu'elle était initiée à l'ordre des raisons invisibles qui l'avait rendue si heureuse alors même qu'elle était née si pauvre.

Mais le grand drame de sa vie avait été le fils qu'elle avait perdu à la guerre et dont le nom était gravé sur le monument du village. Pendant toute la durée des combats qui déchiraient le ciel de France d'une estafilade empoisonnée, elle avait été anéantie que les violettes continuassent de se flétrir avec la même exquisité que toujours et, quand elle avait perdu son fils, il lui avait paru que la beauté des bois était une indignité qui ne pouvait s'expliquer, même dans les pages des Saintes Écritures, parce qu'il était inconcevable qu'un monde si somptueux pût avoisiner un tel arrachement de douleur. La mort de son mari, bien qu'elle en ait été fort affligée, n'avait pas été la même tragédie car il s'en était allé comme le font tous les vivants, comme fanent les iris et s'éteignent les grands cerfs. Mais la guerre embrasait les lignes et brûlait la réalité jusqu'à l'os ; partout, on se cognait à des murs hauts comme des cathédrales qui édifiaient la mort au milieu des belles plaines ; et que cela se fît en transparence des bouquets de printemps était un paradoxe qui la touchait au point même qui l'avait fait vivre jusque-là, celui des osmoses sacrées qui accordent les vivants et leur terre. Avant que son fils ne fût mort, elle avait déjà perdu l'appétit ; mais après l'annonce qu'il ne reviendrait pas des champs lointains et qu'on ne lui renverrait pas le corps, parce qu'il y avait eu tant de pertes et de si grands incendies qu'on avait seulement fait liste de ceux qui n'étaient pas rentrés, Eugénie ne put même plus se rappeler ce que désirer voulait dire.

Un matin peu avant la fin de la guerre, on lui amena un enfant du village voisin qui était malade depuis des mois et toussait à s'épuiser du matin jusqu'au soir. Le garçon était déchiré d'une toux si harassante qu'elle en conçut une douleur qui ne put s'apaiser que lorsqu'elle lui posa la main sur le torse, tenta de sentir les voies par où passait le mal et, découvrant des poumons sans corruption, comprit en un éclair qu'il souffrait de la maladie dont elle-même se mourait. Elle accentua la pression de sa paume sur la pauvre poitrine dénudée où les puissances de la guerre creusaient une crevasse de douleur et de rage. Puis elle caressa la joue de l'enfant, lui mit un peu de la pommade d'argile des foulures et lui dit en souriant, bouleversée de sentir en elle des vannes s'ouvrir et laisser aller un flot de débris suffocants, s'ouvrir et renouer avec l'aube en dépit des blessures et des haines — lui dit en souriant : *cela passera, mon ange.* La mère lui fit savoir deux jours après que la toux avait cessé et que le petit ne parlait pas mais qu'il souriait sans arrêt, et Eugénie put reprendre le cours de la même existence irriguée aux chants des herbages. Mais elle y avait incorporé la connaissance du mal sous la forme d'une blessure dont elle sentirait désormais le trou noir dévorer chaque jour son comptant de matière et d'amour. Étrangement, cela fit qu'elle décelait mieux les sources profondes des maladies, mais elle sentait aussi qu'une part de son talent était empêchée et que l'acuité de diagnostic était devenue de proportions inverses au pouvoir de guérir. Quelque chose avait crû, quelque chose d'autre avait chu, et quoiqu'elle ne fît pas de philosophie, elle sentait cette croix perpétuelle qui sabordait ses actions de soigneuse.

Pourquoi les chemins du destin apparaissent-ils soudain à la manière dont des lettres se traceraient d'elles-mêmes dans le sable des rivages ? La vie avait repris après les conflits et on s'en était retourné aux champs où, durant les massacres, n'avaient travaillé que les vieillards et les femmes. Il y avait eu de nouvelles moissons, de nouveaux hivers et d'autres langueurs automnales, et les survivants avaient pleuré leurs morts alors que l'horreur des carnages les avait rendus inconsolables à jamais. Mais on vivait pourtant et on souriait aux libellules de l'été, quand la campagne croulait sous les pierres grises balafrées de deux mots voués à tous les damner. *Souvenez-vous ! Souvenez-vous ! Souvenez-vous du destin qui broie et demande encore l'aumône des réminiscences par la malédiction de l'amour qui a péri sous l'acier !* Eugénie, en entrant dans la chambrette où agonisait Marcel, sentit que Maria lui effleurait brièvement l'épaule avant de reculer silencieusement dans l'ombre. Et alors, seulement, elle revint de la guerre. Les chemins du destin... On déplace une gousse d'un millimètre et le monde en est entièrement changé ; un infléchissement dérisoire dérange la position intime de nos émotions et transforme pourtant notre vie à jamais. Eugénie sentait tout cela au moment qu'elle observait le calvaire du malade, et elle s'ébahissait de voir que grâce au toucher de la petite, elle avait parcouru un espace insignifiant mais se trouvait cependant très loin de la souffrance qu'elle venait de quitter. Plusieurs décennies de combats effleurées et balayées sur son épaule de vieille — et un mourant qui n'était d'aucune hostilité mais seulement de la chair et du sang ; Eugénie s'approcha du lit en désordre et posa la main sur le front de son fillot.

De fait, Marcel, qui regrettait sa pintade et les mauvaises choses de sa vie — en particulier un canard qu'il avait autrefois volé —, n'était plus qu'une colossale infection. La contamination avait commencé dans l'estomac, y avait construit en deux heures un petit monticule de sanie puis, satisfaite de son œuvre, avait d'un coup fait avancer ses légions. Alors le corps s'était mis à ressentir le supplice que la gangrène avait retenu jusqu'à l'heure d'être invincible et, dans l'agitation soudaine de cette irradiation de douleur, avait contribué à répandre l'entropie par-delà ses vaisseaux et tissus. Or, c'était là le principe de toute guerre qui était transparent à Eugénie pour une raison qu'elle comprenait seulement depuis que Maria, en lui effleurant l'épaule, avait activé une conscience inscrite sur la carte génétique de sa vieille carcasse de paysanne, et qui lui apprenait qu'elle ne voyait si bien le ravage des guerres que parce que son étoile réclamait qu'elle devînt guérisseuse. Le monde grandissait. Ce qui l'avait colonisé tout entier pendant les décennies du mal n'était plus qu'un fief dans le tumulte des pouvoirs à quoi s'opposerait chaque fois la résistance des violettes. Dans une pensée fugitive, elle regretta qu'il ait fallu tout ce temps à la conscience des choses, mais elle comprit aussi qu'on ne commande pas aux bataillons des dons, qu'il leur faut apprendre encore la compassion et l'amour, et que l'illumination des âmes demande l'œuvre de la désolation et du deuil — oui, les réconforts sont tout proches et nous ne pouvons les saisir, il faut le temps, il faut les années, et peut-être aussi la miséricorde de l'autre. Il est trois heures passées à la ferme et deux femmes ont pénétré ensemble un territoire qui requiert un supplément de grandeur et de peine, alors que l'existence d'un homme qui n'a jamais volé qu'un canard repose entre leurs mains de douze et quatre-vingt-sept ans et est suspendue au fil qui les lie dans la transe du combat.

Eugénie ferma les yeux et vit défiler sur l'écran de son regard intérieur, comme lorsqu'elle avait cinq ans et qu'elle était allongée dans l'ivresse des grandes menthes, la succession des actions de la guérison. Elle ouvrit les yeux et n'eut pas à parler car la petite partit à la cuisine et en revint, tenant dans la coupe de ses mains une poignée d'ail et de branches de thym dont la senteur âcre se répandit dans la chambre. Eugénie prit le petit broc sur la table de chevet d'Angèle, y écrasa les gousses, y incorpora le thym et approcha la préparation des narines du mourant. Il sembla respirer plus à son aise et entrouvrit un œil jaune injecté de sang noir et figé. Elle lui badigeonna un peu de la pâte gluante sur les lèvres. Il eut une contraction de refus qui cessa aussitôt, puis elle lui ouvrit doucement la bouche et y déposa une petite ration du remède.

Savez-vous ce que c'est qu'un rêve ? Ce n'est pas une chimère engendrée de notre désir mais une autre voie par où nous absorbons la substance du monde et accédons à la même vérité que celle que dévoilent les brumes, en celant le visible et en dévoilant l'invisible. Eugénie savait que ni l'ail ni le thym ne pouvaient guérir une infection qui avait essaimé à ce point mais elle avait grandi de la sagesse qui chuchote à l'oreille de ceux qui ont quitté la bataille qu'il n'y a pas de limites à notre pouvoir d'accomplir et que l'esprit naturel est plus puissant que toute force. Elle savait aussi que son talent de guérisseuse en appelait un autre, plus vaste et plus terrible, et que Maria, dans l'ombre en laquelle se tiennent les servants des hautes causes, était l'oméga du miracle. Elle se tourna et appela la petite qui fit un pas en avant pour lui toucher de nouveau l'épaule. Eugénie vacilla sous la violence inattendue du choc. En elle se déployaient toutes les énergies et toutes les frondes, toutes les vagues et toutes les tempêtes. Elle eut un hoquet de surprise alors qu'elle dérivait au hasard des flux énergétiques que la petite faisait tournoyer autour d'elle, puis elle se rétablit en sa propre exaltation de soigneuse et commença de naviguer en cherchant après la marée de son rêve. Elle la trouva en découvrant une image qui se détachait sur un fond d'indistincts chatoiements, et les rythmes et les sensations ralentirent pour la laisser s'approcher lentement d'un pont rouge jeté entre deux rives brumeuses. Quel beau pont c'était… On sentait la noblesse du bois sous les pigments d'un carmin velouté et profond, et bientôt ce fut un défilé de pensées absurdes et inintelligibles mais qui conduisaient toutes à la paix que ce pont rouge entre deux brumes offrait à qui voulait bien le regarder. Or, c'était une paix qu'elle fréquentait de toujours, celle qui unissait les arbres et les hommes et faisait parler aux plantes le langage des humains. Le pont irradiait un pouvoir d'accord qui lui montrait les chemins de nature avec une intensité et une harmonie dont elle n'avait encore jamais fait l'expérience. Puis l'image passa. Elle n'avait duré que le temps d'un soupir, tout comme s'entendirent pendant quelques secondes à peine des voix plus belles que toute beauté.

La paix... À quoi d'autre avait-elle aspiré durant les années ? Que peut-on désirer d'autre quand on perd un fils dont les boyaux ont explosé sous le ciel de l'honneur ? Elle revit, avec une acuité qui eût été douloureuse le matin même et passait désormais comme une caresse de sa mémoire, un soir d'été au jardin où on avait dressé la table des dîners de l'après-Saint-Jean en y déposant les grands iris du solstice. Elle entendait le bourdonnement des insectes dans l'air chaud auquel se mêlait le fumet d'un brochet aux petits légumes du jardin ; et elle revit son fils tel qu'elle ne l'avait pas revu depuis les siècles anciens ; il était assis en face d'elle et lui souriait tristement, parce qu'ils savaient tous deux qu'il était mort déjà sur les mêmes champs où sont tombés tant de nos maris et tant de nos fils ; alors elle se pencha légèrement et lui dit en le regardant tendrement, d'une voix qu'aucune tristesse ni aucun regret ne voilait : *va, mon fils, et sache pour l'éternité à quel point nous t'aimons.* Eugénie aurait pu mourir à cet instant-là dans une félicité parfaite et idiote, comme meurent les coquelicots et les libellules de l'été. Mais elle avait un petit-fillot à tirer des griffes de la mort et n'était pas de ces âmes éthérées qu'un cantique enivre à jamais. Elle sut que la vision et le chant avaient passé afin qu'elle puisse accomplir la tâche pour laquelle elle avait remis droit son bonnet de nuit, écrasé de ses doigts des gousses d'ail et revu son fils dans la nuit de l'hiver.

À ce moment précis, la petite ôta sa main de son épaule et Eugénie sentit, comprit et reconnut tout. Elle plongea dans le corps du malade et vit qu'il était infecté de la matière jaune et gluante de ses rêves, avec le même relent dont l'air avait été saturé pendant tout le temps de la guerre. C'était une gangrène qui n'avait pour dessein que de briser et défaire, dont l'invasion aspirait peu à peu tout ce qui vivait et aimait. Pendant un instant, elle fut submergée par l'évidence que l'ennemi était bien supérieur à ce qu'une pauvre guérisseuse de campagne pouvait lui opposer dans le dénuement de ses moyens et la candeur de son savoir. Mais elle était forte aussi d'une lumière nouvelle qui avait passé en elle par la main de Maria, quand elle avait effleuré son épaule. Les guerres… Nous connaissons qu'elles dictent leur loi de rétribution et contraignent le juste à rejoindre lui aussi la bataille. Mais qu'advient-il si tous s'asseyent sur l'herbe des champs et, dans l'air pur de l'aube, posent à leur côté leur arme ? On entend l'angélus qui sonne au clocher voisin alors que les hommes s'éveillent de leurs songes d'horreur et de nuit. Soudain, il se met à pleuvoir et il n'est plus que de s'abandonner à cette oraison qui charrie une vie de violettes. Comme il était vain d'espérer triompher de l'assaut en y sacrifiant trois soldats qui ne peuvent rien contre hordes et canons… Qu'est-ce que guérir, au fond, si ce n'est faire la paix ? Et qu'est-ce que vivre si ce n'est pour aimer ?

Les grandes décisions adviennent dans l'invisibilité des humbles. L'armée sombre construisait ses bastions en enfonçant à même la chair du malade les éperons auxquels s'attacherait la toile de l'infection. Aussi, au lieu de les détacher sur les lignes, Eugénie fit asseoir ses soldats. Son don visualisa le chemin de l'ail et du thym dans les boyaux et le sang du malade, et son rêve en décupla la viscosité et en huila les parois de sorte qu'il devienne plus ardu d'y planter des pointes. Elle rêva plus fort encore et enduisit la base des crochets existants jusqu'à ce qu'ils soient balayés par les bulbes écrasés et les aiguilles de thym. Dans le même temps, leurs vertus curatives se déversaient dans les trous que l'ennemi avait forés et les cicatrisaient de leurs principes bienfaisants et actifs. Elle s'enthousiasmait. Il était si facile d'user ainsi des simples et de les apposer directement sur la matière de la maladie, et si prodigieux de voir comment on pouvait œuvrer pour la guérison en hâtant par la magie du rêve des processus qui étaient, eux, naturels.

Mais elle sentait aussi que son don puisait dans des réserves déclinantes et elle vit s'approcher le moment où il lui faudrait renoncer. Alors elle aperçut un iris. Elle ne savait pas où elle le voyait, il était là et il n'était nulle part, elle pouvait le regarder mais il était invisible, et il irradiait une présence intense sans qu'elle pût ni le localiser ni le saisir. C'était un iris plus petit que ceux du jardin, avec des pétales blancs tigrés de bleu pâle et un cœur violine aux étamines orangées. Il s'en dégageait une sensation de fraîcheur dont elle ne put d'abord identifier la formule et dont elle comprit soudain que c'était celle de l'enfance. Ainsi… Elle savait maintenant ce qui faisait que l'iris ne pouvait être vu quand il était si visible et elle comprenait comment elle devait terminer d'accomplir sa tâche. Elle eut un sursaut en lisant le message de la fleur écrit en lettres parfumées aux joies des heures premières. Puis elle détendit tout son être transporté de l'acceptation pure et simple du don et revint dans le corps de quatre-vingt-sept années qu'elle avait oublié quand Maria lui avait pour la seconde fois effleuré l'épaule, et en lequel elle se réincarnait avec une sensation d'exister qu'elle n'avait pas connue jusque-là. Elle regarda autour d'elle un tableau aux pigments repassés d'un vernis souple et brillant. La chambre était silencieuse. Angèle était agenouillée sur le vieux prie-Dieu de châtaignier dont elle avait toujours refusé qu'on le changeât pour un de ceux qu'on voyait, avec un beau velours rouge, aux premiers rangs de l'église, si absorbée dans sa supplique qu'elle n'avait pas remarqué que sa camisole de nuit était retournée sur un pantalon de coton aux ourlets de serge virginal. Léonce était assise sur l'édredon à côté de son Marcel dont elle frictionnait les pieds avec une patience de Madone, et Jeannette et Marie occupaient l'embrasure d'une porte trop grande pour les deux mémères que la crainte avait tassées plus encore que l'âge. Eugénie prit le pouls de son fillot et lui souleva une paupière. Il respirait faiblement mais régulièrement et les injections de sang qui lui gâtaient l'œil avaient disparu. Elle lui glissa par acquit de conscience une dernière portion d'ail et de thym dans la bouche. Elle se sentait soudain très vieille et très fatiguée. Puis elle se retourna et, soudain, elle fut face à Maria.

Ses yeux noirs étaient emplis de larmes et elle serrait des poings où s'accroissait son chagrin. Eugénie eut la poitrine serrée pour sa petite dont la magie ne pouvait changer un cœur fait comme celui de toutes les autres petites filles, qui saignerait longtemps de sa première déchirure. Elle lui sourit avec toute sa tendresse de mère qui aurait pu mourir et tuer cent fois pour son enfant, et elle fit de la main un geste où elle mit la conscience et la majesté du don sous la forme de l'iris de l'enfance. Mais les larmes de Maria coulaient toujours et ses yeux disaient l'amertume et le chagrin. Puis elle fit un pas de côté et le contact fut rompu. Au reste, les temps n'étaient guère à l'affliction alors qu'un grand soulagement se faisait dans la chambrette et que chacun quittait son poste de combat, incluant prie-Dieu et édredon de plume, pour donner aux autres l'accolade de la victoire. On tripotait triomphalement ses chapelets et on célébrait la constance avec laquelle Eugénie avait toujours loué les vertus de l'ail et du thym — mais que pensait-on dans ces caboches de bouseux qui, depuis les nuits de neige, n'avaient pas eu besoin d'additionner deux et deux pour comprendre que la petite était magique et qu'il ne tombe pas du ciel chaque matin des sangliers humains et des saisons glorieuses ? En réalité, on faisait coexister l'évidence et la foi, et on se convainquait que le Seigneur avait à voir avec des pouvoirs pour lesquels on ne se préoccupait pas de mettre en accord ce qu'on croyait et ce qu'on avait vu. Surtout, on avait une tâche plus urgente à présent que Marcel ronflait comme un novice et qu'on descendait en cuisine boire le café de la récompense, celle de s'assurer que Maria était bien protégée pour une raison qu'Angèle tenait pour certaine depuis le début, à savoir qu'elle était très puissante et qu'elle n'aurait de cesse d'attirer à elle les autres puissances du monde. Personne ne vit qu'Eugénie ne buvait pas son café et restait assise là, un sourire rêveur à même ses lèvres mangées d'années.

— Une bien longue nuit, ou bien courte, dit enfin le père en reposant sa tasse, et il sourit à tous les présents comme lui seul savait le faire, d'une manière qui redonnait à l'heure son amble paisible et remettait le jour dans le droit chemin des routines.

Alors, on entendit sonner l'angélus au clocher du village, cependant que montaient dans le ciel les fumées des fermes heureuses et que reprenait le cours d'une vie qui se nourrissait d'aubépine et d'amour.

– Raffaele –

Ces serviteurs

Oh, si beau ; si blond et si grand ; les yeux plus bleus que l'eau des glaciers ; des traits de porcelaine dans une figure d'homme viril ; un corps souple à la désinvolture superbe et, à la joue gauche, une aimable fossette. Mais le plus splendide de cette physionomie remarquable était un sourire qui pleuvait sur le monde comme une averse irisée de soleil. Oui, le plus beau des anges, en vérité, et on se demandait comment on avait pu vivre auparavant sans cette promesse de renouveau et d'amour.

Raffaele Santangelo regarda Clara jusqu'à la fin du morceau puis s'adressa au Maestro dans le silence revenu.

— Je m'invite inconsidérément, dit-il, et trouble une fête amicale.

C'était la même voix qu'elle avait entendue dans le passé, qui résonnait de la même violence répandue le long d'une chaussée de mort.

— Je voulais te présenter mes hommages, dit-il à Leonora.

Elle se leva et lui donna sa main à baiser.

— Ah, mon ami, dit-elle, nous vieillissons, n'est-ce pas ?

Il s'inclina brièvement.

— Tu es belle à jamais.

Lorsqu'il était entré dans la pièce, tous les hommes s'étaient levés mais ils ne l'avaient pas salué et étaient restés debout en une posture de feinte déférence dont leurs visages démentaient l'amitié. Acciavatti, lui, s'était rapproché de Clara, mais le changement le plus remarquable concernait Petrus, qui avait eu le temps de faire honneur au moscato, puis de s'effondrer dans un fauteuil dont l'arrivée du Gouverneur ne l'avait pas tiré, mais d'où il s'était redressé comme un chien de garde, la lèvre déformée d'un rictus mauvais agrémenté par intermittence de grognements hostiles.

Au moment où les yeux du Maestro et du Gouverneur se croisèrent, la salle du piano explosa en une gerbe d'étoiles mordorées dont Clara fut si surprise qu'elle se leva d'un bond, en même temps que l'espace resplendissait d'une poussière brillante, d'un double cône de lumière dans lequel dansaient des fragments inconnus de mémoire — il prenait sa source dans chacun des deux hommes puis se rejoignait en une intersection où se concentraient leurs pouvoirs. Seul de tous, Petrus avait paru voir le cône et grogné avec hostilité, le nez dressé et le costume en bataille. Mais le Gouverneur regardait le Maestro et le Maestro regardait le Gouverneur sans qu'aucun des deux ne manifestât de hâte à entamer le dialogue ; il faut dire que la petite société des amis restait coite elle aussi en une immobilité admirable et muette en dépit de la peur. Enfin, il y avait sur le visage d'Alessandro une lumière nouvelle qui le faisait plus jeune et plus aiguisé, et Clara aima ce qu'elle voyait en même temps qu'elle en conçut une inquiétude nouvelle, comme un avant-goût de la douleur des grandes choses et des résolutions dernières.

— Heureuse compagnie, dit enfin Raffaele.

Mais il ne souriait plus. Il fit un geste — ah, très gracieux — qui balaya l'assemblée de la même façon que s'il avait voulu prendre à témoin une confrérie amicale et ajouta :

— On souhaiterait qu'il y en ait d'autres et qu'elles s'allient entre elles.

Gustavo sourit.

— Les alliances se font naturellement, dit-il.

— Les alliances se forgent, répondit Raffaele.

— Nous ne sommes que des artistes, dit le Maestro, et nous nous guidons seulement aux étoiles.

— Mais il faut du courage à chaque homme, dit le Gouverneur, et les artistes sont des hommes aussi.

— Qui juge de la destinée des hommes ?

— Qui juge de leur inconséquence ? Les étoiles n'ont pas de courage.

— Elles ont de la sagesse.

— Les faibles invoquent la sagesse, dit le Gouverneur, les braves ne croient que les faits.

Sans attendre la réponse du Maestro, il s'approcha du piano et regarda Clara.

— Et voilà donc une autre petite… murmura-t-il. Comment t'appelles-tu, jeune fille ?

Elle ne répondit pas.

Du fond de son fauteuil, Petrus grogna.

— Virtuose et muette, peut-être ?

Le Maestro posa sa main sur l'épaule de Clara.

— Ah… c'est qu'on attendait l'ordre, dit Raffaele.

— Je m'appelle Clara, dit-elle.

— Où sont tes parents ?

— Je suis venue avec mon oncle Sandro.

— Qui t'a appris ton piano ? Les peintres font manifestement de bons professeurs mais je ne savais pas qu'ils pouvaient faire chanter les pierres.

Il y eut dans le cône de lumière l'image d'un chemin de pierres noires au-dessus duquel s'incurvaient de grands arbres ; les mots du Maestro — *le Pavillon où les nôtres peuvent voir* — lui revinrent en mémoire ; puis le cône redevint le même vivier d'incompréhensibles projections.

Le Gouverneur la regardait pensivement et elle sentit son trouble.

— Quelles chimères poursuivez-vous, tous fous que vous êtes ? dit-il.

— Les troubadours se nourrissent de chimères, lui répondit aimablement Gustavo.

— Insouciance des enfants gâtés, répondit Santangelo, quand d'autres travaillent à ce qu'ils puissent continuer à rêver.

— Mais la politique n'est-elle pas une chimère elle-même ? poursuivit le Maestro du même ton lisse et urbain.

Le Gouverneur rit d'un rire adorable où resplendissait toute la gaieté des belles choses et, regardant Clara, lui dit :

— Prends garde, jolie demoiselle, les musiciens sont des sophistes. Mais je suis sûr que nous nous reverrons bientôt et que nous pourrons causer plus à notre aise de ces facéties que la musique leur inspire.

Il y eut un bruit hostile en provenance du fauteuil de Petrus.

Le Gouverneur se tourna vers Leonora et s'inclina d'une façon qui glaça le sang de Clara. Il n'y avait pas d'égards dans ce geste de courtisan où transparut fugacement une haine froide.

— Hélas, dit-il, il me faut prendre congé.

— Personne ne te retient, dit Petrus d'une voix moyennement distincte.

Raffaele ne le regarda pas.

— Tu t'entoures donc de rêveurs et d'ivrognes ? demanda-t-il au Maestro.

— Il y a plus mauvaise compagnie, dit Gustavo.

Le Gouverneur eut un sourire sans joie.

— Chacun reconnaîtra les siens, dit-il.

Il s'apprêta à partir mais, comme par un fait

exprès, Pietro Volpe fit à cet instant son entrée dans la salle.

— Gouverneur, dit-il. Je te croyais ailleurs et te trouve dans ma propre maison.

— Pietro, dit le Gouverneur avec une pointe de la même haine qu'il avait destinée à Leonora. Je suis heureux de te surprendre.

— L'avantage du nombre, j'en ai peur. Mais tu partais ?

— Ma propre famille m'attend.

— Tu veux dire tes troupes ?

— Mes frères.

— Rome ne parle plus que d'eux.

— Ce n'est que le commencement.

— Je n'en doute pas, Gouverneur, et je te raccompagne.

— Serviteur, toujours, dit Raffaele, quand tu pourrais régner.

— Comme toi, mon frère, comme toi, répondit Pietro. Mais le temps récompensera ces serviteurs que nous sommes.

Petrus ricana avec satisfaction.

Raffaele Santangelo jeta un dernier regard à Clara et haussa les épaules avec une nonchalance de ballerine qui semblait vouloir dire : *nous avons bien le temps.*

— Adieu, dit-il, et il s'en fut dans un mouvement de grande élégance qui fit entrevoir, sous l'habit noir, la perfection de son corps de combat.

Clara sentit, à la manière d'une gemme de lumière dans une eau de roche sombre, une aura étrangère à l'affût derrière le serviteur angélique avant qu'il ne parte et n'emporte avec lui ses ombres. Mais comme une trace imprimée sur la rétine longtemps après le passage de l'image, une de ces ombres vint frapper sa conscience et, remontant le cours de la rencontre avec Raffaele, elle revit l'expression de son visage à un certain point de sa composition. Alors, de la même façon qu'elle avait été effrayée des contrastes de la voix de mort, elle fut submergée d'une vague de beauté immédiatement anéantie de laideur. Il y avait tant de noblesse, tant de rage et de douleur dans ce regard fugitif, et tant de splendeur dans l'image qui envahissait sa perception intérieure… Un ciel d'orage se levait sur une vallée de brumes, et sous les nuages qui filaient dans l'azur s'entrevoyaient des jardins de pierres. Elle eut sur la langue un goût de neige et de violettes à quoi se mêlait un concentré d'arbres et de galeries de bois. C'était à la fois inimaginable et très familier, comme si la saveur d'un monde disparu s'était incarnée dans sa bouche et qu'en passant le doigt sur les arêtes à vif de son cœur, elle y avait vu pour la première fois affleurer du sang. Il y avait là une telle extase et un tel chagrin mêlés ; une tristesse sans fin affûtée à la lame de souffrance ; et une nostalgie de rêve ancien où grondait et s'accroissait la haine. Enfin, elle aperçut au ciel des oiseaux lancés par d'invisibles archers et elle sut qu'elle voyait par les yeux de Raffaele ce qu'il avait perdu, si bien qu'à l'aversion qu'elle éprouvait pour la chaussée de désastre et de mort se mêla un élan qui ressemblait à l'amour. De fait, durant les quelques instants où les deux hommes s'étaient fait face, la tension s'était développée sans paroles ni mouvements, comme s'ils pratiquaient un art martial à un niveau de maîtrise où l'issue du combat ne requérait pas le contact, et elle avait vu le centre métabolique d'où provenait une onde solaire de pouvoir qui lui apprenait qu'ils venaient tous deux du même monde. Mais si le Maestro irradiait une aura de rochers et de berges, le Gouverneur s'élevait en une flèche dont l'empennage clair se tournait à la fin en plumes calcinées, et il avait au cœur une distorsion qui l'éloignait de lui-même et ressemblait à une blessure ouverte apposée sur une magnificence première.

Après le départ du Gouverneur, les amis du Maestro continuèrent de deviser dans la nuit et, de leurs entretiens, Clara put se figurer plus clairement l'échiquier politique romain. Elle n'était pas surprise que le Maestro en fût un pilier bien qu'il ne siégeât en aucune instance officielle, mais elle fut étonnée de comprendre que tous savaient qu'il avait commerce avec un pan mystérieux du réel.

— Il ne doute plus, dit Pietro, il tient sa victoire pour certaine.

— Mais il tente encore de te rallier à son camp, dit au Maestro le chef d'orchestre qui s'appelait Roberto.

— C'était une menace et non une prière, dit Alessandro, il a déjà lâché ses chiens d'un bout à l'autre du pays et il pèse de toute sa force sur le Conseil. Mais l'Italie n'est qu'un pion dans la grande partie de la guerre.

— Alessandro Centi, peintre maudit mais fin stratège, dit une des invitées avec amertume et tendresse.

Tous rirent. Mais dans ce rire mêlé d'amitié et de peur, Clara décela la même détermination qu'elle avait sentie chez Alessandro et qui l'effrayait à la mesure de l'ardeur qu'elle avivait en elle-même. Elle regarda les visages de ces hommes et de ces femmes aux manières soyeuses de ceux que la fortune a choyés, et elle y vit la conscience du malheur au creux duquel dansait la flamme de leur art, si bien que le sort balançait entre l'éblouissement et les exténuements de l'âme. Elle vit aussi une communauté de gens pacifiques qui acceptaient que les temps fussent au combat, et de cette décision naissait une gravité qui rendait l'heure magnifique. Par le fait, elle comprenait qu'aucun des présents ne se trouvait là par hasard et que le prétexte avait réuni pour l'anniversaire de Leonora une phalange que le Maestro avait constituée de la même façon qu'il choisissait les partitions et parsemait son chemin de pêches et de femmes aimées. Mais elle se demandait ce qui faisait d'eux une élite combattante car, bien qu'aucun des membres de cet aimable bataillon n'appartînt à l'espèce ordinaire des soldats, celle qui se rend à l'aube aux champs qui seront rouges dans le soir, ils étaient pourtant les premiers officiers du Maestro, formant une famille avec armes et pouvoirs dissimulés sous la table des dîners et à laquelle elle sentait avec fierté qu'elle appartenait elle aussi.

— La première bataille est derrière nous, dit le Maestro, et nous l'avons perdue. Nous n'avons plus d'influence sur le Conseil qui votera les pouvoirs avant la fin de l'hiver.

— Il faut nous préparer, dit Ottavio, un homme aux cheveux blancs et au regard byzantin dont Sandro lui avait dit qu'il était un grand écrivain.

— Il est temps de mettre les vôtres à l'abri, dit Pietro.

— Quelle protection pour Clara ? demanda Roberto, et elle vit que tous s'accordaient qu'elle tenait un rôle décisif dans la guerre.

— Qui protège est protégé, dit le Maestro.

Enfin, à l'exception de Pietro, d'Alessandro et de Petrus, les invités s'en furent.

— Tu es visible, à présent, tu ne peux plus aller au patio, dit Leonora à Clara. Tu dormiras ici ce soir.

Elle la serra dans ses bras et partit. Pietro et Alessandro se servirent un verre de liqueur et prirent place pour une ultime conversation nocturne. Petrus disparut puis revint avec une bouteille de moscato dont il se versa une coupe avec une tendre sollicitude.

— Le Gouverneur voit-il aussi ce que je vois ? demanda Clara.

— Il l'a aperçu à la fin, répondit le Maestro, bien que je sois resté à tes côtés. Mais je ne crois pas qu'il l'ait compris clairement.

— J'ai vu le tunnel de lumière entre vous, dit-elle. Il y avait un chemin de pierres avec les mêmes arbres que dans ton jardin.

— Les pierres sont au centre de ta vie, dit-il. Tu verras ce chemin souvent.

Au son de sa voix, elle comprit qu'il était fier d'elle.

— J'ai écouté le chant de ton ruisseau, dit-elle.

Pietro sourit comme il l'avait fait après avoir cherché en vain le poème sur la partition du patio.

— Tu resteras ici désormais, dit le Maestro. Raffaele va vouloir savoir avant d'agir, nous avons encore un peu de temps devant nous. Mais il faut armer notre surveillance.

— Je déploierai des hommes, dit Pietro, mais nous sommes débordés. Raffaele a été averti malgré nos guetteurs.

— Qui est l'autre petite ? demanda Alessandro. Il semble que le Gouverneur la connaisse déjà. C'est d'elle que tu veux nous parler ce soir, je crois.

— Dont je veux te parler à toi, en particulier, car tu iras bientôt à sa rencontre. C'est un long voyage, et il sera dangereux.

— Peut-on connaître son nom ?

— Maria, dit Clara.

Mais elle n'eut pas le loisir d'en dire plus car une grande alarme se déclenchait en elle ; elle se leva brusquement, suivie du Maestro et de Petrus qui avait bondi de ses coussins.

Oh nuit des agonies ! À la ferme lointaine, Marcel se réveille dans son inextinguible douleur et la communauté entière du logis se dirige vers sa chambre de désolation. Clara voit la procession des mémères en route vers le chevet du malheureux où sont déjà Maria et son père, qui ont senti avant les autres la mort en chasse après l'un des leurs ; elle voit le Marcel anéanti de souffrance et comprend comme eux qu'il va mourir bientôt ; et elle voit Eugénie que la découverte du malade réveille comme une gifle et qui se redresse dans ses chaussettes de grosse laine. Il n'est plus de petite mémère tassée d'âge et de besognes ; sur le visage usé, le devoir a déposé un reflet que l'expertise a transformé en lame ; et c'est une autre femme qui s'approche du mourant, si belle que le cœur de la petite Italienne se serre de la vision de ce qui est beau mais passe, de quelque fer que cela eût été forgé. Puis elle assiste à la succession des actions de la guérison dans un temps suspendu où croît le sentiment du danger. Quand Maria pose sa main sur l'épaule d'Eugénie, Clara se sent sombrer dans un grand magma de pouvoir où elle a peur de se perdre et de se noyer à jamais. Mais elle sait que sa place est auprès de ces femmes qui viennent de passer ensemble la frontière du visible et elle cherche fébrilement une voie dans l'orage. Les mots du Maestro — *le Pavillon où les nôtres peuvent voir* — font de nouveau assaut de sa mémoire et elle tente de s'y accrocher comme à un radeau de pleine mer. Alors elle le voit, et toute sa vie est là. Quelle paix, soudain… Dans l'envol de ses brumes, le pont rouge dérive vers elle avec une majesté de cygne ; à mesure qu'il se rapproche, elle discerne une silhouette au point le plus élevé de son arche ; et elle sait que c'est son père en son sacerdoce de passeur. Puis la silhouette disparaît, le pont s'immobilise sur le fil d'un chant merveilleux et Clara contrôle toutes les visions. Elle peut laisser Maria catalyser les pouvoirs ; elle a passé message et maintient l'unité du visible.

— Prodigieux, murmure le Maestro.

Las, bientôt, ils voient l'iris que ne voit pas Maria. Clara regarde la fleur invisible aux pétales indicibles d'enfance, à l'autre bout de la vision, Eugénie accepte le pacte de l'échange et, à Rome, deux hommes, surgissant du néant, apparaissent dans la pièce tandis que le Maestro dit à Alessandro :

— Tu partiras avec eux dès l'aube.

Puis, à Clara :

— Il faut qu'elle te voie maintenant.

Pavillon des Brumes

Conseil elfique restreint

— Prodigieux, dit le Chef du Conseil. L'alliance des visions et des pouvoirs dans le monde des humains.

— Maria est le catalyseur, dit le Gardien du Pavillon, Clara le passeur.

— Il y a une altération dans le champ de force du pont.

— Il y a une altération dans le champ de force des brumes. Elles ne modifient pas seulement la configuration du passage.

— Mais il y a eu échange, dit l'Ours, et Aelius voit ce que nous voyons.

— Cela va bouleverser tout le paysage de l'action, dit l'Écureuil. Il est temps de passer.

— Si tôt, dit le Chef du Conseil. J'espère que nous sommes prêts.

— Le pont est ouvert, dit le Gardien du Pavillon, vous pouvez traverser.

– Clara –

Que prenne chapelets

Maria, sous l'édredon rouge, pleurait.

Cela faisait quelques semaines qu'elle se sentait au ventre la prémonition d'une épreuve plus grande que celles que tous ces gens qu'elle aimait avaient connues autrefois, et cela l'effrayait à la mesure de ce qu'elle savait des événements funestes dont, même après les années, ils étaient encore encombrés. De plus, on était à la fin de janvier et c'est à peine s'il avait daigné neiger. Il faisait très froid et les nuits gelaient jusqu'à des aubes glacées qui se figeaient sur la lame de l'air. Mais la belle neige n'était pas venue, ni avant ni après le solstice, et Maria parcourait un bas pays frigorifié où les animaux s'inquiétaient d'ombres dont la menace impalpable se faisait jour après jour plus aiguë. La musique continuait de disparaître sporadiquement comme elle l'avait fait dans le crépuscule de mars et Maria redoutait ces éclipses du chant comme une attaque meurtrière, alors qu'elle n'avait pas revu le sanglier fantastique ni le grand cheval d'argent. C'est trop tôt, pensait-elle avec une inquiétude croissante, en aspirant à une vie qui continuât d'être enchantée des gravures éternelles de ses arbres.

Aussi, quand elle était entrée dans la chambrette où agonisait un inconséquent qui payait au centuple sa pintade, avait-elle été éclairée de l'intuition fulgurante que la première des catastrophes s'abattait. Elle avait touché deux fois l'épaule d'Eugénie et admiré l'art avec lequel la guérisseuse progressait dans l'ouvrage. Elle avait su qu'elle voyait le pont et comprenait le message, et vu comment elle renonçait à la guerre et quittait le front en s'accordant à la musique des arbres. Maria n'avait eu ni à réfléchir ni à se concentrer — au contraire, elle s'était abandonnée à la sensation vivante des tracés inédits qui ondulaient dans le cœur de la vieille tantine, et elle avait joué des ondes muselées comme de cordes repliées qu'elle avait étirées d'une amplitude nouvelle, une première fois en les dénouant simplement, une seconde fois en leur ouvrant grand le champ des possibles. Cela n'était pas très différent de ce qu'elle faisait d'habitude avec les animaux, elle avait seulement distendu vers l'infini ce qu'elle ne faisait que distordre légèrement quand elle voulait s'adresser aux lièvres, avec cette différence que les animaux des bois n'étaient pas avec la nature dans la même rupture que les hommes, qui n'entendaient pas les grands cantiques et ne voyaient pas les splendides tableaux. Aussi avait-elle indiqué à Eugénie le pont des accords dont elle avait eu l'image au moment de lui poser la main sur l'épaule. D'où lui était venue cette image ? Elle ne le savait pas. Mais tout avait été si facile et si rapide, il avait été si aisé de libérer ces forces et de laisser aller les flux naturels, et il était si incompréhensible que soulager et guérir de la sorte ne fût pas le lot quotidien des humains.

Au moment où elle avait aperçu le pont, Eugénie avait entendu des voix psalmodier un chant céleste. Mais elle n'en avait pas entendu les paroles comme Maria.

> *par un jour qui glisse entre deux nuages*
> *d'encre*
> *par un soir qui soupire dans les brumes*
> *légères*

La transparence du monde en ces instants de chant était éblouissante, creusée d'un vertige de givre et de neige dont la soie scintillait par intermittence dans les glissades de la brume. Maria connaissait ce grand canto des voix de passage et de nuages. Il venait à elle la nuit, dans ses rêves, mais aussi le jour lorsqu'elle arpentait les chemins. Alors elle s'arrêtait, saisie d'un effroi si merveilleux qu'elle désirait presque en mourir dans l'instant — puis le chant et la vision passaient et elle partait en quête d'un lièvre qui pût lui donner un peu de réconfort car il y avait toujours une seconde, après que les voix avaient cessé, où elle pensait qu'elle n'avait plus de goût pour rien que ce chant et ces brumes. Enfin le monde s'éclaircissait de nouveau et sa peine s'apaisait des violettes et des feuilles. Elle reprenait le cours de sa marche et se demandait si cette grâce qu'elle avait vue était un songe ou une autre trame du réel. De même, elle voyait en rêve d'étranges paysages de brouillard. Le jour se levait sur un ponton par-dessus des combes noyées d'arbres. On y accédait par un pavillon de bois dont les cloisons trouées de larges ouvertures formaient de somptueux tableaux de la vue. Sur le sol de chêne inégal, poudré d'une poussière légère que des éclats de lumière doraient comme une comète, était posé un bol de terre très simple dont Maria aurait voulu pouvoir caresser les flancs irréguliers et grumeleux. Mais elle ne pouvait s'approcher car elle savait que cela ferait sur la poussière une écriture déshonorante ; alors elle renonçait et regardait le bol de terre avec la vénération des grandes convoitises.

Oui, le chant avait été plus cristallin encore, plus déchirant et plus ample, et cet avertissement assorti de patience avait ouvert une diagonale d'optique à la fois magnifique et terrible. Aussi, absorbée de cette transe de rêve et de brumes, n'avait-elle pas vu l'iris au moment décisif, mais elle avait soudain entendu cent cors lancer une note grave et puissante, si belle et si funèbre que les plans du réel en avaient tremblé de concert et tourbillonné autour d'un point fixe qui s'avalait en lui-même. Comment avait-elle pu ? Comment n'avait-elle su ? Et, sous le gros édredon rouge, elle pleura à larmes brûlantes qui ne la soulageaient pas, car l'iris qu'Eugénie lui avait montré ne pouvait la consoler de l'échange qui la privait d'amour.

Alors Eugénie fut en sa chambre. Elle s'assit sur le rebord du lit et prit la main de sa chère petite, une main toute mouillée de sanglots qui serrait fort sa vieille main sèche et ridée.

— Pleure, ma petite, dit Eugénie, mais ne sois pas triste, allons.

Elle caressa le front de l'enfant qui était venue à eux dans la nuit de neige et leur avait donné tant de joie qu'elle aurait voulu ouvrir grand ses bras et y déployer un écran où auraient passé les images du bonheur.

— Ne sois pas triste, dit-elle encore, vois ce que tu as fait et ne sois pas triste, mon ange.

Maria se redressa d'un coup.

— Ce que j'ai fait, murmura-t-elle, ce que j'ai fait !

— Ce que tu as fait, dit encore la tantine.

Elle se sentit une pauvre paysanne sans mots qui ne pouvait partager le miracle. En un éclair fulgurant, elle comprit pourquoi les paroles qu'on entendait aux églises unissaient tant de cœurs et rassemblaient tant de fidèles, elle sut le don de langage qui courtise l'impénétrable et nomme ce qui tisse et élève, et elle vit enfin qu'elle pouvait trouver en elle-même une pépite qui ne saurait dire les iris tigrés et les soirs de Saint-Jean mais pourrait tout de même restituer la racine nue de ce qu'elle avait vu et senti. Elle regarda Maria et, avec un sourire qui l'illumina tout entière, lui dit simplement :

— Tu m'as guérie, petite.

Et elle pensa que, les deux fois, c'est un enfant qui l'avait délivrée de la violence des hommes faits.

Quelque chose se brisa en Maria, comme si des parois de givre volaient silencieusement en éclats puis se déposaient sur un velours où s'abîmaient des reflets de mercure. Il y avait des étoiles et des vols d'oiseaux qui glissaient sans bruit dans un ciel d'encre noyée, et une rivière où s'emportait le secret de la naissance qui l'avait bénie du pouvoir d'ôter aux vieilles femmes leurs fardeaux. Ses larmes séchaient. Elle regarda Eugénie et les ravins crayonnés par le temps à même la vieille figure adorée et, en lui caressant doucement la main, lui sourit faiblement à son tour, car elle voyait la joie dans le cœur de la tantine et découvrait ce que c'est qu'une âme délestée de ses croix. Eugénie hocha sa tête de pomme qu'on a laissée à surir sur les claies du cellier et tapota la main de sa jolie petite si magique. Elle se sentait légère et fière, avec des appétits d'autrefois qui virevoltaient dans un théâtre d'ombres aimables où se découpaient des pêches juteuses comme celles du paradis et des après-midi de cueillette sur des talus balayés de brise tiède. Le goût des choses quand les organes de la saveur n'ont pas encore été altérés de tragédies lui revint en bouche avec une aménité telle qu'elle se sentit submergée de larmes qui lavaient en elle une plage encombrée de déchets et la laissaient aussi nette et cirée que la robe des plus belles poires de l'automne. Sa mémoire parcourait les vergers où elle avait rêvé enfant et, dans le tournoiement des abeilles, renouait avec le firmament des grandes faims ; qu'avant de mourir elle pût percevoir à nouveau le monde avec les capteurs de l'enfance lui apparut comme l'ultime bénédiction d'un Seigneur dont elle n'avait eu de cesse d'honorer la grandeur. Allons, il était temps. Que prenne chapelets et rubans, jupons du dimanche et soirées de solstice, et s'en aille rejoindre la grande congrégation des morts ; et que chante les psaumes des orages et du ciel avant de dire adieu à la fraîcheur des vergers. Eugénie était prête ; il n'était plus que de léguer ce que se devait et de refermer à jamais l'ère des chambrettes. Elle se leva, gagna la porte et, se tournant à demi, dit à Maria :

— Tu cueilleras bien l'aubépine.

Puis elle s'en fut.

Maria resta seule dans le silence de l'ère qui venait de commencer. Dans cette paix de vergers et de fleurs, le monde se réorganisait. Elle s'adossa au mur et accueillit les sensations qui tournoyaient dans le champ de sa vie transfigurée. Elle voyait combien les unités en lesquelles sa vie avait été jusque-là cantonnée s'inséraient dans un ordre de grandeur incommensurable où, aux strates qu'elle connaissait déjà, se superposaient des univers qui se côtoyaient, se touchaient et s'entrechoquaient avec une profondeur de champ qui donnait le vertige. Le monde était devenu une succession de plans qui montaient vers le ciel selon une architecture complexe. Il se mouvait, s'effaçait et se reconstituait à la manière dont le sanglier fantastique de ses dix ans avait été à la fois un cheval et un homme, une manière qui était en même temps osmose et disparition et usait des brumes comme de paravents voluptueux. Maria voyait des cités dont les rues et les ponts brillaient au creux de petits matins enrhumés de brouillards dorés qui se désintégraient par éternuements successifs puis se reformaient lentement sur la ville. Verrai-je un jour ces cités ? se demanda-t-elle. Elle s'endormit au creux de ses visions. Elle vit d'abord un paysage de montagnes et de lacs avec des ruches et des vergers aux herbes jaunies de soleil, et un village à flanc de colline aux maisons disposées comme les lignes incurvées d'une coquille. Tout était inconnu, tout était familier. Puis la vision changea pour celle d'une grande pièce au parquet d'eau limpide. Une petite fille était assise devant un instrument qui faisait penser à un orgue, mais elle y jouait une musique

171

dont les sonorités ne ressemblaient pas à celles des offices de l'église, une musique merveilleuse, sans ampleurs ni résonances de voûte, de même étoffe que la poussière d'or où Maria découvrait le bol qui faisait s'embraser son désir. Mais cette musique portait aussi un message puissant qui disait le chagrin et le pardon. Il y eut un moment pendant lequel elle se laissa simplement aller à l'histoire offerte par la mélodie, puis la petite fille au piano cessa de jouer et elle l'entendit murmurer d'incompréhensibles paroles qui sonnaient comme un avertissement sourd.

Enfin, tout disparut et Maria se réveilla.

– Pietro –

Un grand marchand

Clara regardait les deux hommes qui s'étaient matérialisés dans la pièce et étaient tombés dans les bras de Petrus.

— Ami des longues soirées ! s'était exclamé le premier.

— Heureux de te revoir, vieux fou, avait dit l'autre en lui tapant dans le dos.

Puis ils s'étaient tournés vers Sandro et le plus grand des deux, de peau très brune et de cheveux noirs, s'était incliné en disant :

— Marcus, pour te servir.

— Paulus, avait dit l'autre en s'inclinant de même, et Clara observait avec intérêt ses cheveux aussi roux que ceux de Petrus.

Ils étaient très différents du Maestro bien qu'elle décelât entre eux tous une parenté dans certains rythmes et intonations de leurs voix, et qu'elle discernât en chacun un arrière-plan de même nature que celui qui avait pris chez le Maestro la forme de hordes de chevaux sauvages — ample et sombre pour celui qui avait dit s'appeler Marcus et dont la haute et lourde stature dépassait d'une tête celle de Pietro, furtif et doré pour l'autre qui n'était pas beaucoup plus grand qu'elle et paraissait peser l'équivalent d'une plume.

Alessandro, qui n'avait pas paru surpris par leur apparition, les considérait avec une curiosité mâtinée de sympathie.

— Je regrette ce départ dans la précipitation, dit le Maestro.

— Elle pleure, dit Paulus, mais on ne peut pas changer ce qui vient.

Clara comprit qu'il voyait Maria. À ce moment, Eugénie entra dans la chambrette, s'assit à côté de sa petite et, en souriant, lui prit doucement la main. Le cœur de Clara se serra.

— Que va-t-il se passer ? demanda-t-elle.

— Nous ignorons beaucoup de choses, répondit le Maestro, mais il y en a une dont nous sommes certains.

— Eugénie n'a plus de forces, dit-elle.

— Les forces s'échangent mais ne se créent pas, dit le Maestro.

— Je ne la reverrai pas ? demanda-t-elle.

— Non, dit-il.

— Et dans l'autre vie ?

— Il y a plusieurs mondes mais une seule vie, dit-il.

Elle baissa la tête.

— Elle a choisi en conscience, ajouta-t-il. Ne sois pas triste pour elle.

— Je suis triste pour moi, répondit-elle.

Mais déjà, il tenait réunion de campagne.

— Maria vit en France dans un village où l'ennemi va agir, dit-il à Alessandro.

— Nous y serons à temps ?

— Non. Tu arriveras après la bataille mais si elle y survit, tu la mèneras en lieu sûr.

— Quel est ce lieu sûr ?

Le Maestro sourit.

— Je ne suis pas un guerrier, dit Alessandro.

— Non.

— Et tu ne m'envoies pas au combat.

— Non. Mais il y aura du danger.

Alessandro sourit à son tour.

— Je ne crains que le désespoir, dit-il.

Puis, sérieux de nouveau :

— J'espère que Maria vivra.

— Je l'espère aussi, dit le Maestro. Car dans ce cas nous n'aurons pas à pleurer et, si nous ne sommes pas fous, nous pourrons peut-être inverser le sort.

Clara regarda Maria et tenta de comprendre ce qu'elle devait faire pour qu'elle puisse la voir. Mais la petite Française faisait couler autour d'elle l'airain des solitudes infinies.

— Tu trouveras la voie, lui dit Paulus.

Les cinq hommes se levèrent et Clara se sentit plus triste que les rosiers de l'hiver. Mais Alessandro se tourna vers elle et, en souriant, lui dit :

— Tu vois Maria, n'est-ce pas ?

Elle acquiesça de la tête.

— Et ceux qui sont auprès d'elle aussi ?

— Oui, répondit-elle, je vois ceux qu'elle voit.

— Alors tu me reverras bientôt, dit-il, et je saurai que tu me regardes.

Avant de quitter la pièce, Marcus s'approcha d'elle et, prenant dans sa poche un objet qui disparaissait dans son poing fermé, le lui tendit gravement. Elle ouvrit la paume et il y déposa une petite balle très douce. Lorsqu'il retira sa main, elle découvrit avec émerveillement que c'était une sphère d'environ dix centimètres de diamètre, recouverte d'une fourrure semblable à celle d'un lapin. Elle était un peu biscornue, aplatie par endroits et plus proéminente d'un côté, mais elle conservait en dépit de ces irrégularités une rondeur aimable.

— Il est bon qu'un ancêtre t'accompagne, dit Marcus. Ton père me l'a confié au moment du passage. Bien sûr, il est inerte.

La mention de son père s'effaça devant les sensations qui s'éveillaient en elle au contact de la sphère.

— Que dois-je faire ? demanda-t-elle.

— Le garder toujours avec toi, répondit-il. Sans contact avec l'un des nôtres, il mourrait.

La fréquence qui rayonnait de la fourrure ravissait Clara. Il lui semblait qu'une voix étouffée lui parlait, mais cela sonnait comme un babillage d'enfant ou une suite de mots indistincts auxquels se mêlaient des feulements doux et étranges. Pietro vint observer l'objet dans sa paume. Alors elle leva les yeux vers lui et croisa son regard. En dépit des longs mois du patio, ils ne s'étaient jamais rencontrés. Mais en se

176

penchant au-dessus de la sphère, ils virent s'entrouvrir en chacun un abysse.

Pietro Volpe avait vécu trois décennies d'enfer et trois autres de lumière. Des premières, il avait un souvenir intact dont il ne conservait pieusement la mémoire que pour célébrer les dernières. Chaque matin, au lever, il revoyait son père, le haïssait de nouveau, lui pardonnait encore, revivait les heures de son enfance avec une acuité qui l'aurait rendu fou s'il n'avait acquis le pouvoir de souffrir et de guérir d'un seul geste, et résidait, de fait, dans la maison où il était né et où il avait grandi. Or, s'il en avait transformé le décor, les murs restaient les mêmes qui l'avaient vu haïr et se perdre, et les fantômes de ceux qui y avaient vécu hantaient le patio. Pourquoi Roberto Volpe n'avait-il pas chéri le fils dont il avait ardemment souhaité la venue ? C'était un homme élégant qui aimait ce qu'il faisait par goût des belles choses et des commerces prospères ; de ce qu'il connaissait les hommes, il avait une conversation qui, sans être élevée, ne mentait jamais ; et sans doute tout l'individu était-il dans ce paradoxe qui voulait qu'il ne fût ni superficiel ni profond. Mais lorsque le père et l'enfant se virent pour la première fois, ils se détestèrent d'une façon définitive et totale — que ceux qui s'étonneraient qu'une si jeune âme ait pu honnir ainsi se souviennent que l'enfance est le songe où l'on comprend ce que l'on ne sait pas encore.

À dix ans, Pietro se battait dans la rue comme un voyou des faubourgs. Il était grand et fort, et il possédait ce sens du rythme qui est frère des exacerbations de la sensibilité. Mais il en devenait aussi invincible que maudit et la femme de Roberto, Alba, s'étiolait d'un chagrin que ne pouvait consoler la fille qui lui était née par la suite. Dix années encore et Pietro apprit dans la rue toutes les techniques de combat. À vingt ans, il ne savait pas s'il était un homme dangereux ou un animal furieux. Il se battait dans la nuit en récitant des vers, lisait férocement, combattait lugubrement, revenait par intermittence à la villa du patio en prenant garde de ne pas y croiser son père, et y regardait couler les larmes de sa mère et croître l'élégance de sa sœur. Il ne disait rien mais prenait la main d'Alba jusqu'à ce qu'elle épuise ses sanglots, puis il repartait sombrement dans le même silence où s'était emmurée toute sa vie. Il y eut encore dix années de désespoir aussi évanescentes que la voix qu'il entendait parfois en lui-même ; et vieillissait sa mère et s'épanouissait Leonora, qui le regardait sans parler et lui souriait d'une façon qui disait : *je t'attends*. Mais lorsqu'il voulait lui sourire à son tour, il se figeait de douleur. Alors, elle lui serrait le bras et s'en allait au gré des cercles auxquels s'enroulaient déjà ses mouvements mais, au moment de quitter la pièce, elle lui jetait un dernier regard qui signifiait encore : *je t'attends*. Et cette constance le portait et le crucifiait tout ensemble.

Puis, un matin, il s'éveilla dans la conscience que les lignes du temps s'étaient révulsées. Il se rendit à la villa au moment où en sortait un prêtre qui lui apprit que son père se mourait et qu'on l'avait fait chercher toute la nuit. Il alla à la chambre de Roberto où l'attendaient Alba et Leonora, qui se retirèrent en le laissant seul face au destin.

Il avait trente ans.

Il s'approcha du lit où agonisait celui qu'il n'avait pas revu de dix ans. On avait tiré les tentures et, aveuglé, il chercha des yeux une forme humaine, mais il reçut à l'estomac un regard de rapace qui brillait dans les pénombres de la fin.

— Pietro finalement, dit Roberto.

Il fut ébranlé de reconnaître chaque inflexion d'une voix depuis longtemps oubliée, et il pensa que les gouffres du temps se comblaient dans la souffrance et la restituaient aussi nette qu'au premier matin. Il ne dit rien mais s'approcha encore car il ne voulait pas être lâche. Dans le naufrage, son père avait la même figure qu'autrefois mais ses yeux brillaient d'une fièvre qui lui apprit qu'il serait mort avant le soir, et d'un reflet qui lui fit douter que cela fût l'œuvre de la seule maladie.

— En trente ans, il n'y a pas eu un jour où je n'ai pensé à cet instant, reprit Roberto.

Il rit. Une toux sèche lui déchira la poitrine et Pietro vit qu'il avait peur. Il crut un instant qu'il n'éprouvait rien, puis une vague de colère le submergea comme il comprenait que la mort ne changerait rien et qu'il lui faudrait vivre jusqu'à la fin en ayant été le fils de ce père.

— J'ai souvent redouté de mourir sans jamais te revoir. Mais il faut croire que le sort connaît ses devoirs.

Il fut pris de convulsions et s'interrompit pendant un temps assez long où Pietro ne bougea ni ne détourna le regard. Quelle chambre c'était… Des brumes obscures descendaient sur le lit en tourbillonnant comme des typhons malins. Dans l'immobilité à laquelle il s'astreignait explosaient tous les mouvements de sa vie. Il revit les visages et le sang de ses combats de damné et les vers d'un poème lui revinrent en mémoire. De qui étaient-ils ? Il ne se souvenait pas les avoir jamais lus. Puis les convulsions cessèrent et Roberto parla de nouveau.

— J'aurais dû comprendre que le destin veillerait et que tu serais là pour me voir mourir et m'entendre te dire pourquoi nous ne nous sommes pas aimés.

Son visage prit une couleur de cendres et Pietro pensa qu'il mourait pour de bon mais, après un silence, il reprit.

— Tout est dans mon testament, dit-il. Les événements, les faits, les conséquences. Mais je veux que tu saches que je n'ai pas de remords. J'ai fait ce que j'ai fait en conscience et je ne l'ai pas regretté une seule fois depuis.

Levant la main, il fit un geste qui ressemblait à une bénédiction que, pris d'épuisement, il ne put pas achever.

— C'est tout, dit-il.

Pietro resta silencieux. Il traquait une note ténue qui avait résonné lorsque Roberto s'était tu. Une ivresse de haine balayait son âme comme une tempête et il eut l'impulsion irrépressible de tuer de ses mains ce père fou. Puis cela passa. Cela passa avec une force aussi naturelle et souveraine que le désir de tuer qui l'avait saisi juste avant et, lorsque cela fut passé, il sut que quelque chose s'était ouvert en lui. La souffrance et la haine étaient intactes mais il sentait en son sein l'œuvre de la mort de l'autre.

Enfin, avec dans le regard une lueur qu'il ne comprit pas, Roberto lui dit :

— Prends soin de ta mère et de ta sœur. C'est notre rôle, le seul.

Il respira lentement, regarda une dernière fois son fils et mourut.

Le notaire demanda à les voir dans le soir. Pietro était l'unique héritier des biens de son père. Lorsqu'ils sortirent sur le perron de l'étude, il faisait nuit. Il étreignit sa mère et embrassa sa sœur. Elle le regarda d'une façon qui disait : *te voilà*. Il lui sourit et lui dit : *à demain*.

Le lendemain matin, il revint à la villa du patio.

Il en parcourut toutes les pièces et en examina une à une toutes les œuvres. Les domestiques sortaient peu à peu de leurs cuisines et de leurs chambres, et sur son passage on murmurait *condoglianze* — mais il entendait aussi *ecco*. Chaque tableau lui parlait, chaque sculpture murmurait un poème et tout lui était aussi familier et heureux que s'il n'avait jamais haï et quitté les mânes de ce lieu. Alors, en s'arrêtant devant un tableau où sanglotait une femme qui tenait contre son sein le Christ, il sut enfin ce qu'il aimait depuis le début et entrevit le grand marchand qu'il serait. Le même après-midi, on enterra Roberto sous un soleil de plomb en dépit de novembre. Il vint aux funérailles tout ce que Rome comptait d'artistes renommés et d'hommes influents. On le salua à la fin de la messe et il vit que l'on acceptait qu'il eût endossé l'héritage. Il y avait du respect dans les saluts et il savait qu'il avait changé de visage. Le voyou était mort en une nuit et il ne pensait plus qu'à ses œuvres.

Mais sa haine vivait.

Au cimetière, il aperçut derrière Leonora un homme qui se tenait très droit et le regardait dans les yeux. Quelque chose dans son regard lui plut. Lorsque Leonora arriva à sa hauteur, elle lui dit :

— Voici Gustavo Acciavatti. Il a acheté le grand tableau. Il viendra te voir demain.

Pietro serra la main de l'homme.

Il y eut un bref silence.

Puis Acciavatti dit :

— Étrange novembre, n'est-ce pas ?

Le lendemain, de bon matin, le notaire fit prier Pietro de revenir seul à l'étude et lui remit une enveloppe qui contenait deux feuilles dont Roberto avait exigé qu'il fût à jamais seul à les lire.

— Qui violera cette volonté en pâtira, sans doute, ajouta-t-il.

Quand Pietro fut au-dehors, il ouvrit l'enveloppe. Sur la première feuille, il lut la confession de son père, sur la seconde, un poème écrit de sa main. Tout en lui chavirait et il pensait qu'il n'avait jamais côtoyé les enfers de plus près.

À la villa, il trouva Acciavatti en compagnie de Leonora.

— Je ne peux pas vous vendre ce tableau, lui dit-il. Mon père n'aurait pas dû vous le céder.

— Je l'ai déjà payé.

— Je vous le rembourserai. Mais vous pourrez venir le revoir quand vous le souhaiterez.

L'homme revint souvent et ils devinrent amis. Un jour, après la visite au tableau, ils s'assirent dans la salle du patio et parlèrent de la proposition qu'avait faite Milan à Acciavatti de diriger son orchestre.

— Leonora me manquera, dit Pietro.

— Mon destin est à Rome, répondit Gustavo. Je voyagerai mais c'est ici que je vivrai et mourrai.

— Pourquoi te condamnes-tu à ce que tu peux fuir ? Rome n'est qu'un enfer de tombeaux et de corruption.

— Parce que je n'ai pas le choix, dit le jeune maestro. Ce tableau m'attache à la ville aussi sûrement que tu peux la quitter. Tu es riche et tu peux faire commerce de l'art dans toutes les grandes cités.

— Je reste parce que je ne sais pas comment pardonner, dit Pietro. Alors j'erre dans les décors du passé.

— À qui dois-tu pardonner ? demanda Acciavatti.

— À mon père, dit Pietro. Je sais ce qu'il a fait mais je n'en connais pas les raisons. Et comme je ne suis pas chrétien, je ne peux pas pardonner sans comprendre.

— Alors tu souffres le même martyre que tu as enduré toute ta vie.

— Ai-je un autre choix ? demanda-t-il.

— Oui, dit Acciavatti. On pardonne plus aisément quand on peut comprendre. Mais quand on ne comprend pas, on pardonne pour ne pas souffrir. Tu pardonneras chaque matin sans comprendre et tu devras recommencer le matin suivant, mais tu pourras enfin vivre sans haine.

Puis Pietro posa une dernière question :

— Pourquoi ce tableau t'oblige-t-il ?

— Pour te répondre, il faut que je te dise qui je suis.

— Je sais qui tu es.

— Tu ne sais que ce que tu vois. Mais je vais te dire aujourd'hui ma part invisible et tu me croiras parce que les poètes savent toujours ce qui est vrai.

À la fin de la longue conversation qui les mena jusqu'à l'aube du jour suivant, Pietro dit :

— Ainsi, tu connaissais mon père.

— C'est par lui que je suis venu à ce tableau. Je sais ce qu'il a fait et ce qu'il t'en coûte. Mais je ne peux encore te dire ni les raisons de son acte ni pourquoi il est si important pour nous.

Était-ce la magie de l'ancêtre au-dessus duquel ils avaient échangé ce regard ? Ou bien une sympathie nouvelle née des urgences de la nuit ? Il s'était écoulé une minute, peut-être, depuis que Clara avait levé les yeux vers Pietro et, sans pouvoir nommer ni les événements ni les hommes, elle voyait ce qu'il y avait dans le cœur du marchand. Elle voyait qu'il avait dû combattre et renoncer, souffrir et pardonner, qu'il avait haï et qu'il avait appris à aimer, mais que la douleur ne le quittait que pour revenir sans cesse ; et cela lui était familier de ce qu'elle le percevait aussi dans le cœur de Maria, qui ne pouvait se pardonner d'avoir offert à Eugénie le pont rouge et la possibilité de l'échange. L'intérieur des cœurs lui était aussi lisible qu'un texte en lettres capitales et elle comprenait comment elle pouvait les unir et les apaiser parce qu'elle avait désormais pouvoir de raconter en jouant. Elle posa l'ancêtre sur la gauche du clavier et quand elle joua la première note, il lui sembla qu'il s'y accordait. Puis elle jeta dans ses doigts tout son désir de dire une histoire de pardon et d'union.

Pietro pleurait et le Maestro avait porté une main à son cœur. Clara composait en jouant et, sous ses mains, naissaient les mesures miraculeuses qu'une petite montagnarde qui voulait parler à une petite paysanne puisait à même son cœur d'orpheline. Combien de gorges l'ont-elles chanté depuis dans la ferveur du départ ? Combien de combats, combien de bannières, combien de soldats dans la plaine depuis que Clara Centi a composé l'hymne de la dernière alliance ? Et alors que Maria découvrait et entendait dans son rêve une petite fille aux traits de roche pure, Pietro pleurait des larmes qui brûlaient et guérissaient et lui faisaient murmurer les vers que son père avaient tracés sur la feuille — alors, il vit en lui-même l'acide de la haine se concentrer en un point de douleur insondable et aveugle — puis la peine de soixante années disparut à jamais.

> *Aux pères la croix*
> *Aux orphelins la grâce*[1].

---

1. Ai padri la croce / Agli orfani la grazia.

Villa Acciavatti

Conseil elfique restreint

— Sa maturité est remarquable, dit le Maestro, et son cœur infiniment pur.

— Mais ce n'est qu'une enfant, dit Petrus.

— Qui compose comme un génie adulte, dit le Maestro, et a le pouvoir de son père.

— Une enfant qui n'a pas eu de parents et a croupi dix ans entre un curé idiot et une vieille demeurée, marmonna Petrus.

— Il y a eu des arbres et des rochers pendant ces dix ans, et les histoires de la vieille bonne et de Paolino le berger, dit le Maestro.

— Une avalanche de bienfaits, ironisa Petrus. Et pourquoi pas une mère ? Et quelques lumières dans la nuit ? Elle a le droit de savoir. Elle ne peut pas avancer dans le noir.

— Nous avançons nous-mêmes dans le noir, dit le Chef du Conseil, et je tremble pour elles.

— Le savoir alimente les fictions et les fictions libèrent les pouvoirs, dit Petrus.

— Quels pères sommes-nous ? demanda le

Gardien du Pavillon. Ce sont nos filles, et nous les aiguisons comme des lames.

— Alors laissez-moi l'initiative des récits, dit Petrus.

— Fais ce que tu veux, dit le Chef du Conseil. Petrus sourit.

— Il va me falloir du moscato.

— J'ai une furieuse envie d'essayer, dit Marcus.

— Tu connaîtrais la joie, dit Petrus.

— Garde du corps, conteur et buveur. Un vrai petit humain, dit Paulus.

— Je ne comprends rien à ce qui se passe, dit Alessandro, mais je suis honoré.

– Le père François –

En ce pays

Eugénie mourut dans la nuit suivante de janvier. Elle s'endormit paisiblement et ne se réveilla pas. Jeannette vint frapper à sa porte en revenant de la traite, surprise de ne pas sentir en cuisine le fumet du premier café de la journée. Elle fit venir les autres. Le père coupait le bois dans une obscurité d'avant l'aube dont la noirceur gelée semblait se fragmenter en quartiers acérés de glace. Mais en bonnet de fourrure et veste de trappeur, il fendait les bûches à sa façon régulière et placide, et le froid glissait sur lui comme l'avaient fait les événements de sa vie, en le mordant profondément sans qu'il voulût y accorder d'importance. De temps à autre toutefois, il levait la tête et humait la masse pétrifiée de l'air en se disant qu'il connaissait cette aube, mais sans se rappeler comment. La mère vint le chercher. Dans les miroitements du jour naissant, ses larmes brillaient comme des diamants sombres et liquides. Elle lui dit la nouvelle et elle lui prit doucement la main. Alors que son cœur se déchirait, il pensa qu'elle était plus belle que toute femme et il lui serra la main en retour d'une façon qui valait tous les mots. Il n'y eut pas une hésitation au sujet de qui devait aller prévenir la petite, ce qui en dit long sur l'homme qu'était ce père-là. André, car tel était son nom, vint dans la chambre de Maria et la trouva plus réveillée qu'un bataillon d'hirondelles. Il hocha la tête et s'assit à côté d'elle de la manière indescriptible qui était le talent de ce paysan pauvre à l'étoffe de roi — par quoi on se dit qu'il n'y avait guère de hasard à ce que la petite ait atterri ici un peu plus de douze ans auparavant, quelque fruste que semblât cette étrange ferme. Pendant quelques secondes, Maria ne bougea ni ne parut respirer. Puis elle eut un hoquet misérable et, comme le font toutes les petites filles, même celles qui parlent aux sangliers fantastiques et aux chevaux de mercure, elle pleura à sanglots désespérés, de ceux qu'on dépense sans compter à douze ans alors qu'ils viennent si difficilement à quarante.

L'affliction fut immense dans le bas pays où Eugénie avait vécu neuf décennies obscurcies de deux guerres, tourmentées de deux deuils et décorées d'innombrables guérisons. À la messe qui fut célébrée le surlendemain, on vit venir tout ce que les six cantons comptaient d'hommes et de femmes valides. Beaucoup durent attendre la fin de l'office sur le perron de l'église, mais tous suivirent le cortège jusqu'au cimetière où l'on se répartit entre les tombes pour entendre la prière du curé. Dans le grand froid de midi, des nuages noirs et très hauts couraient au-dessus de l'assemblée qui se prenait à espérer qu'ils apporteraient de la belle neige et rétabliraient un peu de la douceur de l'hiver, au lieu que cette glace permanente fatiguait les cœurs de sa trop longue brûlure ; et tous, en manteaux, gants et chapeaux noirs de deuil, appelaient en secret les flocons en pensant que cela eût honoré Eugénie mieux que les paroles que le curé allait gaspiller dans son latin de caveaux et de nefs. Mais on se taisait pourtant et on s'apprêtait à écouter les vérités de la foi parce que Eugénie avait été pieuse et qu'on l'était aussi, quelque pétri de liberté sauvage qu'on fût en ces contrées de puissante nature. On regardait le curé qui se raclait la gorge et, dans sa chasuble immaculée, sa belle panse offerte aux cruautés de l'hiver, se recueillait avant de commencer à parler. Il avait dit une messe qui ne s'était pas égarée dans une liturgie de textes et de sermons mais avait su rendre honneur à une vieille femme douée de la science des simples, et tous en avaient été touchés pour la raison que cela avait sonné juste.

Le père François avait cinquante-trois ans. Il avait consacré sa vie à Jésus et aux plantes sans jamais les considérer hors la mission qu'il s'était donnée à treize ans. Il ne savait comment la vocation lui était venue ni si la forme chrétienne, qui était la plus naturelle, en était aussi la plus adéquate. Il avait consenti pour elle une succession de sacrifices dont le moindre n'était pas de renoncer à une intuition qui faisait parler aux arbres et aux chemins un autre langage que celui de l'Église. Il avait enduré le séminaire, ses absurdités et les désarrois du servant lorsqu'il ne trouve pas dans sa hiérarchie d'écho à sa propre manière de sentir. Mais il avait traversé tout cela comme on marche sous l'averse, en s'abritant de la foi qu'il gardait envers les hommes rêches dont il avait la charge, et s'il n'avait pas souffert des incohérences qu'il ressentait dans le discours de l'autorité, c'est parce qu'il aimait également son Seigneur et ceux auxquels il apportait Sa parole. Aujourd'hui, le père François regardait la communauté réunie en ce modeste cimetière où on inhumait une pauvre vieille qui avait passé sa vie à la ferme, et il sentait que quelque chose bouillonnait en lui et demandait à s'exprimer tout haut. Il était troublé, mais sans inquiétude, par un sentiment semblable à celui qui l'avait retenu d'écrire à ses supérieurs après les miracles au chapelet et autres lettres arrivées d'Italie, et qui lui avait fait préférer le projet de parler à Maria — laquelle avait répété les mêmes propos que ses mémères avec une impénétrable candeur qui l'avait convaincu que, si elle en savait plus, il n'y avait pas de place pour le mal dans ce cœur cristallin. Le curé regarda le petit cimetière arboré où s'alignaient les tombes de tant de gens simples qui n'avaient connu que la campagne et l'ouvrage, et il se fit la réflexion soudaine que ceux qui avaient vécu dans ce pays de silence et de bois où l'on n'espérait d'autre abondance que celle des pluies et des pommes n'avaient jamais souffert de l'horrible isolement des cœurs tel qu'il l'avait côtoyé à la ville lorsqu'il était séminariste. Alors, sous l'augure des nuées grosses comme des bœufs qui s'accumulaient au-dessus du cimetière aujourd'hui inondé de plus d'hommes que de tilleuls, le père François comprit qu'il avait été béni de ce cadeau que les gens de peu offrent à ceux qui acceptent leurs misères et leurs peines, et qu'il n'y avait pas eu un soir où il n'avait senti, en consignant sur la feuille ses travaux de la journée sur la mélisse et l'armoise, la chaleur des hommes qui, les mains dans la terre et le front sous le soleil, n'ont rien, ne peuvent rien, mais savent ce que c'est que la simple gloire de l'autre. Le souvenir d'Eugénie prit une autre dimension, comme s'il se dédoublait à l'infini et s'inscrivait dans des espaces et des temps inconnus que son esprit sondait désormais au moyen du prisme de la vieille mémère et d'un pays aussi âpre et limpide que les cieux du commencement. Il ne savait pas comment sa perception avait changé mais il n'avait jamais considéré le monde sous l'angle de ce jour de funérailles, un angle plus vaste et plus ouvert, abreuvé aux rudesses d'un territoire de nudité et de grâces.

Oui, tout le monde était là, tout un village, tout un pays, tout un canton qui avaient revêtu des habits de deuil qui coûtaient plus que la paye qu'ils arrachaient à la terre parce qu'il eût été inconcevable de ne pas porter ce jour gants de chevreau et robes de beau drap. André Faure, sous un chapeau noir, se tenait à côté du trou creusé à grand-peine dans la terre gelée et le père François voyait que le pays était tout entier derrière lui, qu'il était de ces hommes qui incarnent et qui tiennent, et par lesquels une communauté se sent plus sûrement exister et accède plus facilement à la fierté d'être elle-même que par les décrets et les ordonnances des grands. À sa gauche, Maria se taisait. Il sentit une corolle se déployer dans ses entrailles. Il regarda autour de lui dans la lumière de ce mois si rude, même pour un pays habitué aux rigueurs de l'hiver, il regarda ces hommes et ces femmes humbles et fiers qui se recueillaient sans égard pour la bise hostile, et la corolle continua de s'épanouir jusqu'à lui faire explorer un nouveau continent d'identité, une vertigineuse extension de lui-même qui naissait pourtant de l'étroitesse de ce cimetière de campagne primitive. Une rafale glaciale balaya l'enceinte des morts et fit s'envoler quelques chapeaux que les gamins s'en furent rattraper aussi promptement qu'ils regagnèrent le rang auprès de leurs aînés, et le père François dit le début de la prière rituelle.

Sois notre sortie, Seigneur,
Tout au long du jour de cette vie tourmentée,
Jusqu'aux ombres qui s'allongent et jusqu'au soir qui vient,
Quand se calme le monde agité,
Que tombe la fièvre de la vie
Et que notre tâche est achevée.

Il se tut. La bise avait subitement retombé et le cimetière se taisait avec lui dans un froissement de piété et de glace. Il voulut parler et continuer la prière — *Alors, Seigneur, dans Ta miséricorde / Accorde-nous une demeure tranquille / Un bienheureux repos et, finalement, la paix / Par le Christ, notre Seigneur* — mais il ne le put. Par tous les anges, il ne le put, pour la raison qui dira, là aussi, quel homme était ce curé-là, qu'il ne pouvait se rappeler ce que le Seigneur Jésus-Christ et tous les saints réunis avaient à faire dans le récit qu'il devait à sa sœur disparue. Il y avait seulement cette corolle qui grandissait, se dépliait et finissait par occuper en entier un lieu de chair à la fois minuscule et sans bornes, et tout le reste était vide. Le père François prit une longue inspiration et chercha à l'intérieur de lui-même l'ancre que la corolle avait jetée. Il trouva un parfum de violettes et une vague de tristesse si intense qu'il en eut un bref instant de nausée. Puis cela passa. Enfin, tout redevint muet. Mais il avait la sensation de regarder cimetière, hommes et arbres sans écran, comme si on avait lavé pour lui la vitre où s'accumulait auparavant la poussière des chemins. C'était merveilleux. Comme il se taisait ainsi depuis un temps inhabituellement long, on leva vers lui des visages étonnés. André, en particulier, accrocha quelque chose dans la physionomie du curé qui le lui fit scruter quelques secondes de son insondable prunelle de taiseux. Leurs regards se croisèrent. Il y avait peu en commun entre ces deux êtres que le sort avait réunis en ces austères arpents ; peu en commun entre le pasteur souriant qui aimait l'italien et le vin, et le paysan lourd et secret qui ne parlait qu'à Maria et à la terre de ses champs ; peu en commun, enfin, entre la religion des lettrés et la croyance des bouseux qui ne se comprenaient que de la nécessité de tisser une communauté. Mais ce jour était différent et leurs regards se croisèrent comme pour la première fois. Alors, il y eut simplement deux hommes, l'un qui liait entre elles les âmes terriennes qui avaient ici leur destin, l'autre qui le comprenait aujourd'hui et se préparait à honorer de ses mots le lien de l'amour. Oui, de l'amour. De quoi d'autre croyez-vous qu'il soit question en cette heure de nuages noirs et de bise, et qui puisse emporter un homme si au-delà de son toit ? Or, qui aime se soucie peu du bon Dieu, comme c'était le cas ce jour-là de monsieur le curé qui ne retrouvait plus ni son Seigneur ni ses saints mais, par la grâce d'une magie à laquelle il ne comprenait goutte, venait de découvrir le monde quand il est illuminé par l'amour. Une dernière fois avant de parler, il contempla la marée des humbles qui attendait qu'il donnât le signal de l'adieu, il regarda chaque visage et chaque front et, enfin, il rentra en lui-même et trouva la trace du petit garçon qui avait joué autrefois dans les herbes du ruisseau — alors, il parla.

— Mes frères, en ce pays, j'ai vécu avec vous trente ans. Trente ans de labours et de peines, trente ans de moissons et de pluies, trente ans de saisons et de deuils, mais trente ans de naissances et de noces, et de messes à toute heure car vous menez vertueuse vie. Cette campagne est la vôtre, qui vous a été donnée pour que vous connaissiez le goût amer de l'effort et la récompense muette du labeur. Elle vous appartient sans titres parce que vous lui avez sacrifié votre sève et confié vos espérances. Elle vous appartient sans lice parce que les vôtres y reposent en paix et y ont avant vous payé le tribut des besognes. Elle vous appartient sans croix parce que vous ne la revendiquez pas mais la remerciez de vous considérer ses servants et ses fils. J'ai vécu avec vous sur cette terre et aujourd'hui, après trente ans de prières et de prêches, trente ans de sermons et d'offices, je vous demande de m'accepter parmi vous et de me nommer l'un des vôtres. J'ai été aveugle et j'implore votre pardon. Vous êtes grands quand je suis petit, humbles tandis que je suis pauvre et braves à l'heure où je suis défaillant. Vous, hommes de peu et gens de terre, vous qui cultivez le sol par sillons et par grêle, vous les soldats de l'insigne mission qui nourrissez et faites prospérer, et mourrez sous les sarments d'une vigne qui donnera à vos enfants bon vin — devant la tombe de celle qui veut que j'embrasse comme vous la poussière et les pierres, je vous supplie une dernière fois de me prendre avec vous car j'ai compris ce matin la véritable ivresse de servir. Alors, lorsque nous aurons pleuré Eugénie et que nous aurons partagé notre peine, nous regarderons autour de nous cette terre qui est la nôtre et nous donne les arbres et le ciel, les vergers et les fleurs, et un paradis qui est ici-bas aussi sûrement que ce temps nous appartient et qu'il est possible d'y trouver la seule consolation à laquelle mon cœur aspire désormais. Voici venir le temps des hommes et *j'en ai la certitude* : *ni la mort, ni la vie, ni les esprits, ni les puissances, ni le présent, ni l'avenir, ni les astres, ni les abîmes, ni aucune créature, rien ne pourra nous séparer de l'amour* qui est dans et par notre terre. Voici venir le temps des hommes qui connaissent la noblesse des futaies et la grâce des arbres, le temps des hommes qui savent recueillir et soigner, et aimer, enfin. À eux *la gloire, pour les siècles des siècles. Amen.*

Et l'assemblée répondit *amen.*

On se regarda en essayant de digérer l'excentricité de la prière. On tentait de se remémorer les mots dans le bon ordre, mais c'étaient des lambeaux des habituelles antiennes qui venaient à la place et on avait bien de la peine à décider ce qui s'était joué dans cette inattendue fantaisie. Pourtant, on savait. Comme toute parole qui puise dans la beauté du monde sa syntaxe et ses rimes, l'homélie du curé avait caressé chacun d'une poésie puissante. Il faisait bien froid au milieu des tilleuls mais on s'y réchauffait à un feu intangible qui contenait les bienfaits de la vie qu'on menait, les rivières, les roses et les incantations du ciel, et c'était comme si une plume légère effleurait en chacun la blessure avec laquelle on avait accoutumé de vivre mais dont on se disait qu'elle pouvait peut-être guérir et pour toujours se refermer sur elle-même. Peut-être… Au moins connaissait-on désormais une prière qui ne fût pas de latin mais ressemblait aux paysages aimables tendrement enfermés en soi-même. Il y avait un parfum de vignes et quelques violettes ébouriffées, et des cieux lavés d'encre par-dessus la solitude des combes. Cette vie était la leur comme ce temps leur appartenait, et alors qu'on se dispersait en causant, qu'on se saluait, s'embrassait et se préparait à s'en retourner au foyer, on sentait qu'on était pour la première fois mieux campé sur ses pieds — car il est peu d'hommes qui comprennent d'emblée qu'il n'est d'autre Seigneur que la bienveillance des terres.

Le père François regarda Maria. La corolle qui achevait de s'épandre dans les replis de son cœur lui en confirmait la nouvelle : c'était par la petite qu'advenaient ces floraisons et ces heurs, par elle que pouvaient dériver au fil de la rivière les obstacles qui en obstruaient le cours, par elle enfin que se faisaient des saisons qui enroulaient autour d'elle une spirale de temps transfiguré. Il leva la tête vers les nuages noirs arrimés au quai du ciel aussi sûrement que des cordages de navire. André lui posa la main sur l'épaule et il y sentit passer un flux magnétique par où ils s'accordaient qu'il se produisait des événements auxquels leur raison échouait à donner un sens, mais leur cœur bien sûrement, et tout leur amour aussi. André retira sa main tandis que la foule ahurie des paysans regardait les deux frères qui venaient de se découvrir et attendait en frémissant ce qui viendrait à la suite. On regarda bien les nuages aussi et il parut à tous qu'ils disaient quelque chose d'inamical, mais ce qui se passait au cimetière valait bien qu'on affronte les dangers. Pourtant, il semblait que cela fût terminé car le père François les bénissait et faisait signe aux terrassiers de verser la terre. Maria souriait aux côtés de son père qui avait ôté son chapeau et regardait vers le ciel, les yeux mi-clos, comme un homme à qui le soleil aurait réchauffé le visage lors qu'il gelait toujours à pierre fendre. Puis la petite fit un pas en direction de la fosse et sortit de sa poche des fleurs pâles d'aubépine qui tombèrent lentement sur le cercueil.

Cependant, André Faure ne semblait pas prêt à quitter le cimetière. Il fit un signe au curé alors que Maria regardait elle aussi le ciel qui s'assombrissait d'une manière inhabituelle car les nuages n'occultaient pas la lumière mais la faisaient sombre et blafarde. Le curé se retourna et regarda ce qu'il lui désignait. À l'horizon sud des champs, au-delà du mur de pierres plates, se bâtissait une rangée noire faite de fumées ou de pluies. Elle avançait lentement mais allait de concert avec les nuages qui descendaient sur la terre, en sorte que l'espace se rétrécissait par l'horizon et par le firmament et qu'on eût été cerné s'il n'y avait eu le village adossé à la petite montagne, par laquelle on pouvait encore fuir si le ciel continuait de se laisser tomber sur les champs. André et le curé n'étaient d'ailleurs plus les seuls qui avaient fait remarque de la chose et on avait un moment d'hésitation, surtout ceux qui allaient vers le sud. Maria se rapprocha de son père et ils échangèrent un regard. Qu'y vit-il ? Personne ne saurait le dire. Mais on comprit qu'il n'était plus temps de se demander le pourquoi quand on en était à l'heure d'apprendre comment on se préparerait au combat. Les hommes — du moins ceux qui, au pays, avaient l'autorité — formèrent le cercle autour d'André tandis que le reste de l'assemblée attendait sous le vent. Le père François se tenait à sa droite et cela voulait dire, ainsi que chacun le comprenait sans étonnement : *je suis derrière lui.* Alors André parla et ils surent que l'heure était grave. Une poignée de minutes plus tard, chacun se dispersait et exécutait son propre segment d'ordre. Ceux qui s'en retournaient vers le nord, l'est et l'ouest se hâtaient de prendre la route sans regarder en arrière. Les autres se répartissaient entre les fermes ou ralliaient le sanctuaire de l'église où on allait leur apporter tantôt du vin chaud et des couvertures épaisses.

Enfin, une dizaine d'hommes escorta la petite, la mère et les trois mémères jusqu'à la ferme du Marcelot, qu'on supposait plus défendable parce qu'elle avait un mur d'enceinte et qu'elle nichait en hauteur, en sorte qu'on avait de là la meilleure vue sur tous les côtés du paysage. On fit asseoir les femmes et l'enfant autour de la même table qu'il y avait dans chaque ferme et on s'affaira à y déposer tout ce qui pouvait, de leur rétablissement moral et physique, assurer l'entreprise.

L'heure qui précède la bataille est brève et Maria le savait et souriait à Lorette Marcelot. C'était une femme imposante dont l'embonpoint se portait en avant avec une majesté qu'elle devait à la lenteur de ses gestes. De sa jeunesse resplendissante, elle avait gardé un visage sans rides et des cheveux cuivrés arrangés en un chignon qui attirait les regards comme un phare, et on contemplait sans se lasser cette paysanne dont les glissades feutrées et interminables reposaient les cœurs taillés à vif par les innombrables misères de la terre. De surcroît, Maria, qui aimait à se presser contre ses jupons, y huma la verveine qu'elle portait dans de petits sachets cousus par en dessous ses robes et qui y répandaient une romance d'arbres et de celliers par où on se demandera ce qui manquait de raffinement à cette contrée pourtant truffée de péquenots.

— Eh bien, petite, c'était un bel enterrement, dit-elle à Maria, et elle lui sourit.

C'étaient les paroles qui convenaient et qui, d'être brodées sur la peau lisse de ce visage blanc comme le lait, donnaient à la peine une quiétude qui en annulait la noirceur. Elle posa devant elle un morceau de fromage et un bol de lait fumant. Maria lui sourit en retour. La salle sentait le café à quoi se mêlait un premier fumet des volailles à rôtir ; les hommes étaient restés au-dehors et les trois mémères et la mère se reposaient en silence des émotions de la mi-journée ; et on regardait la Marcelotte qui arrondissait les bras pour couper le pain avec une langueur qui faisait chaque mouvement plus valeureux et plus fier. C'était une heure de femmes. C'était l'heure des femmes qui savent ce que les hommes doivent trouver chez eux avant le combat. Alors elles habitent tout l'espace du logis, elles en épousent chaque recoin et chaque solive et se démultiplient jusqu'à ce que le foyer ne soit plus qu'une poitrine palpitante où se ressentent, de leur sexe, les déclinaisons les plus pures. Et la ferme, distendue à craquer par le rayonnement des femmes qui y étirent leur corps jusqu'aux poutres de la salle, lesquelles s'en ressentent plus aimables et plus courbes, s'incarne enfin de façon que quiconque pénètre ces lieux connaisse que la femme y règne et, du monde, y donne les plaisirs et les joies.

– Alessandro –

Les pionniers

À l'aube qui suivit la nuit de la grande guérison, Alessandro, Paulus et Marcus prirent ensemble la route de la France. Clara n'avait pas dormi. C'était le dernier jour d'Eugénie sur terre et il pleuvait sur Rome quand tous se dirent adieu. Sur le perron, Leonora la serra tristement contre elle. Pietro, à ses côtés, était impassible et muet. Petrus semblait plus chiffonné que jamais.

— Je ne sais pas ce que vous trouverez au village, dit le Maestro, mais sur le chemin, vous devez être invisibles.

— Invisibles quand Rome entière est surveillée ? demanda Leonora.

— Les hommes de Pietro les attendent dehors, lui répondit-il, ils sortiront de la ville en secret.

Tous s'étreignirent. Mais avant de partir, Sandro s'agenouilla devant Clara et, les yeux à hauteur des siens, lui chuchota :

— Un jour, je te raconterai l'histoire d'une femme que j'ai connue et qui s'appelait Teresa.

Il leva les yeux vers le Maestro.

— Je me demande… murmura-t-il.

Ils s'en furent sous la pluie. Mais avant de disparaître au tournant de l'allée, Alessandro se retourna et lui fit un signe de la main. Était-ce le pouvoir de l'ancêtre ? Il lui parut qu'elle le voyait pour la première fois.

À la villa, Clara resta avec Petrus qui, d'ordinaire, s'assoupissait dès qu'on les laissait seuls. Mais ce matin, il la regardait rêveusement et elle pensa qu'il était plus sobre qu'à l'accoutumée.

— Qui est Teresa ? demanda-t-elle.

— Que sais-tu des fantômes ? interrogea-t-il en retour.

— Ils vivent avec nous, dit elle.

— Non, répondit-il, c'est nous qui vivons avec eux et ne les laissons pas s'en aller. Pour ça, il faut leur raconter l'histoire juste.

Elle ne dit rien. Quelque chose en lui avait changé.

— Je ne peux pas te parler de Teresa aujourd'hui, dit-il, mais je vais te raconter une histoire qui te mènera à la sienne.

Il soupira.

— Mais d'abord, il me faut un petit verre.

— C'est peut-être mieux sans boire, dit-elle.

— Je ne pense pas, dit-il. Les humains perdent leurs moyens quand ils boivent mais moi, je deviens plus fort.

Il se leva et se servit d'un vin rouge et profond.

— Je dois être le seul dont les talents se

révèlent dans l'amarone, dit-il. Pourquoi ? Mystère et brumes.

— Mais vous êtes quoi ? demanda-t-elle.

— Comment ça, nous sommes quoi ?

— Le Maestro, Paulus, Marcus et toi. Vous n'êtes pas des hommes, n'est-ce pas ?

— Des hommes ? Bien sûr que non, dit-il avec consternation. Nous sommes des elfes.

— Des elfes ? répéta-t-elle, stupéfaite. Il y a des elfes alcooliques ?

Il prit un air peiné.

— Je ne suis pas alcoolique, je suis seulement intolérant à l'alcool. Nous le sommes tous, d'ailleurs. Doit-on pour autant se priver de ce qui est bon ?

— Tout le monde boit, chez vous ?

— Mais non, dit-il d'un air un peu perdu. C'est pour ça que je suis ici.

— Tu es là pour le moscato ?

— Je suis là pour le moscato et la conversation des humains.

— Il n'y a pas de conversations intéressantes chez les elfes ?

— Mais si, dit-il.

Il se passa une main sur le front.

— C'est plus compliqué que je ne le pensais, dit-il.

— Que fait-on, chez vous, dans la journée ? s'enquit-elle, dans un effort louable pour l'aider.

— Mais beaucoup de choses, beaucoup de choses… Des poésies, des calligraphies, des marches dans les bois, des jardins de pierres, de belles poteries, de la musique. On célèbre le crépuscule et les brumes. On boit du thé. Des torrents de thé.

Cette dernière considération parut l'emplir de tristesse.

— Je ne peux pas te dire tout le thé qu'on boit, conclut-il, noyé dans sa mélancolie.

— Et les conversations ?

— Les conversations ?

— Elles sont comme celle du Maestro ?

— Non, non. La plupart d'entre nous n'ont pas d'aspirations si élevées. Nous sommes des elfes ordinaires. Il y a des fêtes, aussi. Mais ce n'est pas pareil.

— Qu'est-ce qui n'est pas pareil ?

— Personne ne raconte d'histoires. On récite des pages de poésie, on chante des cantiques à profusion. Mais jamais d'histoires de fantômes ou de chasse à la truffe.

Il eut l'air revigoré de cette mention qui datait de la veille où un commis avait entamé en cuisine un interminable récit qui se passait dans les forêts de Toscane.

— Donc tu es là pour le vin et les histoires de chasse à la truffe ?

— Le Maestro m'a fait venir pour les histoires. Mais le vin aide aussi à l'affaire.

— Tu t'ennuyais, là-haut ? interrogea-t-elle encore.

— Ce n'est pas à proprement parler *là-haut*, marmonna-t-il. Et je m'y ennuyais un peu mais ce n'est pas ça le plus important. Pendant longtemps, j'ai été un bon à rien. Mais un jour, le Maestro m'a demandé si je voulais venir chez vous. Je suis venu, j'ai bu et je suis resté. Je suis fait pour ce monde. C'est pour ça que je peux te raconter l'histoire d'Alessandro. Parce que nous sommes frères d'insatisfaction.

— Le Maestro t'a demandé de me raconter l'histoire d'Alessandro ?

— Pas exactement, répondit-il. En réalité, je suis celui qui a suggéré qu'on te raconte ta propre histoire, ce qui en implique beaucoup d'autres aussi et si tu veux bien en finir avec les questions, je vais commencer par celle d'Alessandro.

S'asseyant élégamment dans le fauteuil où il ronflait d'ordinaire, il se servit un deuxième verre et entama son récit cependant qu'un acier inhabituel transparaissait sous la rondeur de ses traits et que sa voix prenait un velours inédit.

— L'histoire d'Alessandro commence il y a un peu plus de quarante ans dans une belle maison de L'Aquila où il vivait avec sa mère, une femme singulière qui était faite pour le voyage et se consumait de la tristesse de n'avoir d'horizon que son jardin. Sa seule joie lui venait de son fils cadet. Car Alessandro était plus beau que le ciel. Dans toute la province, on n'avait jamais vu figure plus parfaite et il apparut que le caractère de l'enfant était le reflet de sa complexion car il apprit à parler un italien splendide avec un phrasé que personne n'avait entendu par là-bas, et montra dès le plus jeune âge des dispositions pour la musique

208

et le dessin qui dépassaient ce que les professeurs avaient l'habitude de voir. À seize ans, il ne pouvait plus apprendre d'eux. À vingt, il partit pour Rome dans les pleurs et les espérances de sa mère et se rendit chez Pietro, dont lui avait parlé son défunt père qui vendait aux riches Romains des tapis d'Orient venus aux Abruzzes par la route du Nord.

Il fit une pause, se servit un troisième verre.

— Tu racontes bien, dit Clara.

— Mieux que ta vieille bonne ? demanda-t-il.

— Oui, mais ta voix est moins belle.

— C'est parce que j'ai soif, dit-il, et il reprit une gorgée d'amarone. Sais-tu quel est le secret d'un bon récit ?

— Le vin ? suggéra-t-elle.

— Le lyrisme et la nonchalance avec la vérité. En revanche, il ne faut pas plaisanter avec le cœur.

Contemplant avec affection le rubis de son verre, il reprit :

— Alessandro prit donc la route de Rome dans la fougue et le chaos de ses vingt ans.

— Je vois un tableau, dit-elle.

— Tu vois dans mon esprit ?

— Je vois ce dont tu parles.

— Remarquable, dit-il. Et sans boire.

— C'est le pouvoir de mon père ?

— C'est le pouvoir de ton père mais c'est aussi ton talent. Ce tableau est le premier qu'Alessandro a montré à Pietro qui n'avait jamais rien vu de semblable. Il connaissait le marché de l'art et il savait qu'il était en présence d'un miracle. La toile ne représentait rien. L'encre se jetait en traits élégants qui montaient vers le bord supérieur à la manière d'une fourche à trois piques inégales, plus basses à l'extérieur et reliées entre elles par la base. La chose étrange c'est que, quand on la regardait bien, on comprenait que les traits ne pouvaient en être tracés que dans un seul sens. Or, Pietro voyait que c'était une écriture et il s'est demandé comment Alessandro en avait appris la langue. Mais quand il lui a posé la question, il a vu qu'il ne comprenait pas. Tu as écrit *montagne* comme ça, sans savoir ce que tu calligraphiais ? a-t-il demandé. J'ai écrit *montagne* ? a répondu Sandro. Il était abasourdi. Il venait de L'Aquila et n'avait qu'une vague idée du monde. Mais il avait tracé le signe de la montagne et Pietro savait le lire, parce qu'il était allé dans le pays de ces signes et qu'il pouvait en déchiffrer certains. De même, tous les nôtres le peuvent parce que c'est un langage que nous avons adopté il y a longtemps déjà et parce que les pierres des montagnes sont très importantes pour nous. Pietro a demandé à Sandro s'il avait d'autres toiles. Il en avait. Dans les mois suivants, il en a peint beaucoup. Elles étaient magnifiques. Il était arrivé pauvre à Rome mais, en deux ans, il était plus riche que ne l'avait jamais été son père. Et tout le monde l'aimait. Les femmes l'aimaient d'amour, les hommes d'amitié et il était le plus charmant des compagnons et convives. Je ne sais pas quand il dormait. On ne le voyait jamais quitter la table des dîners. Il parlait avec Pietro jusqu'au bout de la nuit et, au matin, il était à son chevalet pour accoucher de prodiges d'encre et de fusain. Il n'avait pas besoin d'un grand atelier ; il vivait à la villa Volpe et travaillait dans ta chambre du patio où il n'y avait pas encore le tableau que tu connais ; il n'en occupait qu'un recoin où étaient posés ses pinceaux et où il peignait en regardant le mur blanc. Bien sûr, il buvait déjà beaucoup. Mais tout le monde a toujours bu dans ces cercles, et Sandro peignait et riait, et personne ne voyait venir la fin. Puis il a rencontré Marta.

Clara découvrit dans l'esprit de Petrus une femme au visage creusé de cernes profonds qui, curieusement, lui donnaient son aplomb et sa grâce ; des boucles d'un blond vénitien très pâle et des yeux de faïence douce ; dans le regard clair, une mélancolie sans fin.

— Elle était plus âgée que lui et elle était mariée à un autre. Sandro avait aimé beaucoup de femmes mais Marta était son âme sœur. Pourtant, malgré l'amour qu'elle avait pour ce jeune homme magnifique, elle sombrait du chagrin qu'elle avait eu toute sa vie, et beaucoup ont vu là l'explication de ce qui a suivi. Je crois pourtant que les causes ne sont pas celles qu'on pense car c'est à la même période que Pietro a montré à Sandro le tableau qui se trouve maintenant dans ta chambre. Il s'est souvenu ensuite que Sandro était resté muet et que, le mois suivant, il n'avait pas peint. Il s'enfermait dans l'atelier sans toucher un pinceau. On aurait dit qu'il ne croyait plus à ce qu'il peignait. Le soir, il buvait.

Il parut se souvenir qu'il avait soif aussi et se versa un autre verre.

— Après la découverte du tableau de Pietro, Sandro a tout de même peint une dernière toile.

Elle avait la couleur du lin et on voyait de part et d'autre d'une grande tache d'encre trois traits horizontaux tracés au pastel écarlate. L'encre était par endroits noire et très mate, à d'autres brune et presque laquée, et il semblait à certains reflets poudrés et changeants qu'on y avait ajouté la poussière d'une écorce de forêt. Quoique la toile, aussi abstraite que la première, ne représentât rien et ne fît pas penser à une écriture, Clara reconnut dans le voyage immobile de l'encre, qui se déployait de profondeur et non de distance, le pont qu'elle avait déjà vu lorsqu'elle avait plongé dans les vagues du pouvoir de Maria, et elle s'ébahit qu'une tache sombre sans contours ni traits pût être aussi un pont rouge jeté entre les deux rives.

— Le pont, dit-elle.

— Le pont, dit-il, qui concentre les pouvoirs de notre plan et relie notre Pavillon à ce monde. Sandro en avait restitué l'âme comme s'il l'avait traversé alors qu'il ne l'avait jamais vu. Comment cela était-il possible ? Toi, tu peux le voir parce que tu es la fille de ton père. Mais Sandro ? De la même façon qu'il avait calligraphié sans le savoir le signe de la montagne, il avait capturé à la soie de ses pinceaux la quintessence d'un lieu inconnu, et ceux qui connaissaient le pont étaient stupéfaits du miracle qui le restituait sans le figurer. Et puis Alessandro a brûlé toutes ses toiles et tout le monde a pensé qu'il avait perdu la tête parce que deux femmes qu'il aimait étaient mortes en deux jours. Marta s'était jetée dans le Tibre et, au même moment, on avait appris la mort de la sœur de Marta, Teresa, que Sandro aimait d'une amitié aussi intense qu'elle peut l'être entre deux êtres de chair. Je te raconterai plus tard les circonstances de sa mort. Toujours est-il que Sandro a brûlé l'intégralité de son œuvre puis a quitté Rome et s'est rendu chez son frère, le curé de Santo Stefano, où il a passé une année, après quoi il s'est retiré à L'Aquila dans la maison de sa tante et a vécu là, au deuxième étage, jusqu'à ce que le piano le conduise à toi neuf ans après être rentré aux Abruzzes. Quelles sont les explications ? Sandro n'avait jamais aimé et été aimé que de femmes qui pleuraient, et il y a la même mélancolie au cœur de tous ceux dont les mères ont versé des larmes et qui ont ensuite aimé d'autres femmes de sanglots. Mais je ne pense pas que les histoires vécues soient aussi importantes que celles que nous sommes en nous-mêmes. L'histoire native de Sandro n'est pas celle d'un homme que calcine l'amour mais d'un être qui est né du mauvais côté du pont et aspire à le traverser. C'est ce que disent sa première et sa dernière toile.

Il soupira.

— Personne mieux que moi ne comprend ce que ressent celui qui est impropre au monde qui l'a vu naître. Certains atterrissent dans le mauvais corps, d'autres au mauvais endroit. On attribue leur malheur à un vice de leur caractère quand ils sont seulement égarés là où il ne faudrait pas.

— Alors pourquoi le Maestro ne le fait-il pas traverser ?

— Je pense qu'il ne le peut pas, dit Petrus. Nous sommes des pionniers et nous devons tisser de nouvelles alliances. Mais il faut jeter les passerelles au bon endroit et au bon moment.

— Est-ce qu'on peint chez les elfes ? demanda Clara.

— Oui, dit Petrus, on calligraphie et on peint, mais seulement ce qu'on a devant soi. De même on chante ou on écrit des poèmes pour émouvoir l'âme, et on le fait très bien, d'ailleurs. Mais ça ne suffit pas à changer le réel.

— Que faut-il pour changer le réel ?

— Mais des histoires, dit-il.

Elle l'observa un instant.

— Je croyais que les elfes étaient différents, dit-elle.

— Ah, oui, les elfes, les fées, les sorciers du folklore, tout ça. Même le Maestro ne correspond pas à ton idée ?

— Un peu plus. Parle-moi de ton monde natal.

— Que veux-tu savoir ? demanda-t-il.

— À quoi ressemble-t-il ?

— C'est un monde de brumes, dit-il.

— Vous vivez dans le brouillard ?

— Non, non, on voit très bien. Les brumes sont vivantes, elles laissent voir ce qu'il faut et elles évoluent en fonction des besoins.

— Les besoins de qui ?

— Mais de la communauté, répondit-il.

— La communauté des elfes ? demanda-t-elle.

— La communauté, répéta-t-il, les elfes, les arbres, les pierres, les ancêtres, les animaux.

— Tout le monde vit ensemble ?

— Tout le monde *est* ensemble, répondit-il. La séparation est une maladie.

Et, en se resservant tristement un verre :

— Hélas, le paradis est perdu à présent.

Puis, en louchant un peu, il ajouta :

— Je suis bon pour les histoires humaines mais je pense que le Maestro t'expliquera la vie des elfes mieux que moi.

Elle haussa les épaules.

— Ce que je ressens ne semble pas l'intéresser, dit-elle.

Et, imitant Acciavatti :

— Allons, joue, joue, je tournerai tes pages.

Il éclata de rire.

— Les hauts elfes ne sont pas connus pour leur sentimentalisme, dit-il. Mais il se soucie de toi plus que tu ne le penses.

Il parut réfléchir un instant. Puis il rit doucement.

— Je suis fin saoul, dit-il.

Et après un silence :

— Mais j'ai fait mon travail.

Elle voulut lui poser d'autres questions mais il se leva et, peinant un peu à se tenir debout, lui dit en bâillant à se décrocher la mâchoire :

— Allons nous reposer. Les jours qui viennent seront agités.

Clara ne dormit pas de la journée. Il pleuvait interminablement sur la ville et, de l'autre côté du rêve, elle surveillait Maria. Je ne reverrai pas Eugénie, pensa-t-elle, et elle appela de ses vœux les larmes du soulagement mais elles ne vinrent pas, ni dans la journée ni au soir où on prit à la villa un repas léger avant que ne passe la nuit dans une somnolence lugubre. Au petit matin, elle ne quitta pas son lit jusqu'à ce que le père de Maria vînt à celui de sa fille pour une raison qu'on comprenait sans paroles. Mais les larmes se dérobaient toujours alors qu'elle suivait les déambulations désolées de la petite Française au travers des pièces froides et des champs de glace dure. Puis, pour la deuxième fois, on alla se coucher dans un désœuvrement auquel on eût tout préféré, même la bataille. Il y eut un autre jour perdu entre deux ères, d'autres longues heures où elle fut de nouveau seule et où Petrus lui-même ne reparut pas. Mais au dîner, qu'elle prit avec Leonora, le Maestro fit une brève apparition.

— Les funérailles auront lieu demain, lui dit-il, et il faudra que tu parles à Maria.

— Je ne connais pas sa langue, dit Clara.

Il partit sans répondre.

Puis vint le matin où l'on devait porter en terre Eugénie. C'était le premier de février et, en se réveillant d'une nuit maussade où il lui semblait qu'elle n'avait ni dormi ni veillé, elle vit que l'ancêtre avait disparu. Elle courut à la salle vide du déjeuner puis à celle du piano. Il était posé sur la gauche du clavier. Petrus ronflait dans une bergère. Le Maestro l'attendait.

— Il était là quand je suis arrivé, dit-il en désignant l'ancêtre.

En silence, ils suivirent à la ferme les préparatifs des funérailles. Puis tous prirent le chemin de l'église où les attendait la dépouille bien-aimée. La foule amassée devant le porche de l'église impressionna Clara par son nombre et par son recueillement. Pendant la messe, elle put entendre un peu de latin mais elle vit surtout aux regards que l'on était satisfait de l'office, et elle prit un intérêt croissant à la personne du prêtre qu'elle avait cru jusque-là d'une étoffe semblable à celle de son propre curé. Le père Centi était un homme scrupuleusement morne auquel on était reconnaissant qu'il ne fût pas mauvais sans pouvoir le remercier d'être bon, et qui traitait bien toutes choses et toutes gens par une lacune qui le rendait inapte aux bassesses sans le rendre pour autant apte aux grandeurs. Or, en voyant le père François prêcher en chaire, elle fut surprise d'une intuition qui le lui fit suivre des yeux quand il prit la tête du convoi funéraire et l'observer encore lorsque, debout devant tombes et paysans, il commença l'homélie en le disputant aux assauts glacés du vent. Le Maestro lui en traduisit les paroles et elle sentit dans le discours une musique familière qui avait aussi peu à voir avec son propre curé que les partitions monotones avec les libéralités de pêches et de steppes.

— Voilà un homme, dit le Maestro avec du respect dans la voix.

C'était le mot qui convenait au sentiment qui n'avait cessé de grandir en elle-même. Au même moment, André fit dans la direction du bon père un geste qui en était la transcription en mouvement et Clara se répéta *voilà un homme*.

— A loro *la gloria, nei secoli dei secoli*, amen, traduisit le Maestro.

Il se tut. Mais après un temps où ils assistèrent aux salutations et aux effusions, il lui dit :

— Il y aura bien des surprises avant la fin, et des alliés qui ne sont pas naturels.

Puis, d'une voix qui s'était assombrie :

— Regarde.

Elle découvrit la muraille noire.

— Première bataille, dit-il.

Elle scruta la gigantesque roue en avance lente vers le village.

— Une tempête ? demanda-t-elle. Il n'y a pas de soldats ?

— Il y a des soldats par-derrière mais ils ne comptent pas vraiment.

— Le chef de Raffaele commande aux nuages ?

— Oui, dit le Maestro, aux nuages et aux éléments du climat.

— Et toi, tu le peux ?

— Tous les nôtres le peuvent.

— Alors pourquoi laissez-vous Maria seule ?

— Nous avons toujours protégé le village. Mais si nous voulons connaître sa force, il faut que nous nous retenions d'intervenir dans la bataille. C'est une décision difficile mais nécessaire à la compréhension de ses pouvoirs. Ils ne se sont encore jamais vraiment dissociés des nôtres.

— Et si elle meurt ?

— Si elle meurt, c'est que nous nous trompons depuis le début et il y aura peu d'espoir que nous puissions survivre à cette guerre, comme individus et comme espèce.

Clara regarda encore une fois la monstruosité dressée à l'horizon des terres méridionales.

— C'est un colosse, dit le Maestro, mais seulement une faible part de ce que l'ennemi peut créer. Nous avions raison de penser qu'il ne prendrait pas notre pari au sérieux.

— Il y a un traître, pourtant, qui l'informe.

— Il y a un traître qui a suivi l'un des nôtres et découvert Maria.

— Qui a suivi le cheval gris.

— Qui a suivi le chef de notre conseil sous l'apparence d'un cheval gris car, dans ce monde, nous ne pouvons garder qu'une seule de nos essences. C'est un cheval gris mais un homme et un lièvre, aussi.

— Pourquoi le chef de votre conseil a-t-il voulu voir Maria ?

Puis, sans comprendre comment, elle sut la réponse.

— Parce que c'est son père.

— Et le pouvoir de prescience du tien est grand, dit le Maestro, et va de pair avec son pouvoir de vision. Maintenant, regarde la puissance de l'ennemi et comprends sa nature et ses causes.

— Il distord le climat.

— Et chacune de ses distorsions s'alimente des autres. Marcel aurait dû mourir. Quand on distord les forces, on engendre du désordre. Même quand l'intention est pure, comme l'était celle d'Eugénie.

— Mais comment résisterons-nous si nous ne pouvons pas utiliser les mêmes armes ?

— C'est toute la question de l'alliance.

En silence, ils observèrent les hommes qui se réunissaient autour du père François et d'André puis se dispersaient en bon ordre et faisaient qui monter les siens dans la carriole, qui entrer femmes et enfants dans la protection de l'église et qui prendre le chemin de la ferme Marcelot avec les gars du premier cercle. La ferme était plus grande mais aussi plus encombrée que celle de Maria, qu'accueillit une femme aux cheveux de cuivre que Clara aima tout de suite. On prit place autour de la grande table où furent déposés du pain, du miel et des conserves de prunes de l'été, et alors que la Marcelotte et sa fille préparaient le repas, le temps s'alanguit et sembla se tasser. Au-dehors, les hommes se concertaient et voyaient grandir leur défaite mais, au-dedans, il y avait comme un drap de douceur sous la forme d'une réminiscence flottante. On y apercevait des broderies anciennes et des esquisses de sourire, une rivière en serpentins de grandes herbes et des tombes qu'on avait délaissé de fleurir. Quelle est cette piste que je suis ? se demanda Clara qui rivait ses yeux aux gestes lents de la femme aux cheveux d'incendie. Elle aurait pu y passer sa vie et ne jamais se lasser de cet émerveillement ; puis, au geste de Lorette pour poser devant Maria un verre de lait chaud, elle en comprit la nature car il avait même texture que celui qu'avait eu Leonora en posant sa main sur la sienne le jour de ses onze ans.

— Un jour, tu rejoindras ta communauté, dit le Maestro. Je regrette que tu en aies été privée. Mais elles t'attendent et elles t'accueilleront parmi elles.

De longues minutes passèrent alors que le village se préparait au siège.

— Que dois-je dire à Maria ? demanda-t-elle.

— Tu trouveras les mots, dit le Maestro, et je les traduirai.

— De qui le Gouverneur est-il le serviteur ? demanda-t-elle encore.

— De l'un des nôtres.

— D'où vient-il ?

— De ma propre maison.

— Comment s'appelle-t-il ?

— Nous n'avons pas comme les hommes de noms qui nous sont donnés et que nous gardons ensuite. Mais puisque nos amis ont pris fantaisie de la Rome antique, disons qu'il s'appelle Aelius.

— Que veut-il ?

Et, sans attendre la réponse, elle dit :

— La fin des humains.

Pavillon des Brumes

Conseil elfique restreint

— Il faudrait que Petrus dessaoule un peu.

— Il ne raconte jamais mieux que quand il est ivre.

— Il est incontestable qu'il aiguise la clair-voyance de Clara. Quel effrayant pari.

— Mais leurs pouvoirs à toutes les deux croissent encore. Et ceux à qui nous avons confié Maria m'impressionnent.

— Le père François a grandi en un jour.

— C'est un allié depuis le début déjà.

— Leur sens de la terre est aussi intense que leur courage.

— Les deux vont de pair.

– André –

À *la terre*

Au loin grandissait la muraille. De la cour de la ferme, les hommes voyaient plus clairement ce qui s'en venait les affronter, et c'était une chose qu'on n'aurait jamais crue possible parce que l'horizon s'était transformé en une montagne qui reliait la terre et les nuages et avançait en grondant et en absorbant les champs et les arbres. André se taisait. Il n'est pas de courage sans dilemme, ni de caractère qui ne soit forgé aux choix plus encore qu'aux victoires. Il regardait le monstre qui marchait sur le pays pour défaire le pouvoir de sa fille, les hampes du mal qui se tordaient en cyclones resserrés alignés contre les autres pour former l'avalanche, et il ne voulait pas imaginer ce qui resterait du pays quand la tempête aurait terminé de rugir. Mais André sentait aussi que l'ennemi ralentissait au moment d'entrer en contact avec la magie de Maria et c'était par là que se forgeait une incertitude au cœur de laquelle il lui faudrait bientôt trancher.

Quelqu'un cria derrière lui. C'était le Jeannot qui désignait du doigt un point du lointain
où on voyait une tache s'élargir à la surface des
champs, et on comprit que c'était de l'eau et que
la vallée sombrait d'une inondation qui montait
vers le village à la vitesse des chevaux de l'orage.
Or, bien que le bas pays, en dépit de son nom,
fût sis au-dessus de la haute vallée, on soupçonnait, puisque rien de tout cela n'était naturel,
que les langues d'eau qui grignotaient les terres
au sud pourraient bien avancer jusqu'au pied
des maisons et couper toute retraite — ce qui
préoccupait André et les autres gars sur lesquels
on ne pouvait peut-être pas compter pour rendre
les psaumes spirituels mais qui s'y connaissaient
quand il s'agissait de ne pas se faire acculer
comme des rats.

Ceux qui se tenaient sur la butte de la ferme du
Marcelot étaient tous des hommes qui savaient
boire le vin des battues parce qu'ils vivaient
durement depuis l'aurore et avaient appris
des labeurs et des ans. Le premier lieutenant
d'André, le Marcelot, incarnait un condensé de
toutes les qualités dont le bas pays façonnait ses
hommes liges. Quand il avait pris femme, c'était
contre ceux qui le mettaient en garde de ce que
l'élue de son cœur était plus vieille de dix ans et
avait déjà été mariée à un homme qu'elle aimait
et qui était mort jeune de la fièvre. Mais il avait
persisté avec cette forme muette d'obstination

qui dissimule tous les trésors de la pénétration, parce qu'il avait su que cette femme lui était spécialement destinée, d'un savoir presque mystique lors qu'il avait été saisi de la lenteur avec laquelle elle traversait le monde et qui métamorphosait pour lui les jours en épopée de splendeur. Le Marcelot n'avait ni les mots ni les boîtes qu'on place à l'école à l'intérieur du crâne et qui permettent de restituer ce que sent le corps sous une forme partageable avec d'autres, et il eût été fort surpris qu'on lui expliquât qu'il aimait sa Lorette parce qu'elle ralentissait les flux naturels et offrait par la paresse de ses airs le loisir de les admirer tout à fait. Pourtant, et loin s'en faut, il n'était pas taiseux et contemplatif comme André, et on aimait surtout les sentences par lesquelles il ponctuait les événements et les tâches. Il fallait le voir qui débouchait une bouteille de sa cave, toujours de bonne vendange, dont il reniflait le bouchon en se fendant du dicton de la journée avec ce mélange de sérieux et de dérision qui est la marque réservée des cœurs purs. Il savait que les mots ont un poids qui va au-delà de leur auteur et, par conséquent, respectait et moquait conjointement ce qu'il proférait ; aussi débitait-il de son couteau de bûcheron d'énormes tranches de saucisse sèche et assenait-il un précepte dont il ponctuait la diction par un hochement de tête papal qui se poursuivait d'un éclat de rire juvénile (*la peur n'évite pas le danger*, son favori, donnait toutefois la migraine à la moitié du pays qui n'était pas sûre de le comprendre tout à fait). Alors, il tapait sur l'épaule du convive et on commençait une causette qui durerait aussi longtemps que le désir de boire et de raconter des histoires de chasse qui sont, comme chacun sait, sans vraisemblance ni bonne fin. Mais à intervalles réguliers, il regardait Lorette transcender l'espace de la salle de ses ralentis de danseuse endormie et il sentait sourdre à l'intersection des nerfs vifs de son corps une magie qui le transformait en cristal, si terreux que fussent ses pieds ou calleuses ses grandes mains. L'amour, encore. On se demande s'il sera jamais question d'autre chose en ces pages vouées à la renaissance d'un monde qui s'est perdu dans les âges.

Le Marcelot, qui se prénommait Eugène et qu'on appelait le Gégène, détacha ses yeux de l'inondation et regarda le ciel en arrière de la ferme. André suivit son regard. Ils en échangèrent un autre puis le lieutenant commenta pour son commandant, d'un air qui en disait long :

— Ciel de neige.

André hocha la tête.

Ciel de neige. L'heure était venue de trancher. Aucun père ne veut son enfant dans le danger. Mais André savait qu'il était vain d'imaginer protéger la petite en l'enfermant entre les murs de la ferme et il sentit en lui-même le soupir de qui aime et doit se résoudre à laisser grandir. Puis, dans le renoncement et l'espoir, il envoya quérir

Maria. Il restait peu de temps. La muraille noire s'était arrêtée au-delà des grandes friches et on pouvait sentir qu'elle n'attendait qu'un ordre pour bondir. C'était une forteresse. Elle était constituée de pluies, de cyclones et d'orages qui, pour liquides qu'ils fussent, semblaient aussi solides que rochers et, à leur base, l'eau, sombre et hérissée de piquants, s'était épandue à un demi-pied au-dessus de la terre. Enfin, le tout sifflait d'une manière qui vrillait l'estomac parce qu'on sentait qu'il se cuisinait au cœur de cette mauvaise soupe un cri haineux, qui entamerait en son temps jusqu'aux plus trempés des desseins. Maria, enveloppée de plusieurs vêtements chauds et coiffée d'un grand feutre rembourré d'une écharpe, s'en vint rejoindre son père et contempler l'ennemi d'une prunelle étrangement impassible. Angèle ramenait sombrement par en devant les pans de sa lourde pèlerine. La glace semblait s'être empoissée au pays. On voyait les degrés chuter et faire dans l'invisibilité de l'air des remous perceptibles par l'œil. Mais de la même façon que les pluies de l'abomination sentaient la mort et les déluges maléfiques, le froid chaque seconde plus cruel transperçait les corps du poison des glaces qui ne sont pas naturelles. André fit distribuer des couvertures dont on s'enveloppa soigneusement, puis chacun prit place autour de Maria et d'Angèle, de sorte qu'on figurait à la fin une délégation au cœur de laquelle se tenaient une gamine qui n'avait pas treize ans et une vieille chose qui en avait presque cent ; et s'il y avait eu un oiseau pour survoler ce jour la cour du Gégène, il aurait contemplé douze minuscules points face à un rempart sombre de mille pieds. Le Marcelot hocha la tête à son tour en regardant de tous les côtés du ciel et résuma assez bien ce que chacun concluait à part soi en disant :

— Saisons contre saisons.

Et l'on sut qu'il parlait des saisons du diable et de celles du bon Dieu.

André, lui, ne croyait pas que la lutte eût à voir avec les raisons de la foi. Il appela le père François et lui demanda de retourner prendre soin de ceux qui restaient à l'église. Le curé embrassa Maria en se demandant s'il la reverrait jamais et bénit la vieille tantine avec tout le cœur qu'il pouvait mettre dans ce qui faisait baume. Puis il prit le chemin de l'église en s'en remettant à ce que le sort déciderait. Les gars attendaient sans souffler mot en observant la colonne de destruction qui grondait et grognait comme un chien, et Dieu sait ce qu'ils se disaient, tous autant qu'ils étaient, qui n'avaient jamais foulé que la terre du pays et, de la vie, n'avaient entrevu qu'un champ ou deux occupés d'andainage. André regardait Maria. Il savait que sa vision allait au-delà du visible depuis une aube où, prenant dans ses bras la rescapée qu'il venait d'accueillir pour sa fille, il avait ressenti un curieux picotement qui avait d'abord brouillé sa vision, puis explosé en un champ d'images dans lequel se jouaient des scènes du passé qu'il revoyait comme si elles avaient lieu dans l'instant. De même, il avait entrevu les chemins de l'avenir en quantité si considérable qu'il ne pouvait en distinguer clairement aucun, mais certains d'entre eux étaient ensuite revenus à sa mémoire au jour où ce qu'ils dessinaient s'était réellement produit, comme lorsque la petite avait posé sa main sur l'épaule d'Eugénie dans la chambrette où s'éteignait le Marcel.

— J'ai besoin de voir, lui dit-il.

Maria désigna du doigt la muraille sombre qui s'était tue.

— Il ne faut pas de miracle, dit-elle.

André hocha la tête dans l'acceptation d'une nouvelle pièce du puzzle qui s'assemblait depuis bientôt treize années et faisait écho à ce que lui disait la terre en cette journée où se scellaient les directions de la fortune. Il posa la main sur l'épaule de sa petite et, en mettant dans son regard de roi mutique cette immensité que l'on appelle la grâce des pères, lui dit :

— Ne crains rien, je veux seulement voir.

Elle se rapprocha de lui et lui posa la main sur l'épaule. Comme Eugénie en son temps, le père vacilla sous le choc de la catalyse qu'une petite qui usait des pouvoirs de la nature faisait à son pouvoir d'humain ordinaire. Son œil embrassait le territoire de la lutte en une connaissance que, de toute l'histoire militaire, aucun commandant en chef n'avait eue aussi magistrale, et il voyait tout, dans un périmètre gigantesque dont chaque détail était comme brossé par l'art d'un miniaturiste dément. Puis Maria retira sa main et le contact fut rompu. Mais il avait vu. Il appela le Gégène et les hommes resserrèrent le cercle tandis qu'Angèle allait s'asseoir à l'écart pour surveiller de son œil du Seigneur les manœuvres du diable en habit de tourmente.

Il leur dit ce qu'il savait :

— À la friche de l'est, des cavaliers bizarres, une centaine peut-être ; au sud, quelque chose en embuscade derrière la muraille, là est le vrai danger ; mais derrière nous un ciel où il y a aussi de drôles de mouvements.

Le Gégène se gratta un nez qu'il avait aussi gelé que les stalactites des gouttières.

— Bizarres comment ?

— Je ne sais pas ce qu'ils montent.

— Drôles comment ?

— Beaucoup de brumes.

— C'est là que je dois aller, dit Maria.

André acquiesça.

— L'église ? demanda encore le Gégène.

— Dans la mire de la première frappe.

— Tes ordres ?

— Quatre gars pour la défendre, deux qui restent ici, les trois derniers à la clairière avec Maria et avec moi.

— Où que tu veux que j'aille ?

— À l'église, si tu peux laisser ta femme avec le Jeannot et le maire.

— Je peux.

Puis André demanda à Maria :

— Tes consignes ?

Et elle répondit :

— Personne sous les toits.

— Évacuation générale, dit André aux hommes, et allons.

Ils se dispersèrent comme il avait été décidé. Mais avant de poursuivre, il faut dire qui étaient ces guerriers qui s'en allaient faire sortir tout un pays de ses fermes car si vous croyez que tout ceci n'est que le fruit du hasard, vous manquez quelque chose qu'ils savent aussi sûrement que le ciel est près de leur fondre sur le paletot. Au vrai, il n'y a que des fictions, il n'y a que des récits et, là-dedans aussi, il faut savoir séparer le grain noble de l'ivraie. Il se trouve que les leurs sentaient obstinément le bon bois de forêt et l'herbe qui fume dans le commencement des aubes vierges, et ce n'était pas seulement qu'ils avaient reçu le legs d'une campagne préservée qui avait vu la fin des héritiers du sang et igno-rait encore les valets de l'argent, mais ils avaient surtout la conscience que ce qu'ils possédaient méritait sûrement d'être conté quelque part. Comprenne qui pourra. Le Gégène le résuma assez bien en disant adieu à Lorette qu'il avait fait sortir avec les autres de la ferme et qu'il embrassa en déclarant : *ça nous fera bien une chanson.*

Ainsi, il y avait là dix hommes.

Il y avait le Marcelot, qui chassait, labourait, buvait, ripaillait et raillait en homme protégé à jamais par le sanctuaire de l'amour, en quoi il n'était au fond qu'un de ces grands mystiques aux pieds enfoncés dans la terre, et regardons-le qui tape sur l'épaule du curé en lui faisant connaître les ordres du père de Maria, et voyons un homme qui ferait à la guerre le meilleur des soldats et qui a pourtant l'esprit à côté des étoiles.

Il y avait le Jeannot, auquel cette guerre en rappelait une autre et qui découvrait en lui une racine d'espérance folle par où il voulait croire que l'heure présente saurait apaiser la torture des souvenirs, et il revoit qui se déploient devant lui les chemins de sa vie qui se sont arrêtés sur le champ au jour qu'il y a vu mourir son frère. Chaque matin, il se lève dans cette brûlure que personne ne peut voir, et il boit les canons, et il rit aux récits, et son âme est plus décharnée que les rosiers de l'hiver.

Il y avait le Julot, né Jules Lecot peu après une première grande guerre et longtemps avant une deuxième dont la limite d'âge l'avait sauvé de justesse, et qui était le maire de ce village enchanté et perdu. Il dirigeait les cantonniers du pays et tout le monde était bien d'accord qu'on pouvait difficilement trouver meilleur maire pour un motif plus natif encore que les premiers jours de la création, celui qu'il était le meilleur piqueur des six cantons et que cela même, qui requiert persévérance, ruse, enthousiasme et sainte patience, vous bombarde un gars maire par évidence puisque ce sont les mêmes qualités qui vous font gouverner une contrée. À quoi s'ajoutait la connaissance intime de chaque coin de taillis et vous aviez la figure du maire d'excellence, auquel ne manquait plus que l'appétit pour le vin juste tiré et les venaisons de l'après-carême — que, précisément, il avait ; point n'est besoin d'en dire plus.

Il y avait le Riri Faure, le troisième frère d'André, qui gardait la forêt et y fraternisait avec chaque arbre et chaque être à cornes, à fourrure ou à plumes, et on l'aimait parce qu'il ordonnait les coupes avec discernement et maintenait un équilibre des braconnes et des lois qui, en ce pays qui n'aimait ni la rigidité ni la désinvolture, était plus sacré que les commandements du bon Dieu. Aussi sacrifiait-on sous sa surveillance aux plaisirs de la chasse furtive sans menacer les principes qui conservaient si belle la forêt, et comme il savait que les lapins dérobés aux comptes de l'État auraient fait plus de mal encore en gâtant les orges et les blés, il avait décidé de fermer les yeux sur les incartades mineures afin qu'il ne s'en commît jamais de majeures.

Il y avait le Georges Echard qu'on appelait le Chachard quand on pouvait le trouver au fond d'un atelier plus sombre que le cul d'une vache qui sentait le cuir et la graisse dont il enduisait ses harnais et ses selles ; il habitait au-dessus de son atelier mais montait rarement aux étages, au lieu de quoi on le voyait surgir comme un boulet du fond de la pièce, son ouvrage achevé, pour s'en aller rejoindre la forêt et y chasser jusqu'au jour du Jugement dernier. Il n'avait jamais pris femme, trop effrayé d'avoir à se détourner de la ligne qui reliait son antre de bourrelier aux sentes de son gibier chéri, mais il était de la meilleure des compagnies, celles qui sourient aux petits matins où se hume la belle lumière du jour à venir et se réjouissent d'un envol de grives dans le murmure des hommes qui se réveillent. Il sifflotait en filant vers ses fourrés et calait son fusil en bandoulière serrée de sorte qu'il fût libre de garder les mains dans les poches, ce qui faisait sourire Maria à qui plaisait beaucoup cette conjonction de nonchalance et de célérité.

Il y avait le Ripol, de son vrai prénom Paul-Henri, qui exerçait son office de maréchal-ferrant au village voisin mais était né dans celui-ci et y revenait aux heures décisives. Il était marié à la plus belle femme de la Bourgogne qu'on regardait passer avec toute la déférence qu'on a pour les meilleurs ouvrages de Dame Nature mais sans trop de convoitise, toutefois, comme elle était réputée piètre cuisinière et pâtissière et que cela, qui n'est certainement pas le tout de l'amour, y participait toutefois en si notable proportion dans le cœur des hommes du bas pays qu'ils se consolaient sans grande peine de ses yeux d'azur quand leurs propres femmes déposaient devant eux, et avec le sourire s'il vous plaît, un bœuf aux carottes plus fondantes que les glaces de la fin de mars.

Et il y avait enfin le Léon Saurat, qu'on appelait toujours le Léon Saurat parce qu'on avait tant de Léon par ici qu'il fallait cette affaire-là pour bien le distinguer des autres, qui possédait la plus grosse ferme du canton où il travaillait avec ses deux fils. L'un avait également été prénommé Léon par une forme spéciale d'entêtement qui sert fort à propos les contrées de labeur, et l'autre Gaston-Valéry dans une volonté admirable de pallier la brièveté dont on avait sanctifié le père et le premier fils. Ces deux jeunes et beaux gaillards qui prenaient soin de la ferme sous la haute régence de leur irascible paternel étaient joyeux et aussi solides que le roc, et on s'émerveillait de regarder ces figures amènes que surveillait un commandeur dont le granit semblait épisodiquement s'échouer et se briser au pied de ces falaises de gaieté qu'il avait engendrées pour ses fils. Alors, à la fin de la journée, lorsqu'on faisait route vers la ferme où la mère et les femmes avaient mis le couvert pour douze ouvriers affamés, on pouvait surprendre sur la trogne renfrognée du patriarche un indéfinissable sourire.

Oui, voilà qui étaient les neuf gars qui s'étaient naturellement ralliés à André au conseil du cimetière, des gars qu'on avait forgés comme se chauffe et se travaille le fer, en les calant entre le marteau et l'enclume avec tout le respect qu'ont les forgerons pour la matière, et en les déposant à refroidir contournés et sculptés d'une forme anoblie. Comme ils n'avaient fréquenté ensuite que les chevreuils et les combes, leur fer n'avait pas rouillé mais s'était conservé de ce que la religion leur interdisait de nommer, à savoir la simple et puissante magie du monde naturel à quoi s'ajoutait l'arrivée d'une petite qui en décuplait les essences — si bien que ce qui résonnait en tous alors que chacun se hâtait de rejoindre son poste de combat, c'était une chose qui était née sans qu'ils ne le sussent des ondes profondes qui émanaient d'André et que catalysait Maria, une chose qui résonnait à présent dans chaque tête qui se préparait à la lutte et prenait la forme de ces mots de magie et de vent : *à la terre, à la terre ou mourir !*

Ainsi, on faisait sortir tout un pays de ses refuges. Les hommes tentaient de trouver des recoins où l'on pût tant que faire se peut se protéger du vent et de la première frappe, et chacun essayait de ne pas regarder la muraille sombre tandis qu'on grelottait dans un froid qui n'était plus rien de connu. Pourtant, tout le monde obéissait avec un sentiment qui, au creux de cette journée d'apocalypse, faisait un petit brasero qui tremblotait dans cette part de nous-mêmes qu'on appelle le centre, ou le cœur, ou le milieu — et peu importe, en réalité, peu importe le nom quand on a la chose, qui était la compréhension profonde que le lien qui cimentait les hommes et les femmes de ces terres étendait sur le pays son ordre et sa force invisibles. On sentait qu'on avait pour soi la sagesse des choses qui vont le train qu'elles doivent aller et des chefs capables qui savaient prendre les décisions en comptant les labours plutôt que les chimères. On ne savait pas, du moins pas de ce savoir qui peut se transformer en discours, que cette certitude venait de ce qu'André, qui avait vécu cinquante-deux années dans son ivresse, décuplait en chacun le canto de la terre. Mais si on ne le savait pas, on le sentait et on puisait ses forces dans cette contagion de vallées et de sillons fertiles.

Le maire et le Jeannot étaient restés à la ferme d'où ils se tenaient prêts à envoyer de petits courriers, en la personne des jeunes du canton qui couraient plus vite que les lapins, pour tenir au courant les autres officiers de ce qui méritait attention. Le Marcelot, le Riri, le Ripol et le Léon Saurat avaient rejoint l'église où ils agissaient en intelligence avec un curé passé plus tôt l'un des leurs et avec lequel les mots étaient ce jour aussi inutiles qu'une ombrelle de coton. André, enfin, avait pris le chemin de la clairière avec à ses côtés Maria, le Chachard et les fils Saurat. Voilà à quoi avait mené le pouls du destin : à ces hommes et cette petite qui montent à vive allure vers une clairière plus gelée que les banquises et observent que tout s'est tu du silence désespéré en lequel toute la forêt semble s'être transformée. Mais ils montent et, bientôt, ils atteignent l'objectif.

Un drôle d'objectif, comme André l'avait dit. Alors qu'à deux pas les chemins forestiers étaient pris dans un engourdissement glacé et muet, un soudain ruissellement de sons et de vapeurs les accueillit sitôt la ligne des derniers arbres franchie. De saisissement, ils s'arrêtèrent et contemplèrent le spectacle. Le froid qui leur rongeait les os semblait un peu moins vif sous le découvert et ils se demandèrent si c'était là le fait des brumes qui flottaient dans un espace anormalement conformé. André avait figé sur place les trois hommes qui marchaient à sa suite ; il regarda Maria puis donna de nouveau l'ordre d'avancer. Ils se portèrent au centre du cercle où les brumes s'enroulaient sur elles-mêmes en une danse lente et dense qui permettait pourtant de voir au travers. C'était inouï. Les écharpes de brouillard étaient opaques comme des murs et pourtant aussi transparentes que l'eau claire. On voyait au travers de tourbillons invisibles qui étaient malgré cela plus impénétrables que des pierres ! Enfin, les murmures qui bruissaient dans la trouée leur paraissaient la plus gente chose en cette vie. Ils avaient le sentiment confus que des voix se glissaient au creux de ces pulsations légères mais ils ne pouvaient réellement les distinguer des vibrations qui faisaient crisser la clairière. Le Chachard, qui avait escaladé bon train sans sortir les mains de ses poches de dandy des affûts, faillit déchirer ses doublures en dégageant d'un coup ses pognes qu'une telle scène ne pouvait laisser au fond de ses pantalons, et les deux fils Saurat y allèrent d'un tomber inhabituel du menton qui rendait à la pesanteur tout l'honneur de la stupéfaction. Mais André, lui, regardait Maria.

Elle s'était immobilisée au milieu de la clairière et les brumes avaient commencé de chorégraphier autour d'elle un mouvement étrange et complexe. Elle voyait enfin ce qu'elle avait pressenti et attendu durant les longs mois qui avaient suivi la lettre d'Italie et le rêve au cheval blanc.

Elle voyait.

Elle voyait les fureurs à venir et les flèches de mort.

Elle voyait le départ si elle survivait à l'attaque.

Elle percevait distinctement les voix que les autres ne faisaient que deviner.

> *la renaissance des brumes*
> *les sans racines la dernière alliance*

Quelque chose se déchira en elle et fendit le ciel de son regard intérieur de zébrures d'encre qui se diluaient lentement puis disparaissaient dans un dernier lavis perlé de lumière.

Elle sentait les vagues de son pouvoir qui bouillonnaient et se lançaient.

Et elle entendait la voix de la petite pianiste de la nuit de la guérison.

Maria
Maria
Maria

Les hommes attendaient. On avait froid encore, mais un peu moins que dans la vallée, et on regardait les brumes qui valsaient autour de la petiote toute pétrifiée d'un gel qui ne venait pas du dehors.

Maria
Maria
Maria

Il y eut une déflagration si fracassante que tous se jetèrent à terre. L'ennemi agissait enfin. La muraille sombre s'était abattue en rugissant et avait frappé de plein fouet les dernières maisons du village et l'église. Or, en frappant, elle s'était disloquée et avait révélé l'étendue de sa difformité. Pire encore, le déferlement dévoilait ce qui se tenait derrière en embuscade mortelle, et des tornades sifflantes lestées de pluies meurtrières ouvraient la voie à des flèches noires qui hurlaient une mort de glace et de lames.

Les toits s'effondrèrent.

Les premières secondes furent les plus effroyables. C'était comme si tous les fléaux de l'Antéchrist s'étaient abattus en même temps sur les villageois privés de la protection des couverts. La pluie qui tombait dru était si lourde que les gouttes en blessaient comme des éclats de pierre, et dans ces entailles qui ne saignaient pas mais élançaient le corps de leurs aiguilles de douleur se glissait un froid qui n'avait plus rien de commun. À cela s'ajoutait le vent qui effondrait les

241

toits d'une curieuse manière, non pas en les emportant mais en les faisant imploser, si bien que le Gégène et ses hommes bénissaient Maria de les avoir protégés de cette rage. Enfin, le plus effrayant venait des flèches noires, qui avaient fusé à vive allure sur le premier segment de leur trajectoire puis ralenti à mi-parcours et, suspendues dans la tempête, paru ajuster interminablement leur cible. Alors elles s'étaient ruées de l'avant et le cauchemar avait commencé car elles ne venaient pas à toucher leurs victimes mais explosaient à quelques centimètres d'elles en les jetant à terre par la puissance d'une onde de choc qui brisait les os. Plusieurs villageois tombèrent. Toutefois, presque tous s'étaient couchés quand l'attaque avait commencé, et on tentait de protéger les plus faibles du mince rempart de son corps alors que le vent et les flèches rendaient les ondes de l'air aussi dangereuses que des mines. Pire encore, l'eau montait à son tour et on assistait à la chose impossible d'un flot qui remontait les pentes sans autre raison que la volonté d'une puissance mauvaise… las… tout un pays inondé sous l'assaut de roquettes de haine qui tournaient les éléments de la vie en armes de torture et de mort… et on s'aplatissait sur le plat de l'univers en se sentant comme les rats du navire.

Tous, donc, s'étaient jetés au sol mais deux hommes s'y refusaient en dépit des fureurs, et c'était quelque chose que ce curé et ce cul-terreux droits dans la tempête, que les tourbillons et les flèches semblaient miraculeusement épargner lors que la mitraille avait fondu sur l'entière vallée. Les esprits hâtifs concluront que c'était là du courage ou de l'inconscience, mais c'était seulement qu'au moment où les flèches avaient explosé dans l'orage, le bon père et le paysan avaient été illuminés d'une compréhension qui leur apprenait quelles étaient leurs armes dans la guerre. Au vrai, ce que sentaient le Gégène et le père François, c'était que cette bataille était celle de l'esprit autant que de la matière et qu'on pouvait combattre avec le cœur aussi bien qu'avec les fusils, et il faut dire que les flèches semblaient ignorer les deux valeureux qui ne courbaient pas le front à l'heure que tout s'effondrait. D'ailleurs, ce que voyant, le Riri, le Ripol et le Léon Saurat, lequel n'avait jamais senti si lourd le poids de ses vieux rhumatismes ni si enivrante la déflagration d'énergie qui le remettait sur ses pieds de soixante-neuf années, se levèrent à leur tour et organisèrent la défense en se faisant la remarque que les flèches se verrouillaient sur les cibles déjà à terre. Comme il faut certains jours faire asseoir ses soldats, il est des combats qui imposent de rester debout face aux salves : sans un mot, les cinq hommes se portèrent comme chiens de berger autour du troupeau, réunirent en peu de temps au centre de la place ceux qui pouvaient encore marcher et les firent rester là, dos à dos, en un cercle compact auquel les flèches paraissaient renoncer à s'attaquer frontalement quoiqu'elles continuassent d'exploser dans tout le périmètre de l'église. On avait un peu de répit. Mais on savait qu'il ne durerait pas longtemps parce que les eaux approchaient, et le Gégène levait vers sa ferme et vers les bois une truffe chaque minute plus soucieuse, en se demandant ce que faisait Maria et si sa Lorette pourrait vivre.

La nef de l'église s'effondra dans un fracas de guerre au canon et des fragments de pierre jaillirent en tous sens. À la ferme des Combes où était restée la mère de Maria, le gel se coalisait avec des bourrasques à en couler un vaisseau de pleine mer et, quoique le toit fût encore intact, les planches de l'étable avaient commencé de céder et la cour se noyait des graviers que la pluie faisait voler. Dans les bois, les animaux se terraient mais le froid y était plus aiguisé encore que dans la plaine. Par toute la contrée, les mêmes ravages de la nature, quand elle défait la clémence des jours qu'elle a autrefois tissée, jetaient à bas tout ce qui s'était auparavant tenu sous le ciel, et on se demandait combien de temps on pourrait résister à une tempête qui avait anéanti en quelques minutes bonne part de ce que le génie humain avait mis tant de siècles à construire. Pourtant, on espérait encore, parce qu'on avait avec soi une petite magique, un chef qui connaissait la grandeur et une terre qui n'avait jamais trahi ses servants. Passé la première panique qui avait réduit chacun à l'état de bête, on se sentait même grandir une pointe d'indignation parce qu'on n'était pas habitué, tout pauvre que l'on était, à être traité de la sorte, et on accueillait en soi qui se rebiffait, inspirée des longues chasses dans l'hiver, des braconnes et des verres de l'amitié, une réserve de courage qui relevait les cœurs sous l'orage. Par le fait, il parut que cette onde de bravoure qu'on devait à la terre qui ne pouvait blesser ceux qui savaient l'honorer — quand tous les cataclysmes étaient venus du ciel — offrait une faible accalmie dans le cours du désastre, et que la pluie et le vent ne parvenaient pas à aller au-delà d'une certaine force que la force de la terre contrecarrait.

Oui, la force de la terre. André, dans la clairière où se déroulait l'autre lutte, celle qui se faisait dans le cœur de Maria, la sentait de toute la vigueur que lui donnait une vie passée à se tenir droit sur la marne de ses champs et de tout le savoir des âges paysans qui coulait dans ses veines. Il ne savait pas comment mais il savait par quel charme, et il n'était plus préoccupé que de cet ancrage qui trouvait ses nœuds et ses lignes sur la carte tellurique du bas pays et donnait à ceux auxquels il était relié par l'amour de nouvelles réserves d'une détermination née des racines nues de la terre. Mais il savait aussi que la flotte qui combattait à cette heure croisait là-haut un fer qui ne pouvait se défaire avec les seules armes du sol.

Il regarda Maria et lui dit :

— Le ciel est à toi.

– Teresa –

Les sœurs Clemente

Clara et le Maestro regardaient Maria monter avec son père à la clairière des brumes alors que les trois autres fermaient la marche de la façon qu'ils eussent escorté le Seigneur Jésus-Christ lui-même. Les deux plus jeunes gars étaient beaux comme des faisans de l'automne et on sentait en eux la vigueur des natures en lesquelles rien ne prête au tourment. Le plus âgé, les mains aux poches d'une manière qui respirait la jubilation d'être libre, avait une gueule crevassée de maturité autant que de la constance à rire aux éclats. Mais tous portaient au visage la même conscience d'être pris dans quelque chose de plus grand que leurs trognes. Lorsqu'ils quittèrent le couvert des arbres pour entrer dans la clairière, Clara fut saisie de la calligraphie que les brumes y traçaient. De la même façon qu'Alessandro peignait des signes d'encre sans en connaître la langue, les brumes faisaient récit d'une histoire dont elle ne pouvait pas interpréter l'idiome. Mais elle se préoccupait surtout de Maria et était soucieuse de certain pli de la bouche qu'elle avait depuis la nuit où Eugénie avait guéri le Marcel. Elle y voyait le chagrin et la crainte aussi nettement que sur une pierre gravée, et supposait que c'était la même marque qu'on décelait au visage des officiers qui avaient eu à perdre des soldats.

Petrus, qui n'avait cessé de ronfler bruyamment depuis le début du jour, bâilla interminablement et s'extirpa de son fauteuil avec peine. Il échangea un regard avec le Maestro et quelque chose parut le remettre sur ses pieds.

— Il me faut un verre, marmonna-t-il.

Puis, découvrant le tableau de la bataille au travers de la vision de Clara, il siffla entre ses dents.

— Ça ne s'engage pas bien, dit-il.

— Elle pense à Eugénie, dit Clara. Elle a peur de perdre d'autres êtres qu'elle aime.

— Triste expérience des commandements, dit le Maestro.

— Elle ne commande pas, dit Clara, et ce sont ses parents.

— Rose et André ne sont pas les parents de Maria, dit Petrus.

À la clairière de l'est, Maria avait pivoté pour faire face au ciel de neige et les gars avaient fait comme elle en levant le nez vers des nuages plus opalescents que le lait.

— Il y a beaucoup d'orphelins dans cette guerre, dit Clara après un silence.

— Il y a beaucoup d'orphelins dans le monde, et il y a bien des façons de l'être, dit le Maestro.

Il y eut un nouveau silence. Dans le regard que Petrus eut pour le Maestro, elle discerna le reflet d'un reproche. Puis il se servit un verre de moscato et lui dit :

— Nous te devons cette histoire-là aussi. L'histoire des sœurs Clemente.

Elle vit dans son esprit deux jeunes femmes assises côte à côte dans un jardin estival. Elle connaissait déjà l'une d'elles, qui s'appelait Marta et avait été le grand amour d'Alessandro, mais elle regarda l'autre avec une curiosité mêlée d'une sensation douce, éclairée d'une de ces clartés floues qu'on voit dans l'air des jours chauds. Elle était brune et ardente ; aux oreilles, deux pendants de cristal ; un ovale pur chatouillé de fossettes ; la peau dorée et un rire comme un feu dans la nuit ; mais on voyait aussi sur son visage la concentration des âmes dont la vie est tout à l'intérieur, et de cette gravité espiègle qui, avec l'âge, se patine toujours en argent.

— Marta et Teresa Clemente, dit Petrus. On ne peut imaginer sœurs plus dissemblables et pourtant plus unies. Entre elles, dix années mais surtout la faille des douleurs. Les Clemente donnaient chez eux des réceptions où passait comme un fantôme le petit visage désolé de Marta, qu'on trouvait très belle et très mélancolique et dont on aimait les poèmes tristes qu'on aurait juré écrits d'une main et d'un cœur d'adulte. À vingt ans, elle avait épousé un homme aussi peu doué pour l'amour que pour la poésie, et pris prétexte de la vie conjugale pour ne plus paraître aux soirées où passait une autre petite qu'on trouvait très belle et très gaie, en réalité une jeune prodige comme on en rencontre rarement. À dix ans, elle avait une compétence et une maturité que lui enviaient des pianistes du double de son âge   avec ça, espiègle comme une pie et aussi obstinée qu'un renard quand elle ne voulait pas jouer les pièces qu'on lui donnait. Alessandro était devenu ami avec elle longtemps avant de rencontrer Marta, et il disait souvent qu'elle était une offense à la loi qui veut que les artistes se consolent de leurs tourments parce que ce sont les mêmes qui accouchent des envolées de leur art. Mais il apercevait aussi le puits vertigineux qu'il y avait en elle et il savait qu'elle riait sans trahir un seul jour son office de foreuse. Parfois, elle regardait les nuages et le Maestro voyait passer sur son visage le reflet des brumes. Puis elle jouait et s'élevait encore. Marta l'écoutait et s'animait de cette vie qui lui venait de l'amour de sa jeune sœur, avant de repartir dans le soir après qu'elle l'eut embrassée en valsant. Mais quand l'aînée avait disparu au tournant de l'allée, la petite s'asseyait sur les marches du perron et y attendait que faiblisse sa douleur qu'un être qu'elle aimait souffre de la sorte. Il y avait tout cela dans son jeu, cette faculté de bonheur en quantité singulière et cette douleur d'aimer une sœur qui avait épousé la réclusion du malheur. Je ne connais pas les migrations du cœur entre ceux qui sont de même sang mais je crois que Teresa et Marta appartenaient à une guilde de pèlerins unis dans la même quête scellée d'une fraternité sublimée. Alentour bourdonnaient des parents occupés des grands dîners à quoi se résumait leur fantaisie de nantis, et qui comprenaient aussi peu leurs filles qu'ils auraient été capables de voir la forêt humaine derrière l'arbre des salons. Aussi les sœurs Clemente grandirent-elles au milieu de leurs gens et de deux spectres qui portaient frac et robe d'organza, et vécurent-elles sur une île de laquelle on voit au loin les navires qui n'accostent jamais au ponton où l'on vit, pêche et aime. Peut-être Marta avait-elle absorbé, en naissant dix ans avant sa sœur, toute l'indifférence de ses père et mère, si bien que la force qui venait de la lignée, d'une aïeule, peut-être, ou de temps plus anciens où l'argent n'avait pas corrompu le goût des vies douces, avait pu s'incarner dans la chair tendre de Teresa et, par le bouclier que constituait la mélancolie de l'aînée, s'y épanouir en proportions plus considérables qu'ailleurs. Mais cela créait en retour une alliance par où le principe vital de Teresa avait sa source dans le sacrifice que Marta avait consenti du sien, et il n'est pas surprenant que la mort de l'une ait été suivie de celle de l'autre, quelles qu'en aient été les circonstances qui rendent si difficile de démêler les causes et les artifices que je ne serais pas surpris qu'à la fin nous nous découvrions tous les personnages d'un romancier méticuleux mais fou.

Petrus se tut.

— Tu joues comme ta mère, dit le Maestro, et c'est ton jeu qui convoque son fantôme auquel je n'ai pas encore su raconter l'histoire juste. Sais-tu les raisons qui font qu'un homme ne peut trouver en lui les mots qui libéreront les vivants et les morts ?

— Le chagrin, dit-elle.

— Le chagrin, dit-il.

Pour la première fois depuis qu'elle le connaissait, elle vit sur son visage l'empreinte de la douleur.

— C'était déjà l'époque des troubles et des soupçons, et ton père venait souvent à la villa dans la nuit, reprit-il. Or, un soir, Teresa était là et jouait une sonate.

Le Maestro se tut et Clara plongea dans sa réminiscence. On avait laissé ouvertes les fenêtres sur l'air suave de l'été, et on entendait la même sonate en marge de laquelle elle avait découvert le poème qui unissait les cœurs et transperçait l'espace des visions. Lorsqu'elle l'avait jouée deux années plus tôt, le même soir qui l'avait conduite en rêve à Maria, il y avait eu dans l'air un parfum de courants et de terre mouillée, mais l'histoire que racontait la partition lui était demeurée indéchiffrable et le poème s'était ramassé en une bulle de silence. Elle écouta jouer la jeune femme et la même bulle se forma dans sa poitrine. Puis un homme apparut dans la pièce. Il avait surgi de nulle part

251

et il regardait intensément un lieu que lui révélait la musique en lui-même. Elle pouvait voir chaque détail de ses traits transportés par le jeu, il y avait sur son visage illuminé de jeunesse une impassibilité de mille ans et on y discernait le reflet de la lune et des méditations de rivière.

— Elle a l'inspiration de nos brumes, dit l'homme au Maestro qui lui faisait face dans ce souvenir de dix années. Mais elle y mêle une beauté qui lui vient de sa terre.

— Sa terre l'inspire mais ce qui fait son jeu et son ivresse, c'est ce mystère qu'on appelle une femme, répondit le Maestro.

— Toutes ne jouent pas comme elle.

— Mais toutes portent en elles cette essence que tu perçois dans son jeu.

Puis la vision passa et Clara fut de nouveau avec le Maestro d'aujourd'hui.

— Il y a eu une année pendant laquelle ils ont été heureux, dit-il, après quoi Teresa a su qu'elle attendait un enfant. Et cela a été un cataclysme.

— Un cataclysme pour le Conseil ?

— Ton père n'a pas averti tout le Conseil. Je te l'ai dit, c'était l'époque des premiers troubles car l'ambition et l'influence d'Aelius n'avaient cessé de croître et cela nous causait de grandes inquiétudes. Nous étions soumis à des dissensions internes d'une envergure inconnue et nous connaissions des trahisons que nous n'aurions pas crues possibles. Quand nous avons appris la grossesse de Teresa, nous avons décidé de garder le secret de ce prodige aussi inexplicable que l'extinction de nos brumes, celui de la venue d'une enfant conçue d'une humaine et d'un elfe. C'était la première fois et c'est la seule à ce jour. Toutes les autres unions mixtes ont toujours été stériles.

— Teresa a fait dire qu'elle voulait consacrer une année à méditer et s'est retirée dans une propriété familiale au nord de l'Ombrie, dit Petrus. Personne n'a su.

Elle vit une villa aux murs austères entourée d'un grand jardin qui dominait une vallée de champs doux et de petites crêtes, et elle entendit, échappées d'une pièce invisible, les notes de la sonate brodées d'une profondeur nouvelle, d'une nervure au fil d'argent et d'averse.

— La veille de ta naissance, Marta s'est jetée dans le Tibre. Puis Teresa a mis au monde une fille. Dans la nuit qui a suivi, elle s'est endormie et ne s'est pas réveillée. Mais ton père avait déjà repassé le pont parce qu'une autre naissance l'appelait chez les nôtres. Une fille aussi était née dans le foyer du Chef du Conseil, le même jour et à la même heure que toi, et avec la même évidence d'impossibilité prodigieuse car, quoique conçue de deux elfes, elle était venue au monde avec une apparence totalement humaine, ce qui n'était jamais arrivé dans notre plan et ne s'est pas reproduit depuis. Nous naissons en symbiose d'essences et ne prenons une apparence unique que lorsque nous quittons notre monde. Mais cette petite, de quelque côté qu'on la tourne et qu'on la regarde, ressemblait à toutes les autres petites humaines. Nous étions en présence de deux naissances impossibles, le même jour et à la même heure, si bien qu'il a été décidé de cacher celles qui, à l'évidence, participaient d'un dessein puissant et que nous voulions protéger du camp d'Aelius.

— Alors vous nous avez envoyées loin de nos racines, dit-elle.

— Alessandro m'avait autrefois décrit le village où vivait son frère, dit le Maestro, et je t'ai fait envoyer à Santo Stefano. Maria, elle, a connu un périple plus complexe, qui passe par l'Espagne et se termine à la ferme d'Eugénie. L'histoire lui en appartient, nous ne te la raconterons pas aujourd'hui.

— Elle sait qu'elle a été adoptée ?

— Ton père lui a montré son arrivée à la ferme, dit-il. Il fallait qu'elle le sache aussi pour que ses pouvoirs se libèrent.

— Tu es celle de vous deux qui a une part humaine, dit Petrus, pour quoi tu tisses les liens et jettes les ponts. Tu joues comme ta mère mais tu y ajoutes une force qui te vient du pouvoir de ton père. Tu vois comme ton père mais tu y ajoutes des liens qui te viennent de l'humanité de ta mère.

Une vision submergea Clara. Elle avait un grain plus fin et plus vibrant que les réminiscences de l'esprit et elle savait qu'elle regardait le visage de Teresa qui jouait la sonate brodée d'averse et d'argent. À la dernière note, sa mère releva la tête et Clara fut prise du vertige d'être dans la présence d'une femme vivante.

— Les fantômes sont vivants, murmura-t-elle.

Pour la première fois de douze années qui n'avaient connu ni pleurs ni rires, elle se prit en même temps à pleurer et à rire. Petrus se moucha bruyamment dans un mouchoir de géant, puis les deux hommes attendirent en silence qu'elle eût séché ses larmes.

— Pendant toutes ces années, j'ai regretté que ta mère ne t'ait pas connue, dit le Maestro. Je t'ai regardée grandir avec cette cristallinité et ce courage que t'envieraient bien des braves, et j'ai souvent pensé que le sort avait interdit de rencontre deux des femmes les plus remarquables qu'il m'ait été donné de connaître. J'ai vu l'héritage de sa force et de sa pureté, je l'ai retrouvé en toi maintes fois, mais j'ai vu aussi ce qui ne t'appartient qu'en propre et dont je sais qu'elle aurait été éblouie.

Elle vit sa mère assise dans le clair-obscur du jardin de l'Ombrie. Elle riait et les pendants de cristal scintillaient dans le soir. Sous la lumière de dix heures, une langueur argentée glissait sur sa joue comme un poisson de rivière.

— Si c'est une fille, l'entendit-elle dire, je voudrais qu'elle aime la montagne.

On lui répondit sans doute car elle sourit et dit :

— La montagne et les vergers de l'été.

Puis elle disparut.

— Alessandro m'avait dit que le verger de la cure était le lieu des Abruzzes qu'il préférait à tout autre, dit le Maestro. J'ai appris dans cette histoire à faire confiance aux signes qu'elle sème sur nos chemins. Aux poèmes qu'un père a écrits dans l'espoir que sa fille les lira, aux calligraphies de la montagne tracées d'un pinceau ignorant. Je savais que tu me reviendrais un jour des Abruzzes et, de même que je t'y ai envoyée sur le signe du verger, tu as pris la route de Rome par celui d'un piano oublié.

Elle entendit Sandro qui disait : *il y a là des prunes transparentes et de l'ombre en cascade.* Mais ce qui s'illuminait à la manière des lucioles de la nuit, c'était la voix de sa mère en laquelle s'ouvrait une faille où passaient d'autres voix. Il y avait là des femmes et des tombes, des lettres de guerre et des chansons douces dans le soir. Toutes ces voix et ces tombes et ces femmes en voilette de chagrin qui murmuraient l'amour dans les allées de pierres des cimetières... Elle aperçut un jardin d'iris et un jeune homme aux yeux lumineux et tristes, alors qu'une voix murmurait tendrement : *va, mon fils, et sache pour l'éternité à quel point nous t'aimons,* et son cœur chavira de reconnaître le timbre de la vieille Eugénie. Puis elle vit Rose, éclatante et diaphane, qui souriait au travers des ailes de la tempête, et ce sourire disait : *nous sommes mères par-delà la mort et le mystère des naissances.*

Alors, pour la deuxième fois de douze années, elle pleura.

Pavillon des Brumes

Conseil elfique restreint

— Clara est le lien.

— Son pouvoir d'empathie est magnifique.

— Malgré les années de sécheresse.

— Par les années de sécheresse.

— Par le miracle qu'elle est et qui surmonte les années de sécheresse.

— Toutes les femmes sont avec elle.

– Rose –

Les lignées du ciel

Ce que c'est que le mal.

Le premier à tomber fut un des petits courriers affectés à la transmission rapide des informations entre la ferme Marcelot, la clairière et l'église. On avait voulu le dépêcher parce qu'on avait aperçu des mouvements par l'est, là où André avait dit que se tenaient des cavaliers étranges sur des montures inconnues. On le fit partir au moment où les vents s'abattaient sur la butte. L'immobilité des autres les sauva, mais la vitesse du jeune garçon le fit saisir par les tentacules de la tempête, qui le balança un instant dans les stries glacées de ses courants puis le jeta comme un baluchon contre un muret de pierres dures. Tout le monde vit le courrier tomber et deux hommes voulurent se porter près du malheureux en rasant le sol pour échapper aux bourrasques, mais le sort enfin se joua et les cavaliers de l'ennemi apparurent dans les trombes en encerclant les deux fermes. Leur apparence était effrayante. Ils étaient gigantesques et bâtis d'un matériau blafard qui dessinait les contours d'hommes difformes et dépourvus de visage. Mais ce qui glaçait les sangs, c'était qu'ils s'étaient soudain matérialisés autour du périmètre dans une immobilité spectrale tissée de silence et de rage. Quant aux montures... ma foi, de montures, il n'y avait pas. Les cavaliers chevauchaient le vide et si tous ces braves gens avaient été un tant soit peu physiciens, ils auraient su qu'ils se trouvaient en la présence impossible d'une source d'antimatière qui inversait les mécanismes de l'univers connu.

D'autres encore tombèrent. À l'église, les flèches avaient repris leur cadence première. Il n'y avait pas de répit et les pierres fusaient en même temps que les secousses dévastaient. La pluie se fracassait sur le monde et les blessés rampaient sous des cascades d'eau semblables à des gerbes d'aiguilles. Trois hommes périrent écrasés par des moellons qui s'étaient descellés à la base du clocher, et deux autres succombèrent aux ondes de choc des traits qui détonaient avec une vigueur renouvelée. Les cinq hommes qui avaient la charge des réfugiés de l'église assistaient, impuissants, aux ravages, alors que les premiers morts avaient anéanti l'espoir que la magie de Maria suffirait à les protéger des abîmes. Le curé et le Léon Saurat firent encore resserrer les rangs du troupeau tandis que les autres rampaient vers les victimes et tentaient de leur porter l'assistance qu'ils pouvaient. Hélas, ils pouvaient bien peu. Et leur impuissance les brûlait.

Ah, l'impuissance… Infinie est celle des animaux humains, comme leur bravoure aux heures finales où tout chute. On l'a déjà dit, un ciel de neige s'assemblait en arrière des combats et semblait attendre à l'orée de la clairière, et les hommes de l'église le sentaient, tout comme ceux qui défendaient la ferme de Lorette ou attendaient avec André dans le bois, parce que ce ciel de neige, en cet instant où tout vacillait, faisait passer en chaque homme le parfum d'un vieux rêve enfoui. Ce fut bien sûr le Gégène qui battit en premier le rappel des cœurs. Il faut dire que son rêve, comme il sera dévoilé plus tard, n'était pas le moindre de tous ces songes éphémères et sublimes, mais aussi qu'il était ce jour-là le même homme de devoir et de dérision que toujours ; et il sentait, passé la première stupeur face aux déchaînements de l'ennemi et l'accablement de le découvrir si puissant et si vil, qu'on avait perdu trop de temps à tergiverser avec sa peur et qu'il fallait payer sa dîme à une vie de bon vin et d'amour. De plus, la perspective de périr noyé ou écrasé par un moellon de clocher n'était pas du goût de cet homme qui voulait bien mourir dans l'honneur mais ne voyait pas qu'il y en eût à ramper comme une limace sous les nuages. Ainsi, que ce soit le diable ou la main d'une autre puissance maléfique qui armât la tempête, il ne devait pas plus s'en préoccuper que des recettes de sa femme quand elle le servait au dîner. De surcroît, il commençait à comprendre une chose de plus en plus manifeste : il y avait des archers derrière la montagne, qui tiraient les flèches noires criminelles. Il fit signe au Riri et au Ripol de le rejoindre auprès du Léon Saurat et, dans le cornet de ses mains jointes, hurla :

— Tous à l'atelier du Chachard !

On saura bientôt ce qu'il projetait d'y faire, mais voyez, déjà leur impuissance passe et ne reviendra plus. Et il se produisait d'autres retournements, là-haut, devant les fermes qu'encerclaient cent drôles empaillés de ténèbres.

Alors ce fut Rose qui était du ciel quand tous les autres étaient de la terre, et se nourrissait d'ondes et de ruisseaux dans ce pays de pâturages et de fauches — de là cet effacement plus fort que les aciers et ce grain de rien aussi transparent que l'eau vive. Quand Maria embrassait sa mère avant le coucher, elle pouvait sentir que la tristesse qui, chez son père, s'était sédimentée en limon et en glaise, coulait en Rose comme un fleuve où se charriaient les deuils. Mais si André dormait paisiblement quoiqu'il pressentît ce que serait le destin de sa fille, c'est parce qu'il savait quelle était la puissance de Rose, si fragile qu'on la considérât à l'abord. On scrutait cette paysanne effacée dont ni la figure, ni les gestes, ni la voix ou le grain de la peau n'incitaient à l'intérêt, et on s'étonnait sans fin qu'une telle absence de saveur pût engendrer un tel tourbillon d'ondes bienfaisantes. La seule parole d'amour qu'André lui avait jamais dite, un petit matin d'hiver où ils restaient dans le lit en regardant les étoiles, était celle d'une eau qu'on pourrait retenir dans sa main comme un galet ou une fleur. Bien sûr, cela avait été une exception parce que André Faure n'était pas coutumier des discours et qu'il faisait toujours savoir à sa femme ce que devait avec une économie de moyens qui confinait au génie et était facilitée, il est vrai, par le génie que l'amour donne aux regards et aux gestes. Mais au cœur de cette parcimonie se lovait un nom rescapé de la raréfaction de ses dires, et il murmurait simplement *Rose* en la regardant, car seul il percevait la lame qui s'aiguisait sur un fil de cristal et scintillait, belle et terrible, dans les heures de l'amour.

Ainsi, Rose était sortie plus tôt avec Jeannette et Marie sur le perron des Combes dans l'intention de rallier Lorette à la ferme voisine. Mais la tempête avait déjà déployé ses fronts et il était impossible d'avancer dans une cour où se dansait un tango de planches arrachées et de poules terrifiées. Elle s'était donc repliée avec les deux mémères contre la paroi sud de l'étable qui résistait pour le moment aux rafales, et elle attendait là tandis qu'elle sentait par-delà la tempête le désarroi de Maria, et que sa vie entière lui revenait dans le vent.

Tout avait commencé de ce que ses parents, qui étaient illettrés, avaient voulu pour elle un sort supérieur au leur. Mais le peu que sa mère avait vu de la cité l'avait convaincue qu'on ne pouvait y vivre vertueusement, et si elle admettait que l'on fût pauvre, c'était à la condition que l'on n'appartînt pas à quelqu'un d'autre que soi. Aussi, alors que ses payses se plaçaient à la ville comme nourrices ou comme bonnes, n'avait-elle pas voulu que sa petiote allât se perdre dans les grandes demeures. Au lieu de cela, on l'avait menée une fois la semaine au couvent près du bourg voisin où les sœurs enseignaient leurs lettres et leur dogme aux filles pauvres du canton. Il fallait deux heures pour s'y rendre et, à l'aube, le frère aîné la calait dans la carriole et l'emmenait prendre des leçons dont il attendait la fin aux cuisines. Or, au fil des semaines, elle cessa d'écouter les litanies et les sermons parce qu'elle se noyait de l'ivresse des livres que les sœurs lui donnaient après vêpres. Elle pleurait aux poésies de ruisseaux et de cieux qui lui révélaient le seul monde qui fût vraiment le sien, et aux récits sis sous des nuages plus palpables que l'argile des champs où, dans un émerveillement de reflets, se déchiffrait la parole divine. Plus tard, le père François lui fit lire des récits de voyage où les navigateurs se dirigeaient aux étoiles et foulaient des voies d'air qui leur étaient plus intelligibles que le tissage des chemins, et cet appel de traversées et de constellations lui fut plus précieux encore que les écritures célestes de Dieu. Mais cette symbiose native par laquelle elle s'épousait aux éléments liquides avait peu à voir chez Rose avec la conscience des univers physiques, et il faut chercher ailleurs que dans le monde tangible le principe qui la reliait aux courants et aux nues. Certaines femmes ont une grâce qui leur vient de la démultiplication de l'essence féminine, par un effet d'écho qui, les faisant singulières et plurielles, les incarne à la fois en elles-mêmes et dans la longue lignée des leurs ; si Rose était femme d'azur et de rivières, c'est parce que coulait en elle le fleuve de celles qui l'avaient précédée, par la magie d'une connivence avec son sexe qui allait au-delà des seules filiations du sang ; et si elle rêvait du voyage, c'est parce que sa vision transperçait les espaces et les temps, et reliait entre elles les marches du continent féminin — de là cette transparence qui la faisait insaisissable et légère, et cette énergie fluide qu'elle puisait loin au-delà d'elle-même. Par un mécanisme inexplicable de la mémoire, elle se revit au matin de ses noces, avec une jupe et un corsage blancs et, à ses cheveux, une gaze brodée de dentelles. Elle avait marché sous l'escorte de ses frères parce que la jeunesse avait rallié le village d'André par des raccourcis où ne passaient pas les carrioles, pour quoi elle avait gardé aux pieds ses sabots et tenait à la main les souliers immaculés qu'elle mettrait à l'entrée de l'église. Tandis que les gars avançaient sur les sentiers et, dans leur costume de drap noir, le front ruisselant de sueur, cueillaient dans les fossés des fleurs qu'ils offriraient aux filles de là-bas, son cœur à elle battait très fort sous la splendeur du soleil. Elle n'avait rencontré André qu'une fois avant qu'il ne vînt demander sa main à son père. Elle avait vu son regard de loin, alors qu'elle passait la barrière pour rejoindre les brasiers de Saint-Jean, et le goût d'évanescence qu'elle avait quand elle rentrait en elle-même s'était transformé en cascades brillantes qu'il voyait aussi. De même, elle pouvait distinguer les stries sombres que faisait en lui la conscience de la terre. Elles ne s'additionnaient pas comme des sillons parallèles mais s'élevaient et l'élevaient à son tour vers le ciel, et elle avait su que c'était sa puissance de champs et de sols qui rendait déchiffrable à André son propre langage d'eau et de ciel. Puis la roue de la mémoire tourna et elle revit Angèle avec, dans ses bras, un nourrisson emmitouflé de langes blancs. Elle avait écarté les pans de la batiste brodée et reçu la nouvelle-née pour sa fille dans une allégresse qui ressemblait à un éther illuminé de traces. Elle ne pouvait pas les déchiffrer mais elle en recevait le message, de la même façon qu'elle lisait dans le clapotis cristallin qui émanait de l'enfant l'annonce de la coexistence des deux mondes. Quels mondes ? Elle ne le savait pas.

Les souvenirs cessèrent.

La pluie tombait comme une hache. Elle entendit de nouvelles clameurs qui venaient du village alors que le vent décuplait encore ses ravages. Elle regarda en arrière par-delà le toit de l'étable le ciel de neige qui attendait Maria. Alors, elle lança dans le vent tout son cœur de femme et de mère.

Pendant ce temps, les hommes du Gégène étaient allés chercher des fusils à l'atelier du Chachard, et il y en avait une flopée chez ce gentilhomme de la traque boisée qui les bichonnait aussi amoureusement qu'il eût caressé sa femme si un plumage de perdrix ne lui avait pas été plus désirable qu'un baiser, de sorte que chacun put se saisir de l'arme qui lui convenait et se poser un instant pour écouter les instructions du Gégène. Qui étaient plutôt des conjectures qu'au point où en était la situation, on ne répugnait pas à faire afin que l'on fît au moins quelque chose.

— Faut qu'on passe au travers, dit-il, et là, je vois pas que les fusils puissent pas avoir le dessus.

— Tu crois donc qu'il y a des gars en embusque par-derrière ? interrogea le Riri.

— Comment qu'on peut traverser ? demanda le Ripol.

— Ça peut se faire, dit le Léon Saurat, à qui, toute affliction sincère mise à part, le jour apprenait avec une secrète jubilation qu'il en avait encore dans le ventre pour l'action et qu'on n'était pas près de le porter en terre lui aussi. Mais faut pas rester ici, ajouta-t-il en désignant le toit.

Qu'on ne se représente pas que la conversation se faisait à voix feutrée dans le confort de l'atelier qui fleurait bon la graisse de phoque et le cuir de facture. Même au-dedans, il fallait hurler, et il y avait urgence à sortir, ainsi que l'avait ordonné Maria et qu'ils le savaient pertinemment pour avoir vu leur église décapitée en plein ciel. Mais il était impossible de se parler au-dehors et le Gégène prit le risque de rester encore un peu parce qu'il voulait que les gars absorbent bien l'évidence qu'il tenait à leur entrer dans le crâne.

— Comment qu'on fait quand on veut tirer une perdrix en vol et qu'y a grand vent ? hurla-t-il.

Ça, c'était facile et il n'était pas même besoin qu'ils y fournissent de réponse.

— Et comment qu'on doit tirer le gibier à l'arc ?

C'était facile aussi mais ce qui l'était moins, c'était de relier les deux logiques que le Gégène avait apparemment claires en caboche. On avait tradition dans la région, en dépit de l'éclat des courres et des battues, de priser une forme de traque interdite parce qu'elle favorisait la braconne. Mais on la trouvait pourtant plus belle que les autres. Ils n'étaient pas si nombreux à s'y adonner, faute de matériel ou de science, mais il y en avait tout de même trois ou quatre qui délaissaient volontiers le fusil pour la corde et les flèches, et on les estimait fort parce qu'à ce jeu ne pouvaient exceller que ceux qui connaissaient suffisamment chaque gibier, ajustaient assez bien pour ne pas le manquer et disposaient d'un savoir élaboré de toutes les ruses nécessaires à l'approche (incluant celui des terrains et des vents car à quoi sert de se retrouver à deux pas d'un chevreuil si la brise lui souffle inopinément une haleine de chique aux naseaux ?). Bref, à cette partie où se distinguaient les vrais hobereaux de nos contrées se joignaient les antiques forces naturelles, celles d'hommes et de forêts redevenus pour un jour de poursuite la même matière fondamentale, le même havre premier d'osmose et de connivence primitives. Les arcs qui servaient cette cause n'avaient ni viseurs ni aucun des accessoires qu'on a vus fleurir dans les époques où la chasse s'est dégradée en passe-temps, et ressemblaient à ceux des sauvages qui, dénués d'outils de précision, en demandaient au centuple de la part du tireur. On pouvait aussi les utiliser comme pagaies ou comme bâtons de marche parce que leur simplicité commandait leur élégance et leur solidité conjointes, et on accordait à l'instrument une déférence qui venait de ce qu'il ne se vexait pas d'être si polyvalent et utile. Mais on portait toute son attention à la qualité des flèches qui devaient être taillées pour que la trajectoire et l'impact se réalisent dans la perfection, et qu'on portait dans les carquois avec toute la délicatesse que requiert l'excellence (car à quoi sert de se retrouver à trois centimètres d'un sanglier si c'est pour rater la charmante bestiole ?). De fait, la lumière se faisait sous le scalp des autres et ils entendaient presque la voix du Gégène y résonner à sa manière sentencieuse et moqueuse, à cette différence qu'on n'était pas près de déboucher bouteille et de tronçonner la saucisse de l'amitié. Mais l'effroi de l'heure ne parvenait pas à anéantir l'étincelle d'excitation qui avait pointé son nez depuis qu'on avait commencé à réagir au lieu de se laisser écraser comme des cafards, et on se passait sans peine de pinard et de cochon pourvu qu'on comprît la sentence du jour, qui s'écrivait devant leurs yeux aussi clairement que si le Marcelot l'eût dite à voix haute : *approche, vise et tire là où sera dans le vent.* Au total, cela rendait claire la marche furtive des choses à des gars habitués à passer leurs dimanches dans les sylves : on ruserait et on anticiperait. Qu'on ne sût pas tout à fait comment n'empêchait pas de voir la beauté du programme, qui revigorait des cœurs qui se souvenaient que la grâce de la terre leur appartenait.

— Bien droits dans le vent et direct à la friche ! hurla encore le Marcelot, et tout le monde hocha vigoureusement la tête en s'assurant de son fusil.

Ils sortirent dans un chaos de vents et de grêle qui semblait s'être encore augmenté pendant qu'ils conspiraient au-dedans. Mais le toit avait tenu. Et ils progressaient. En dépit des trombes et des déluges, ils avançaient lentement et sûrement, comme si la détermination des braves donnait moins de prise aux rafales et les eût rendus en quelque façon invisibles à l'ennemi.

Là-haut, à la clairière, se jouait enfin le premier des actes du destin, alors que les années se solidifiaient en un tourbillon de révélations accouchées des hurlements inhospitaliers du vent. Les préludes s'évanouissaient sous les hallebardes glacées de la pluie et la scène de l'histoire se faisait chaque seconde plus terrible et plus claire. Maria était restée un long moment immobile malgré la tragédie qui se jouait au village. Elle sentait autour d'elle les présences amies qui attendaient derrière le ciel de neige, elle entendait la voix de l'autre petite qui murmurait son prénom et elle voyait un paysage qu'elle avait déjà vu dans ses rêves. On y accédait par un passage de pierres noires et plates sous l'auvent d'arbres ciselés, puis on rejoignait un pavillon de bois aux ouvertures sans vitres ni voilages et enfin un ponton de planches au-dessus d'une vallée embrumée. Mais elle ne parvenait pas à distinguer comment elle devait en user alors que des hommes avaient péri et que se murmurait dans la glace le prénom tant aimé d'Eugénie.

Une succession d'images la fit chanceler. Elle vit d'abord un chemin de campagne où de jeunes gars à l'étroit dans leurs costumes du dimanche cueillaient des fleurs des champs par brassées, puis une fenêtre dans la clarté d'une aube hivernale où se figeaient deux étoiles à la course arrêtée pour toujours, et enfin un cimetière inconnu sous une pluie battante dont l'écume moussait et rebondissait sur les dalles de granit. D'ordinaire, les images de ses rêves avaient une précision aussi incarnée que les champs et les lièvres, mais celles-ci étaient floues et piquées de distorsions et elle ne pouvait pas voir le visage des jeunes gars qui plaisantaient sous le soleil de juillet, non plus que les noms et les dates gravés sur les caveaux du cimetière. Or, elle était émerveillée que l'image pût s'en transmettre dans la bataille car elle savait qu'elle la percevait par les yeux de sa mère. D'autres images surgirent, qui provenaient de la mémoire de Rose avec laquelle elle était entrée dans une forme de communication qu'elle n'avait connue avec personne, pas même avec Eugénie au moment de la guérison ou avec André dans les longs regards silencieux. Les images se déversaient et passaient, il y avait des arbres et des sentiers, des flambées dans la nuit de l'hiver, un petit appentis de tuiles grises où on allait chercher le bois aux heures froides, des visages aux traits brouillés par le souvenir mais qui, par intermittence, revivaient dans l'éclair d'un sourire. Elle vit une vieille femme aux cornées englouties de blancheur qui souriait en ravaudant une voilette défraîchie, et elle sut que c'était sa grand-mère en des temps où elle-même n'était pas encore née. Une longue lignée de femmes… Elle en aperçut les visages fondus en une chaîne qui se perdait dans les âges. Il y avait les tombes, et il y avait les femmes, qui chantaient des berceuses dans le soir ou hurlaient de douleur en lisant la lettre des armées. Dans une dernière ronde fulgurante et fugace, elle distingua chaque visage

271

et chaque scintillement de larme. Puis toutes disparurent. Mais dans les tournoiements de la mémoire partagée, leur message avait passé.

À Rome, Clara reçut elle aussi le message des femmes qui disaient à Maria qu'elle était des leurs et qu'il fallait honorer la lignée au-delà de la mort. Alors, elle entendit la petite Française qui lui disait :
— Comment t'appelles-tu ?

– Petrus –

Un ami

— *Tu come ti chiami ?* traduisit le Maestro.
— *Mi chiamo Clara*, répondit-elle.
Il traduisit de nouveau.
— Quel est ton pays ?
— *È l'Italia*, répondit-elle encore.
— Si loin, dit Maria. Tu vois la tempête ?
— Oui, dit Clara. Peux-tu me voir aussi ?
— Oui, mais je ne vois personne d'autre.
Pourtant, il y a un homme qui parle en français.
— Je suis avec lui et avec d'autres hommes
qui savent.
— Ils savent ce que je dois faire ?
— Je ne crois pas. Ils savent pourquoi mais ils
ne savent pas comment.
— Le temps presse, dit Maria.
— Le temps presse, dit le Maestro successive-
ment en français et en italien. Mais nous n'avons
pas les clés.
— Les révélations ne viendront pas seules, dit
Petrus, et le ciel, à cette heure, n'est pas préci-
sément de notre côté.

— Qui parle ? demanda Maria.

— Petrus, pour te servir, dit-il en français.

— Je te connais.

— Tu nous connais tous. Et tu connais aussi tes pouvoirs. Ton cœur est apaisé, tu peux les libérer.

— Je ne comprends pas ce que je dois faire.

— Clara va te guider. Peux-tu retenir encore un peu la tempête ?

— Je ne la retiens pas. Des hommes sont morts.

— Tu la retiens, et nous t'y aidons. Sans toi, il ne resterait plus rien de ce village et de ces terres. Nous allons parler en italien avec Clara mais nous ne t'oublions pas et nous serons bientôt avec toi.

Puis, au Maestro :

— La clé est dans les récits. Clara doit savoir.

— Qu'est-ce qu'une prophétie si elle est révélée ? demanda le Maestro.

— Une prophétie, toujours, dit Petrus. Et peut-être aussi une lumière. Cela aurait dû être fait plus tôt. Mais il faut commencer par le commencement.

Dans l'esprit de Petrus, Clara vit un Maestro plus jeune de trente ans serrer la main d'un homme qui ressemblait à Pietro, puis le suivre au travers de couloirs familiers dont les consoles de marbre et les rideaux de brocart avaient incorporé une touffeur malsaine. Elle planait au-dessus d'une scène indéfinissable et terrible et jetait une ombre de rapace sur l'aimable figure de l'homme. Alors Roberto Volpe ouvrit la porte d'une pièce inconnue et le Maestro fit face au tableau qu'elle connaissait depuis le premier jour.

— Depuis notre Pavillon, je voyais et je connaissais déjà l'art des hommes, dit le Maestro, j'ai toujours été fasciné par leurs musiques et leurs peintures. Mais ce tableau était différent.

— Il faut que tu comprennes ce qui se passe chez nous, dit Petrus. Nous sommes un monde sans fictions.

— Tu m'as dit que les elfes ne racontent pas d'histoires, dit Clara.

— Les elfes ne racontent pas d'histoires à la manière des hommes mais, surtout, ils n'en inventent pas. On chante les belles actions et les hauts faits, on compose des odes aux oiseaux des étangs ou des hymnes à la beauté des brumes, on célèbre ce qui existe. Mais l'imagination n'y ajoute jamais rien. Les elfes savent louer la beauté du monde mais ils ne savent pas jouer avec le réel. Ils vivent dans un monde splendide, éternel et statique.

— Depuis le début, j'aime les créations des humains, dit le Maestro. Mais ce jour-là, j'ai fait une découverte supplémentaire. Roberto Volpe avait attiré l'attention du Conseil parce qu'il avait fait quelque chose qui continue aujourd'hui encore d'avoir des conséquences sur notre destin. J'ai traversé le pont, je l'ai rencontré et il m'a montré le tableau. J'avais déjà vu des lamentations du Christ mais celle-ci était différente et le choc a été immense. Pourtant, c'était la même scène que d'habitude, la Vierge et Marie-Madeleine penchées sur le Christ descendu de Sa croix, les larmes des femmes et le crucifié avec sa couronne d'épines. Mais il n'y avait aucun doute qu'elle avait été peinte par un elfe. Je l'ai su en voyant le tableau et l'enquête que j'ai menée ensuite l'a confirmé. Un des nôtres, quatre siècles plus tôt, avait quitté notre monde pour celui-ci, pris un nom humain et une identité flamande — nous pensons qu'il a vécu à Amsterdam — et peint la plus grande fiction des humains avec une perfection rarement égalée.

— Qu'est-ce que Roberto avait fait ? demanda Clara.

— Il avait tué quelqu'un, dit le Maestro, mais ce récit-là n'est pas pour aujourd'hui. Le plus important c'est que, devant le tableau, j'ai pris la même décision que celui qui l'avait peint. C'était la plus merveilleuse des émotions de ma vie. Auparavant, je me languissais de l'art humain. À présent, je voyais s'ouvrir la voie tracée par ce peintre inconnu, celle d'un passage de l'autre côté du pont et d'une immersion complète dans la musique de ce monde. Et d'autres que moi l'ont fait, mais avec des motifs différents.

— Certains veulent la fin des hommes, d'autres une alliance, dit Clara.

— L'alliance est le message du tableau flamand, dit le Maestro, tout comme les toiles d'Alessandro disent le désir de traverser dans l'autre sens. Il est inconcevable que nous ayons mis si longtemps à entendre et à comprendre cet appel des passerelles. D'autant qu'un peu auparavant j'avais fait une autre découverte grâce à un elfe que tu connais bien et dont la perspicacité dépasse celle des sages et des grands. J'étais encore le chef de notre conseil et j'étais allé consulter des textes anciens dans la bibliothèque de notre monde. Je cherchais quelque chose qui puisse m'aider à comprendre les temps dans lesquels nous vivions mais je n'ai rien trouvé ce jour-là.

— Tu as été le chef de votre conseil avant le père de Maria ?

— Oui. Le père de Maria, contre lequel s'est présenté un autre candidat qui a bien failli l'emporter.

— Aelius.

— Aelius, dont tu vois aujourd'hui la colère dans le ciel de Bourgogne. Or, en sortant de la bibliothèque, j'ai eu une intéressante conversation avec le balayeur, qui me paraissait avoir une conduite étrange.

— Il y a des balayeurs chez les elfes ? demanda-t-elle.

— Il y a des jardins autour de nos bibliothèques, dit Petrus, et on en balaye les allées chaque aube et chaque crépuscule des saisons où les arbres ont des feuilles. On a de jolis balais et on ne doit pas abîmer les mousses. C'est un travail noble quoique je ne l'aie jamais trouvé très intéressant mais, je te l'ai déjà dit, j'ai été longtemps un elfe peu inspiré. Et puis j'ai toujours aimé lire. Je crois que j'ai passé ma vie à lire. Même quand je bois, je lis.

— Ainsi, le balayeur ne balayait pas mais lisait sous un arbre, dit le Maestro. Il lisait avec une concentration telle qu'il ne m'a pas entendu approcher. Alors je lui ai demandé ce qu'il lisait.

— Et j'ai répondu : une prophétie, dit Petrus. Une prophétie ? a demandé le Chef du Conseil. Une prophétie, ai-je dit. Dans le corpus de nos textes poétiques, il y en a un qui ne ressemble pas aux autres. Il fait partie d'un ensemble de poèmes et de chants, pour la plupart élégiaques, intitulé *Canto de l'Alliance,* qui célèbre les alliances naturelles, les brumes dans le soir, les nuages d'encre, les pierres et tout le reste.

Il soupira, vaguement navré.

— Mais ce texte-là était différent. Il ne célébrait aucun événement connu, n'évoquait rien à ma mémoire mais décrivait notre mal comme s'il l'avait anticipé et en dessinait le remède comme s'il l'avait rêvé. Personne n'y avait jamais prêté attention. Mais quand je l'ai lu, j'ai cru que le monde se déchirait en deux et qu'une porte s'ouvrait dans mon cœur. C'étaient seulement trois vers d'une histoire inconnue, mais après des siècles à boire du thé et à écouter des poèmes sublimes, c'était la vie entière qui explosait et qui resplendissait comme dans un verre de moscato.

Ses yeux brillaient de l'émotion d'alors.

— J'ai lu le texte et compris ce que le balayeur voulait dire, dit le Maestro. Il a fallu ensuite en convaincre d'autres que moi et Petrus y a mis beaucoup de talent. Depuis ce jour, la prophétie nous guide dans la guerre.

Lorsqu'il la récita, l'ancêtre vibra et Clara crut voir un reflet argenté passer comme l'éclair dans la fourrure douce.

la renaissance des brumes
par deux enfants de novembre et de neige
les sans racines la dernière alliance

— C'est le seul texte de fiction jamais écrit par les nôtres, dit le Maestro. C'est pour cette raison que nous pensons qu'il est prophétique. Qu'il dessine un réel encore en devenir mais qui pourrait nous sauver. Pour la première fois de notre histoire, nos brumes déclinent jusqu'à un point de non-retour. Certains pensent que les hommes sont responsables de ce déclin et que leur incurie affaiblit la nature, d'autres, au contraire, que le mal vient de ce que nous ne sommes pas assez unis. Si je considère ces tableaux inspirés de notre alliance, ce Christ peint par un elfe et qui n'a pourtant jamais été plus humain, la dernière toile d'Alessandro qui exalte sans le montrer le pont de notre monde, alors je sais que l'art des hommes nous offre des récits que nous n'aurions pu concevoir et qu'en retour nos brumes les transportent au-delà de leur terre. Il est temps d'inventer notre destin et de croire en cette dernière alliance, il y a trop de passerelles qui montrent le désir que nous avons de franchir ensemble le même pont.

— Nous sommes les deux enfants de novembre et de neige ? demanda-t-elle.

— Oui, dit le Maestro.

— Il y a d'autres enfants nés dans la neige de novembre.

— Il n'y a pas d'autres enfants nées elfiques et humaines dans la neige de novembre. Pour autant, nous ne savons pas ce qu'il faut faire de ce prodige.

Clara pensa aux hommes hantés de ponts et de montagnes qui pourraient les sauver d'être nés loin de leur propre cœur, aux peintres, balayeurs et musiciens elfiques fascinés par le génie créateur des humains, à ces passerelles jetées entre deux mondes au travers d'une immensité quadrillée des lumières de l'art. Au-dessus de ces lumières, resplendissait une clarté plus intense qui supplantait les musiques et les formes et les inspirait de sa force supérieure.

— L'univers est un gigantesque récit, dit Petrus. Et chacun a le sien propre, qui rayonne quelque part dans le ciel des fictions et mène quelque part dans celui des prophéties et des rêves. Moi, c'est l'amarone qui me le montre. Après deux ou trois verres, j'ai toujours la même vision. Je vois une maison au milieu des champs et un vieil homme qui rentre au foyer après le travail. Est-ce que cet homme et cette maison existent ? Je ne le sais pas. Le pépé pose sa coiffe sur un grand buffet et sourit à son petit-fils qui lit dans la cuisine. Je sens qu'il veut pour lui une vie et un labeur moins épuisants que les siens. Alors il se réjouit qu'il aime lire et rêver et il lui dit : *non c'é uomo che non sogni*[1]. Pourquoi est-ce que je reviens toujours à cette histoire ? Chaque fois, quand le pépé parle à son petit-fils, je pleure. Et ensuite, je rêve.

— Vos pouvoirs sont liés à la puissance des fictions, dit le Maestro, à laquelle, hélas, nous ne comprenons pas grand-chose.

— Il n'y a que deux moments où tout est possible dans cette vie, dit Petrus, quand on boit et quand on invente des histoires.

Elle sentit frémir en elle une conscience très ancienne, qui ressemblait à la connexion des femmes par-delà les espaces et les temps dont elle avait fait l'expérience par Rose mais qui, cette fois-ci, reliait les êtres aux créations de l'esprit. Une vaste constellation apparut à son regard intérieur. Elle cartographiait les âmes et les œuvres sur une mappemonde éclatante dont les projections de lumière allaient d'un bout à l'autre du cosmos, de sorte qu'une toile peinte à Rome en ce siècle traçait la voie jusqu'à des cœurs qui se trouvaient en des époques et des lieux immensément séparés. La fréquence conjointe de la terre et de l'art s'actualisait et unissait des entités aussi sympathiquement accordées qu'elles étaient géographiquement

1. Il n'est pas d'homme qui ne rêve.

éloignées. Elle ne pulsait plus seulement dans les strates de sa perception mais traversait des plans hétérogènes du réel et se déployait à la manière d'un réseau qui s'illuminait en sublimant la matérialité des distances. C'était puissamment naturel et puissamment humain. De même, elle enregistrait une succession d'images qui n'excédait pas une poignée de secondes mais en laquelle l'empathie de Petrus transmettait une histoire aussi lyrique et complexe que celles qu'il lui avait déjà racontées, parce qu'ils se connectaient tous deux à cette infinité de liens dans l'éther et voyaient les passerelles jetées dans le vide là où d'autres ne percevaient que solitude et absence. Alors elle vit un petit garçon assis dans sa cuisine de campagne baignée des ombres du soir. Un vieil homme au visage raviné de peine pose sa coiffe de paysan sur le côté d'un buffet et s'essuie le front du geste du repos. Au clocher du village sonne l'angélus de sept heures ; fin du labeur ; le pépé sourit d'un sourire qui éclaire tout le pays puis, au-delà de ses montagnes et de ses plaines, les régions inconnues, et au-delà encore explose en une gerbe d'étincelles et illumine une contrée si vaste qu'aucun homme ne peut l'entreprendre à pied.

— *Non c'é uomo che non sogni*, murmura-t-elle.

— Personne n'a jamais pénétré ma vision de cette façon, dit Petrus. Je sens ta présence au cœur de mes rêves.

Et, avec douceur et visiblement ému :

— Maria et toi êtes la totalité des deux

mondes, celui de la nature et celui de l'art. Mais c'est toi qui tiens entre tes mains la possibilité d'un nouveau récit. Si tant d'hommes ont pu vivre deux millénaires dans un réel façonné par la croyance en la résurrection d'un crucifié portant couronne d'épines, il n'est pas absurde de penser que tout est possible en ce monde. C'est à toi, maintenant. Tu vois les âmes et tu peux leur donner leurs fictions et leurs rêves, qui lancent des passerelles là où hommes et elfes aspirent à traverser.

— Il faut que tu m'aides, dit-elle.

— Je ne suis qu'un simple balayeur et soldat, répondit-il, et toi une étoile prophétique. Je ne crois pas que tu aies besoin de moi.

— Tu as été soldat ?

— J'ai été soldat et j'ai combattu dans mon monde natal.

— Il y a des armées chez les elfes ?

— Il y a des guerres chez les elfes et elles sont aussi laides que les guerres des humains. Un jour, je te raconterai l'histoire de ma première bataille. J'étais plus saoul qu'un cochon mais on peut faire beaucoup de mal en tombant.

— Tu as déjà tué ? demanda-t-elle.

— Oui, dit-il.

— Que ressent-on quand on tue ?

— De la peur, dit-il. Tu as peur ?

— Oui.

— C'est bien. Je suis avec toi et je ne te quitterai plus, ni dans la guerre ni dans la paix. Tu n'as pas eu de famille mais tu as un ami.

Elle pensa : *j'ai un ami.*

— Mais à présent, c'est la première bataille, dit-il. On ne peut plus reculer.

— La neige, dit-elle. C'est le rêve de Maria. La terre, le ciel et la neige.

Elle se leva et alla au piano où elle avait tant de fois joué des partitions dont elle n'entendait pas l'histoire. Mais le rêve de Petrus avait forgé la clé de ses heures de travail avec le Maestro. Il y avait en chaque partition le récit dont le cœur du compositeur était cousu et toutes, depuis le début, défilèrent dans sa mémoire et y prirent la couleur de ces rêves qui, magnifiques ou éteints, étaient inscrits sur la grande constellation des fictions. Alors elle rejoua l'hymne de l'alliance qu'elle avait composé dans un désir d'union et de pardon mais elle lui ajouta un souffle et des paroles qui lui venaient du cœur de Maria.

Pavillon des Brumes

La moitié du Conseil des Brumes

— Nous retirons notre protection. Elles ne peuvent plus compter que sur elles-mêmes. Bientôt, nous saurons.

— Nous recevons des messages de passage. Que ceux qui ont charge de commandement se tiennent prêts.

— Doit-on s'assembler au pont ?

— Peu importe où nous nous assemblons.

GUERRE

par deux enfants de novembre et de neige

– Eugène –

Tous les rêves

La protection du pays s'effondra d'un seul coup. Ce fut en Maria comme une lame de fond qui se retirait dans la mer et laissait découverte une grève balayée de tristesse et de vide. Elle savait que les années florissantes du bas pays prenaient leur source dans le pouvoir des sangliers fantastiques et des chevaux de mercure, mais ce pouvoir était si indissociable du sien propre, elle était si accoutumée d'y puiser le chant et l'énergie de la nature, que sa disparition soudaine la laissa aussi sourde et aveugle que si elle n'en avait jamais entendu les opéras ou contemplé les gravures — et elle savait que c'était là le sort des humains ordinaires.

De la clairière du bois de l'est jusqu'aux marches de l'église, il y eut un déferlement de désespoir et chacun se sentit livré à des abîmes qui béaient au-dessous de ses pieds. Le père François et le Gégène s'étaient figés net et le désarroi de la petite avait anéanti chez eux ce qui les avait portés contre la tempête. Le curé, en particulier, avait beau chercher en lui-même, il ne retrouvait plus la corolle qui s'y était déployée et, épouvanté par l'étendue de ses blasphèmes, était résolu de se confesser à l'évêque à la première heure post-cataclysme. J'ai péché, se répétait-il en grelottant de froid et en regardant autour de lui une campagne qui lui semblait aussi misérable que ses exaltations de prêcheur égaré. Mais le bon père n'était pas le seul dont s'envolaient les illuminations d'homme libre car le Gégène sentait ramper en lui la vieille jalousie qu'il avait eue autrefois des amours passées de Lorette, et c'était la même chose d'un bout à l'autre du pays, où le dégoût et l'amertume s'emparaient des âmes et criaient la misère du destin. Les hommes qui suivaient le Gégène ne savaient plus leur propre nom, à l'église on flanchait en garnements bravaches qu'un coup de semonce disperse comme corneilles et, à la clairière, il fallait toute la force d'André pour sauver ce qui restait du courage des trois autres. On voyait s'ouvrir les cicatrices et s'infecter les blessures qu'on avait eu la présomption de croire guéries à jamais, on se sentait une amère rancœur à l'égard de cette petite funeste qui plongeait le monde dans un chaos mortifère, on s'avisait qu'il n'y avait jamais eu d'autre devoir que celui qu'enseignaient le curé et l'évêque de Dijon, et on croyait que n'en faisait pas partie le sauvetage d'une étrangère aux pouvoirs certainement sacrilèges. En définitive, ce qui creusait ses tunnels et y posait ses mines, c'était la vieille saumure que les pouvoirs conjugués de Maria et de ses protecteurs avaient un temps dissoute — le remords et le legs des culpabilités, la mesquinerie et la peur, la litanie des concupiscences et des reniements de lâcheté, et tout le cortège des petitesses qui enferment dans l'âcre caveau des terreurs.

Puis, à Rome, Clara joua et la marée s'inversa. En Maria, la tristesse et le vide refluèrent et firent place à un afflux de souvenirs. En transparence du visage d'Eugénie passèrent le cheval de mercure, le sanglier fantastique, les brumes qui lui contaient son arrivée au village et le ciel de neige d'alors où avaient glissé les rêves de tous, tandis que la vie s'ouvrait et qu'on pouvait regarder au-dedans. La musique et les ondes de la nature lui redevinrent intelligibles. La première fois, le même morceau que jouait Clara avait apaisé son cœur torturé par la mort d'Eugénie. Aujourd'hui, il racontait une histoire qui aiguisait en elle son pouvoir.

*in te sono tutti i sogni e tu cammini su
un cielo
di neve sotto la terra gelata di febbraio*

Un grand souffle se leva dans la clairière. Le paysage était apocalyptique. Le ciel s'était transformé en un couvercle de menace et de mort parcouru de la lueur et du grondement de l'orage, et il ne restait plus du monde que le sentiment de cette immensité de danger.

— Tous les fronts se ressemblent, dit Petrus à Clara. Cet orage a même apparence que la guerre et ce que tu vois, c'est ce qu'a vu avant toi chaque soldat.

Les brumes entamèrent un nouveau mouvement qui ne s'enroulait plus autour de Maria mais naissait de ses propres paumes. Un éclair colossal se maintint dans le ciel et illumina la destruction portée au pays. Puis la petite se mit à chuchoter doucement au ciel de neige.

Alors… Alors d'un bout à l'autre du pays ruisselèrent tous les rêves en une symphonie magnifique que Clara découvrait sur l'écran du ciel et, de chaque âme, elle voyait les perles du désir brodées sur la toile tendue du firmament, car chaque âme, après le désespoir des saumures délétères, se voyait renaître et croire en la possibilité des victoires. Or, ce qu'elle contemplait avec émerveillement, c'était le rêve du Gégène où il y avait un grand pays enchanté pour Lorette et pour lui, avec une maison de bois entourée de beaux arbres et une galerie ouverte sur la forêt. Mais ce n'était pas seulement le songe d'un homme qui aspire à l'amour et aux existences paisibles. Il disait aussi la vision d'une terre qui s'appartiendrait à elle-même, d'une chasse qui serait juste et belle et de saisons si grandes qu'on en serait pareillement grandi. On y déposait des enfants perdues sur le perron des petits afin qu'elles y côtoient la grandeur, on y voyait des vieilles femmes riches du dénuement de connaître intimement l'aubépine, de frustes caboches enivrées de la mission de faire dormir les petites Espagnoles dans la paix — et on y vivait dans cette harmonie qui n'existe pas à l'état pur mais que le rêve isole sur le tableau chimique des désirs, par où s'accomplissait cette abolition des frontières des terres et de l'esprit que, depuis que l'homme est homme, on appelle l'amour.

Car Eugène Marcelot était un génie de l'amour.

C'est de ce génie que naissait la vision qui avait brillé plus fort que les autres par la catalyse des rêves dont le ciel de neige inondait le pays. On vivait durement et on était si heureux ! Voilà ce que chaque homme se disait, et chaque femme plus qu'à son tour, alors que les gars marchaient contre les archers du diable dans une allégresse renouvelée et que le curé levait les yeux vers les nuages et se raffermissait en sa foi retrouvée. Partout, la même joie qui vient de la renaissance des rêves accomplissait son œuvre de courage et d'espoir. De la cour de la ferme, le Jeannot contemplait le champ de la guerre au travers duquel il revoyait pour la première fois son frère avec le visage de l'enfance. Cela faisait tant d'années qu'un rictus supplicié en avait effacé le regard et qu'il n'avait pas eu en bouche la saveur du bonheur, qui prenait ce jour la forme d'un corps de femme et d'une épaule blanche où éteindre ses vieilles larmes, cependant que l'interdiction d'antan s'évanouissait en fumée dans l'orage. Alors il sut qu'il se marierait bientôt et qu'il lui naîtrait un fils auquel il parlerait de son frère et des heures bénies de la paix et, se tournant vers le maire, il lui tapa joyeusement dans le dos.

— Ah, c'est qu'on se sent rajeunir, répondit à sa bourrade le Julot.

Le maire goûtait en lui-même la poésie des heures d'avant la chasse où la forêt appartient au pisteur qui la prépare pour les autres. Mais les chemins d'aube froide étaient infiltrés d'une magie nouvelle. Il vit un homme au front peint parler à un chevreuil immobile, et du pelage de l'animal jaillissait l'évidence de la perfection. Enfin, comme tous avaient la même révélation de leurs rêves, il y eut dans le ciel de Bourgogne un grand charivari où se mêlaient des yeux de faïence et des perdrix chamarrées, des courses à travers les bois et des baisers dans la nuit, et des crépuscules flamboyants où se répondaient les échos des pierres et des nuages, alors qu'au prisme de chaque image et de chaque vœu se prenait la totalité de la vie. Tant de pleurs retenus et de secrètes peines... Il n'était personne qui ne connût la salaison des larmes, personne qui n'eût souffert d'aimer trop ou de ne pas aimer assez et qui n'eût enfermé une part de lui-même sous le linteau des labeurs. Personne, encore, qui ne se sentît, vissés à même la paroi tendre du cœur, une croix sinistre de regrets ou un calvaire poussiéreux, et personne qui ne sût ce que fait à un homme le martèlement continu des remords. Mais ce jour était différent. On avait déplacé en soi trois gousses d'ail oubliées et les scènes quotidiennes s'étaient transmutées en tableaux de beauté. Chacun avait reconnu son rêve dans le ciel et pris là sa détermination et sa force. Le plus puissant de tous, celui du Gégène, avait fait l'offrande d'un surcroît de bravoure et de faste, au point que les gars qui le suivaient se disaient que leur quête martiale était aussi esthétique et qu'ils tueraient sans merci mais sans rage pour que le pays retrouve son innocente splendeur.

Ils avaient rallié la friche de l'est puis contourné la butte derrière laquelle partaient les flèches qui fusaient au-dessus des têtes avant d'entrer dans le flux de tempête et de se transformer en bombes meurtrières. Or, c'étaient des flèches de bon bois et de plumes et chacun se réjouissait d'aller en découdre avec les ceusses bien réels qui s'abritaient lâchement derrière le mur noir. À cet instant, le Gégène leur fit signe de se placer de façon que le gibier ne pût ni les entendre ni les sentir approcher. Alors, ils se portèrent au plus près et firent contre les archers comme les archers, mais avec en main les armes de la chasse moderne : ils laissèrent les balles se couler dans le vent. Ah, la beauté de cet instant ! C'était du combat, mais c'était de l'art aussi. Durant la seconde où ils se dressèrent face aux mercenaires, ils eurent la vision d'hommes nus dont la respiration épousait le souffle d'une terre qu'effleuraient à peine leurs foulées légères, puis il y eut en chacun la conscience claire de la noblesse archère, de l'honneur qu'on doit aux forêts et à la fraternité des arbres, et ils surent qu'en dépit de leurs ongles noirs ils étaient les véritables seigneurs de ces terres. *N'est seigneur qu'en servant,* aurait pu dire le Gégène si on avait été à l'heure de tirer le bouchon plutôt que les méchants. La seconde passa mais la conscience resta et, en attendant, la surprise de l'attaque eut raison en deux minutes de la moitié de la mauvaise troupe, tandis que l'autre se repliait à vive allure et disparaissait de l'autre côté de la butte. Au vrai, ils détalèrent comme des lapins et, malgré la première impulsion de les poursuivre, on y renonça parce qu'on se souciait surtout de retourner au village. On regarda seulement brièvement ceux qui étaient tombés et on les découvrit aussi hideux que les mercenaires de tous temps. Ils avaient la peau blanche, les cheveux sombres et, au dos de leur habit de combat, une croix chrétienne dont les gars ne se remirent qu'après avoir fermé les yeux de tous les morts. Puis ils tentèrent de refluer vers l'église. Mais les eaux barraient les routes et il n'était plus de voies praticables à pied.

À la clairière, l'histoire que Clara avait offerte à Maria s'incarnait en une phrase qu'elle murmurait au ciel de neige et qui se ramifiait comme un arbre à trois branches où se concentraient les trois pouvoirs de sa vie, lors qu'il n'était plus ni italien ni français mais seulement le langage stellaire des récits et des songes.

en toi sont tous les rêves et tu marches
sur un ciel
de neige sous la terre gelée de février

La terre, Maria la connaissait par l'homme qui l'avait accueillie la première nuit pour sa fille, le ciel par celle qui l'aimait comme une mère et la reliait à la longue lignée des femmes, et la neige par les brumes fantastiques en offrande du récit inaugural des naissances. Mais les notes de Clara en avaient libéré la formule et Maria voyait se dessiner son rêve. Le pont rouge miroita dans un éclair de vision où scintillaient les champs de force du monde inconnu et elle vit des cités brumeuses y puiser leur lumière et leur sève. En elle-même, une immatérielle jonction se fit. Ses univers intérieurs s'articulèrent en une configuration nouvelle dont les points d'ajustement se résorbèrent en accouchant d'une totalité organique fondue de toutes les strates du réel. Puis cette réorganisation interne essaima en dehors d'elle-même et se répandit dans l'immensité extérieure. Alors le piano se tut et, en un geste d'adhésion absolue, Maria obéit à l'histoire dont il lui avait fait le don. Dans le ciel de neige s'ouvrit une brèche qui faisait la longueur du monde et, de cet abîme miroitant, sortirent des êtres étranges qui se déposèrent sur le sol glacé. Mais

ce qui stupéfiait les péquenots, c'était le retour-
ncment qu'avait opéré la magie de Maria car
le ciel était devenu la terre et le sol avait pris
la place des nuées, avec cela qu'on pouvait s'y
déplacer, y vivre et y respirer comme à l'accoutumée. On comprenait même que c'était de
cette inversion que se fendait en deux le ciel
qui laissait passer l'armée venue défendre le village, mais on était impressionné que l'on eût
le sentiment de marcher sur les nuages et que
le combat se déroulât sous la terre. André avait
ôté son bonnet à oreilles et, aux côtés de sa fille,
droit comme un juge, les pieds ficelés à la terre,
était partagé entre la fierté et l'effroi comme
si on l'avait tranché en deux parts propres et
égales.

La clairière s'était couverte d'alliés.

— Maria est le nouveau pont, dit le Maestro. C'est la première fois qu'un détachement
de l'Armée des Brumes peut combattre dans
le monde des humains et que les elfes y main-
tiennent les pouvoirs de leur plan.

La terre sembla se remettre sur ses pieds et
une cinquantaine d'êtres étranges fit cercle
autour de Maria. Certains avaient l'apparence
d'un sanglier fantastique ; d'autres ressemblaient
à des lièvres, à des écureuils ou à une bête
lourde et massive qu'on supposait être un ours,
mais aussi à des loutres, des castors, des aigles,
des grives et à toutes sortes possibles d'animaux

connus et inconnus dont — comprit-on avec éba-
hissement — la licorne des contes. Cependant,
tous les arrivants avaient en eux une essence
d'homme et de cheval à quoi s'agglomérait cette
part spécifique, et les trois ne s'assemblaient pas
mais se fondaient les unes dans les autres en un
ballet que Maria et les gars connaissaient déjà.
André regarda ses lieutenants. Ils avaient eux
aussi tombé le chapeau et, en un garde-à-vous
non dénué de panache, se glaçaient les sangs
en regardant l'armée étrange. Mais ils auraient
préféré mourir plutôt que de se débander et,
droits comme des piquets, restaient aux ordres
devant les licornes et les ours. Il y eut un grand
silence, jusqu'à ce qu'un des arrivants du ciel
se détache de la foule de ses pairs pour venir
s'incliner devant Maria. C'était un beau cheval
bai dont la queue se tournait en un feu follet
étincelant quand prenait le pas sur les autres son
essence d'écureuil et, dans sa figure d'homme,
des paillettes dorées piquetaient le gris de ses
yeux. Il se releva de son salut et s'adressa à Maria
dans la langue incompréhensible du sanglier
fantastique d'autrefois.

À Rome, l'ancêtre s'échappa des mains de
Clara et grandit jusqu'à atteindre la taille d'un
homme, puis commença de tournoyer dans la
pièce et, à chaque tour, une essence se détachait
de la sphère de fourrure avant de se résorber
sans disparaître dans la ronde. Clara vit un cheval, un écureuil, un lièvre, un ours, un aigle et

un grand sanglier brun, et bien d'autres encore, qui apparaissaient dans la valse jusqu'à ce qu'ait été figurée une totalité d'animaux aériens et terrestres. Enfin, l'ancêtre s'immobilisa cependant que tous demeuraient visibles dans une osmose totale et mouvante. Le Maestro s'était levé et avait porté une main à son cœur. Les yeux de Petrus brillaient.

— Ce prodige que tu vois, nous ne l'espérions plus, lui dit le Maestro. Dans les temps anciens, nous étions tous des ancêtres. Puis ils sont entrés peu à peu en léthargie et nous sommes nés privés de certaines essences, jusqu'à ne plus en comporter que trois et craindre qu'elles ne s'étiolent encore plus à l'avenir. Nous ne savons pas à quoi est due cette disparition mais elle va de pair avec celle de nos brumes. Cependant, il y a au moins deux choses que nous pressentons avec force. La première, c'est que vos naissances s'inscrivent dans cette évolution mais qu'elles y apportent le Bien, la seconde, qu'une unité a été perdue à jamais mais qu'il est possible de la reconstruire autrement. Le mal qui a divisé la nature peut peut-être se conjurer par l'alliance.

Et elle vit des larmes dans ses yeux.

À la clairière du bois de l'est, l'émissaire de l'Armée des Brumes parlait à Maria et, par le pouvoir de l'ancêtre et la reviviscence de temps où les espèces n'étaient pas scindées, la petite Française et la petite Italienne comprenaient ce qu'il disait et ce qu'elles disaient l'une et l'autre.

Quant aux hommes qui, eux, n'y entendaient rien, ils attendaient en silence que Maria leur dît à quelle sauce ils seraient mangés.

— Nous sommes venus à votre appel, disait le cheval bai, quoique vous n'ayez pas besoin de nous dans cette bataille. Mais l'ouverture d'un nouveau pont est un événement crucial et nous devons comprendre les espoirs et les pouvoirs qu'il permet.

— J'ai besoin de votre aide, dit-elle, je ne peux pas y arriver seule.

— Non, répondit-il, c'est nous qui avons besoin de la brèche que tu crées et dans laquelle ont cours les lois de nos brumes. Mais tu n'es pas seule, et pour ce qui est de combattre, le ciel, la terre et la neige sont de ton côté.

— Tu n'es pas seule, dit Clara.

— Tu n'es pas seule, répéta Petrus.

— La neige est avec toi, dit encore Clara.

Et ces mots, enfin, eurent raison de tout le reste car il en est des neiges du commencement comme de celles de la fin, elles brillent telles des lanternes le long d'un chemin de pierres noires et sont en nous une lumière qui transperce la nuit. Une chaleur familière enveloppa Maria en même temps que la nuit tombait sur une scène inconnue. Une colonne d'hommes avançait dans un crépuscule lunaire que déchirait par inter-mittence l'écho de détonations lointaines, et elle savait que c'étaient les soldats de la campagne victorieuse qui les damnerait à jamais du sou-venir de leurs morts, tandis qu'à cette heure le

303

froid terrassait par légions ces braves que n'avait pu abattre la plus grande guerre de l'histoire. Alors un des crucifiés releva la tête et Maria sut ce que son regard implorait.

Il se mit à neiger.

Il se mit à neiger une belle neige étincelante dont le rideau s'étendit rapidement de la clairière jusqu'au perron inondé de l'église. On ne distinguait plus ni le ciel ni la terre, unis dans la densité des beaux flocons immaculés par lesquels ruisselait sur la terre un miraculeux redoux. Ah la caresse de la chaleur retrouvée sur les fronts frigorifiés ! N'eussent-ils tous été des hommes qu'ils en auraient sangloté comme des bleus. Sur un signe de Maria, la troupe se remit en marche et ils redescendirent le passage à lacet par où ils avaient monté plus tôt le cœur lourd, alors que la neige faisait souffler novembre sur février et le dégel sur la campagne glacée. Lorsqu'ils arrivèrent au centre du village, les vents avaient faibli et la tempête, qui avait perdu de son opacité, grondait sourdement entre les dernières maisons et la friche. Mais les villageois se statufièrent en découvrant l'armée qui accompagnait Maria et, dans un premier mouvement, ne surent pas s'ils voulaient fuir ou venir embrasser la petite. Si le Chachard et les fils Saurat savouraient d'avoir plus tôt surmonté le choc et d'être nonchalamment campés sur leurs pieds au milieu des licornes, il fallut un peu de temps aux autres avant de considérer sans panique ces drôles d'individus mouvants. Enfin, quand on eut repris ses esprits, on se creusa la cervelle pour déterminer les règles de bienvenue en vigueur avec des loutres à visage humain, et on regarda le curé en priant pour qu'il indique quelques préceptes de savoir-vivre à l'usage des écureuils géants. André, lui, regardait la neige s'épaissir et y gagner paradoxalement en transparence et en chaleur et, comme de juste, on vit arriver le Jeannot, le maire, Lorette, Rose et les mémères qui avaient pris le chemin de l'église aux premiers signes de reflux de la tempête, alors que les cavaliers ennemis s'étaient subitement désintégrés sous la neige. Lorsqu'elles virent de quels renforts était constituée l'assemblée de l'église, les mémères et Lorette se signèrent abondamment. Quant aux gars, ils se sentaient peu ou prou comme au jour de leur première déculottée. Cependant, les guetteurs apportaient avec eux une nouvelle qui commandait l'urgence et le Léon Saurat, s'exhortant à agir en vétéran, vint en faire le rapport à André.

— Par-derrière la butte, y a une autre troupe, dit-il, plus nombreuse et qu'a des fusils de combat. Nos gars sont en première ligne mais y peuvent pas reculer à cause que les eaux ont monté.

Confondu d'avoir réussi à tenir un discours aussi limpide, il sourit comme un gosse en dépit des drames du moment.

Maria hocha la tête. Elle ferma les yeux et la neige s'intensifia. Par la même magie qui avait infusé le bas pays de saisons glorieuses et y avait maintenu l'intégrité du règne naturel, la neige se liquéfia en un rideau adamantin qui s'avança vers la muraille noire. Au moment du contact, il courut dans la campagne un tremblement insolite, une forme d'émotion qui avait peu à voir avec l'ordre des séismes, et une onde de même nature parcourut le détachement elfique, dont personne n'eut besoin de traduction pour comprendre qu'il acquiesçait à ce que la petite faisait. Enfin, on vit la tempête s'affaisser sur elle-même de la même manière que les cavaliers du malheur s'étaient effondrés dans leur néant : elle s'avala littéralement par en dedans, et on sut que la force de Maria lui était largement supérieure. Il y eut un moment suspendu entre le souvenir de la peur et le soulagement des victoires ; on se regarda sans trop savoir ce qu'il fallait penser ou faire (de fait, on n'avait eu le temps ni de penser ni de faire) ; enfin, on se mit à pleurer, à rire et à s'embrasser dans une cacophonie de chapelets brandis et de signes de croix enthousiastes. Seul de tous, André avait conservé la même vigilance que les êtres étranges et, comme eux, ne regardait que Maria. Sous la peau fine de son visage, par cercles concentriques à partir des yeux, se disséminaient des veinules sombres, et ses traits étaient tendus d'une concentration extraordinaire qui provoquait chez les arrivants du ciel une révérence nouvelle. Il les entendit murmurer dans leur langue inconnue d'une façon qui disait l'étonnement et l'admiration, et il vit qu'ils se répartissaient autour d'elle comme une garde autour de son commandant. Alors, elle se tourna vers André et lui dit :

— En marche.

Mais avant que la compagnie ne s'ébranle, elle appela à elle le père François.

La vie du père François avait basculé dans le rideau blanc. Lorsque la neige s'était liquéfiée, la corolle de l'heure où on avait porté en terre Eugénie était revenue. Trois jours auparavant, il savait seulement que cette corolle participait d'un amour épandu sur un territoire plus vaste que les geôles de l'âme. Mais au miroitement magique des flocons se prenait une quintessence d'univers et le sens de sa propre homélie lui apparaissait enfin de toute sa biblique évidence. Pourquoi fallait-il que ce fût au fidèle serviteur de la cause de la séparation de la terre et du ciel que se révèle avec une force aussi inouïe la certitude de l'indivisibilité du monde ? C'était ce que Maria avait reconnu en lui et pourquoi elle voulait qu'il marchât à ses côtés en compagnie d'André. Dans une monstrueuse épiphanie, l'immensité du conflit à venir infiltra de terreur chacun des atomes vifs du curé. On perdrait des êtres chers et on souffrirait des trahisons inattendues, on marcherait contre des tempêtes iniques, on grelotterait d'un froid inhumain et, égaré dans les ténèbres les plus diaboliques jamais soufflées aux oreilles humaines, on perdrait toute foi et on connaîtrait les colonnes dans la glace et les désespoirs auxquels il n'est pas de remède. Mais il n'avait pas parcouru inopinément deux millénaires de révolutions intérieures pour faire allégeance à la frayeur. Un frisson le traversa puis céda la place à l'espérance du petit garçon qui avait joué autrefois dans les herbes du ruisseau, et il sut que ce qui était séparé s'unirait, que ce qui était scindé s'accorderait, ou bien on mourrait et plus rien n'aurait d'importance que d'avoir voulu honorer l'unité du vivant.

On prit le chemin de la friche et on arriva à quelques encablures de la butte où se déroulait la bataille des fusils. Les femmes étaient restées à l'église mais le père François marchait aux côtés d'André et de Maria à l'avant-poste de ces lignes où on ne s'étonnait plus de côtoyer des licornes et des grives. Personne ne portait d'arme mais on était prêt à se battre à mains nues et on soupçonnait surtout que les alliés ne seraient pas démunis au moment de conclure l'affaire. Avec la compagnie progressait le ciel de neige dont ceux qui avaient un peu de jugeote comprenaient que c'était par lui que Maria maintenait l'enclave où pouvaient combattre les soldats surgis de la terre et du ciel inversés. On arriva à la butte où l'on vit que le Gégène et ses trois gars étaient en mauvaise posture et n'avaient pu se replier, bien que les eaux aient à présent reflué, par le fait de l'encerclement des autres qui les canardaient cruellement. Quand les premiers tirs avaient éclaté, ils s'étaient jetés sous la courbe du terrain mais la mitraille était passée tout près et l'ennemi avait contourné par les flancs. Or, ils étaient quatre contre cinquante et bien que l'on aperçût quelques méchants tombés sur le côté, on comprit que les nôtres n'étaient vivants que par miracle et on vit que l'un d'eux était à terre et remuait faiblement. De fait, il avait fallu qu'ils fissent preuve d'une résistance héroïque pour n'avoir pas été exterminés comme des cloportes et, ce voyant, les renforts sentirent grandir l'ire sacrée qu'on éprouve devant le spectacle des combats inégaux, en pariant que les alliés brûlaient de la même indignation et du même désir de rétablir la balance des justices — aussi ne furent-ils pas surpris que le cheval bai se penchât vers Maria et lui dît quelques mots, que le geste rendait clairs comme le cristal, qui signifiaient : *laisse-nous terminer le travail.* À quoi elle acquiesça.

La neige disparut.

Elle disparut d'un coup comme s'il n'était pas tombé un seul flocon pendant la bataille. La terre se retrouva aussi nette et sèche qu'en été et, entre des nuages blancs comme des colombes, le ciel se badigeonna d'un bleu à en hoqueter de bonheur. On n'avait pas contemplé ce bleu depuis des siècles et on avança plus vite encore en direction des ennemis qui découvrirent enfin le bataillon fantastique. On aurait pu croire que des hommes qui avaient tiré leurs flèches dans une tempête surnaturelle en surmonteraient mieux que d'autres la vision insolite mais, au lieu de ça, ils semblèrent se cailler sur place et se noyer dans une nappe de stupeur et de crainte. L'un d'eux, cependant, parut s'extirper de la paralysie générale et pointa son fusil sur la ligne des arrivants.

Le pays se métamorphosa. C'était une étrange métamorphose, en réalité, car il n'était transformé ni dans son apparence ni dans son essence, mais ses éléments en étaient sublimés et apparaissaient dans la nudité de leurs énergies substantielles, alors que chacun le percevait par des capteurs inconnus ouverts sur une dimension du monde qui devenait visible. C'était primitif et splendide. Les alliés en osmose d'animaux terrestres firent courir des vibrations qui soulevaient la terre puis se propageaient comme un tremblement souterrain qui fauchait les mercenaires. Les aigles, les grives, les grandes mouettes et tous ceux dont la part singulière avait à voir avec le ciel tournèrent l'air en un champ de remous verrouillés sur les cibles ennemies. Les loutres, les castors et autres êtres de terre et de rivières transformèrent l'air en eau et en façonnèrent des lances que les hommes eurent le temps de trouver magnifiques, avant qu'elles ne soient projetées sur un ennemi qu'elles blessèrent plus durement que des armes de métal ou de bois. Mais alors que la tempête diabolique avait paru puiser ses fureurs dans la déformation des éléments naturels, on sentait que l'armée étrange se coulait harmonieusement dans leurs flux.

— Ne caresse pas le chat à rebrousse-poil, murmura le père François.

À ses côtés, André l'entendit et se fendit d'un sourire qui n'avait encore jamais passé sur ce visage voué aux pactes de gravité. Mais aujourd'hui, il souriait comme un jeune homme aux paroles du curé qui, ce voyant, lui rendit son sourire en y mettant toute la jubilation nouvelle à se sentir un homme. Ils rirent brièvement sous le ciel bleu de la victoire parce qu'ils étaient venus de directions opposées mais se retrouvaient à s'aimer devant le même âtre fraternel.

Le dernier ennemi tomba.

La première bataille était terminée.

Le Gégène était blessé.

On se précipita vers le brave qui ne pouvait se remettre sur ses pieds. Il avait reçu une balle et une tache de sang s'épanouissait sur sa chemise qu'on avait dégagée de sa veste, mais il souriait et, quand tous furent autour de lui, il dit à haute et intelligible voix :

— Ils m'ont eu, les cochons, mais j'en ai aligné quelques-uns d'abord.

Le père François vint l'examiner puis défit son écharpe et la pressa sur la plaie.

— As-tu froid ? demanda-t-il.

— Que nenni, dit le Gégène.

— Quel goût dans la bouche ?

— Aucun et c'est pitié.

Mais il était plus pâle qu'un fantôme et on voyait qu'il souffrait à chaque mot. Le Julot sortit de son paletot la flasque de goutte des pisteurs et la lui tint entre les lèvres. Il téta avec un contentement manifeste puis exhala un long soupir.

— M'est avis que la balle a ripé sur une côte, dit-il. Ou bien on saura vite car je serai mort avant de revoir Lorette.

Maria s'agenouilla auprès de lui et lui prit la main. Auparavant, elle s'adressa à Clara.

— J'ai appris, lui dit-elle simplement.

Puis elle ferma les yeux et se concentra sur les fluides qui passaient par la paume d'Eugène Marcelot. Il n'y avait aucun espoir et elle sut que lui aussi le savait.

Le père François s'agenouilla à son tour à ses côtés.

— Ce ne sera pas une confession, mon frère, dit le Gégène.

— Je le sais, répondit le curé.

— À l'heure de mourir, je suis mécréant.

— Je le sais aussi.

Le Gégène se tourna vers Maria et lui dit :

— Tu peux, petite ? Donne-moi mes mots. Je n'ai jamais su mais tout est là-dedans.

D'un geste harassé, il montra sa poitrine.

Elle lui serra doucement la main. Puis elle demanda à Clara :

— Tu peux lui donner ses mots ?

— À qui donc que tu parles ? demanda le Gégène.

— À une autre petite, dit Maria. C'est elle qui connaît les cœurs.

— Que le curé lui prenne l'autre main, dit Clara.

Sur un signe de Maria, le père François prit la main du mourant. La musique d'Eugène

Marcelot que Clara entendait par la paluche que serrait la petite Française était semblable au rêve qu'elle avait contemplé plus tôt dans le ciel. Elle racontait une histoire d'amour et de battues, un songe de femme et de forêts au parfum de verveine et de feuilles, elle disait la simplicité d'un homme né et demeuré dans la pauvreté et la complexité d'un cœur simple en feston de dentelles mystiques, elle s'enroulait de regards francs et de soupirs ineffables, d'éclats de rire et de soifs religieuses qui ne demandaient rien au bon Dieu, et elle se gonflait de la rugosité et de la générosité qui avaient fait de lui le mandataire d'un pays où trouvaient refuge les petites Espagnoles. Il n'était plus à Clara que de jouer et d'en transmettre l'élégance qui lui rappelait celle de la vieille Eugénie en ses dévotions de haute nature, et elle fit courir ses doigts sur le clavier avec une fluidité magnifique, jusqu'à ce que le père François entendît à son tour cette musique qui racontait l'histoire de Lorette et d'Eugène Marcelot. Quand le piano se tut, il posa son autre main sur le front du Gégène.

— Tu diras à Lorette ? demanda celui-ci.

— Je dirai à Lorette, répondit le père François.

Eugène Marcelot sourit et leva les yeux vers le ciel. Puis un filet de sang lui vint aux commissures et son front retomba sur le côté.

Il était mort.

Le père François et Maria se relevèrent. Hommes et elfes se taisaient. À Rome, c'était le même silence et Petrus avait ressorti son mouchoir de géant.

— Toutes les guerres se ressemblent, dit-il finalement. Chaque soldat y perd des amis.

— Ceux qui sont morts n'étaient pas des soldats, seulement de braves gens, dit Maria.

Il y eut un nouveau silence. À la butte, on avait entendu ce qu'avait dit la petite et on cherchait en soi une réponse qu'on savait par définition introuvable. Mais ce fut le cheval bai qui la dénicha solennellement pour tous les autres.

— C'est pour cette raison qu'il nous faut gagner la guerre, dit-il. Mais auparavant vous devez dire adieu à vos morts.

Il recula jusqu'à la ligne des siens qui s'inclinèrent comme un seul corps devant la troupe des paysans médusés et, dans ce salut, il y avait le respect et la fraternité des vieux compagnons d'armes. Maria ferma les yeux et les ridules sombres qui couraient sous sa peau s'accentuèrent. Alors, par les cercles de ses paumes, les brumes entamèrent un mouvement d'enveloppement qui escamota les êtres étranges les uns après les autres, jusqu'à l'émissaire qui leur sourit et leur fit un geste de la main avant de disparaître à son tour. Il ne resta plus au pays qu'une poignée d'hommes déchirés entre la peine et l'hébétude, que le départ des alliés laissait aussi désemparés que des gosses. Mais après un temps où ils ne furent que des orphelins abandonnés au chagrin, ils se ressaisirent parce qu'ils avaient perdu un ami auquel ils devaient le tribut de l'amitié qu'il avait eue pour eux jusqu'aux portes de la mort. Aussi s'affairèrent-ils à porter le frère tombé de la manière la plus digne de le présenter à sa veuve et ce fut le Léon Saurat qui, prenant la relève, conclut le combat en disant :

— Ils l'ont eu, d'accord, mais il en a aligné quelques-uns d'abord.

Quand ils arrivèrent en vue de l'église où les attendaient femmes et enfants, Lorette vint à leur rencontre. Elle savait. Son visage était altéré de la balafre sombre des douleurs mais elle écouta le père François lui dire les mots qu'Eugène aurait voulu qu'elle entendît.

— D'Eugène à Lorette, au travers de ma voix mais par son cœur seulement : mon amour, j'ai marché trente ans sous le ciel sans jamais douter d'avoir vécu dans la gloire ; jamais je n'ai vacillé ; jamais je n'ai trébuché ; j'ai été, entre tous, ripailleur et gueulard, aussi stupide et futile que les moineaux et les paons ; j'ai essuyé ma bouche au revers de mes manches, entré au foyer avec la boue de mes pieds et roté plus d'une fois dans les rires et le vin. Mais j'ai tenu chaque heure la tête droite dans l'orage parce que je t'ai aimée et que tu m'as aimé en retour, et que cet amour n'a eu ni soie ni poèmes mais des regards dans lesquels se sont noyées nos misères. L'amour ne sauve pas, il élève et grandit, porte en nous ce qui éclaire et le sculpte en bois de forêt. Il se niche au creux des jours tristes, des tâches ingrates, des heures inutiles, ne glisse pas sur les radeaux d'or et les fleuves étincelants, ne chante ni ne brille et ne proclame jamais rien. Mais le soir, une fois la salle balayée, les braises couvertes et les enfants endormis — le soir entre les draps dans les regards lents sans bouger ni parler — le soir, enfin, dans les lassitudes de nos vies de peu et les trivialités de nos existences de rien, nous devenons chacun le puits où l'autre se puise et nous nous aimons l'un l'autre et apprenons à nous aimer nous-mêmes.

Le père François se tut. Il savait qu'il était au plus près de la mission de servir qui donnait à sa vie le seul sens jamais dérobé à l'assourdissant silence du monde, et il se destina pour le reste des temps à être le porte-parole des sans-mots. Droite et superbe, Lorette pleurait mais la balafre noire avait disparu et, à travers ses larmes, elle souriait faiblement. Alors, en posant la main sur la poitrine de son mari défunt, elle dit en regardant Maria :

— Nous lui ferons un bel enterrement.

La nuit tombait. On se regroupa sous les toits encore intacts et, à la ferme Marcelot, on organisa la veillée des morts. Puis on prit le temps de penser. Le bas pays avait été cruellement dévasté et il faudrait des lustres avant de retrouver un semblant de routine. On aurait d'abord à enterrer les ennemis ; les champs avaient été ravagés et on ne savait pas ce qu'il en était des cultures ; on redresserait les maisons et l'église ne serait pas la dernière à être retapée, parce qu'on ne voulait pas qu'un curé comme celui-là partît pour un autre clocher. Enfin, on se demandait ce qui se produirait à la suite car on se doutait que si la main noire avait battu en retraite, elle avait survécu à ses pions et préparerait d'autres attaques. Mais on avait côtoyé des sangliers et des écureuils fantastiques et on savait, malgré les afflictions et les deuils, qu'on en était transformé à jamais.

Ainsi, le lendemain, deuxième jour de février, il se tint un conseil à la ferme des Combes. Il y avait là André, le père François, les compagnons du Gégène, Rose, les mémères et Maria.

— Je ne peux pas rester au village, dit Maria.

Les gars hochèrent la tête mais les mémères se signèrent.

Puis, en regardant le curé, elle dit :

— Trois hommes vont venir demain. Nous partirons avec eux.

— Ils viennent d'Italie ? demanda le bon père.

— Oui, dit Maria. Clara est là-bas et nous devons unir nos forces.

Un grand silence accueillit la nouvelle. Des événements de la veille, on avait bien compris qu'il y avait une autre petite mais on n'avait aucune idée de son rôle dans l'affaire. Enfin, prenant son courage à deux mains, Angèle demanda :

— Le père François doit-il donc aller avec vous ?

Elle semblait presque plus effarée de cette désertion que du départ de Maria.

317

— C'est qu'il parle l'italien, dit le Julot.

Le père François hocha la tête.

— Je partirai, dit-il.

Les mémères s'avisèrent de marmonner mais un regard d'André les fit taire.

— Serons-nous en contact ? demanda-t-il.

Maria parut écouter quelque chose qu'on lui disait.

— Il y aura des messages, dit-elle.

André regarda Rose qui lui sourit.

— Oui, dit-il, je le crois. Par le ciel et par la terre, il y aura des messages.

Enfin, ce fut le matin des funérailles, deux jours après qu'on eut enterré Eugénie et que la tempête se fut abattue sur le pays. Le père François ne dit pas de messe dans l'église décapitée mais, à l'heure de dire adieu aux sept morts, seulement quelques mots qui résonneraient longtemps dans les cœurs endeuillés. Au moment où il se tut, trois hommes entrèrent dans l'enceinte du cimetière. Ils en remontèrent l'allée sous les yeux des paysans qui, à mesure qu'ils passaient, ôtaient leurs chapeaux et inclinaient la tête. Lorsque les étrangers furent parvenus à la hauteur de Maria, ils s'inclinèrent à leur tour.

— *Alessandro Centi per servirti*, dit celui qui ressemblait à un prince déchu.

— Marcus, dit le deuxième, et il sembla qu'un ours brun se superposait fugitivement à sa lourde silhouette.

— Paulus, dit le troisième tandis qu'un écureuil roux sautillait brièvement dans le jour.

— *La strada sarà lunga, dobbiamo partire entro un'ora*[1], reprit le premier.

Le père François prit une longue inspiration. Puis, avec ce qui sembla une pincée de fierté, il répondit :

— *Siamo pronti*[2].

Alessandro se tourna vers Maria et lui sourit.

— *Clara mi vede attraverso i tuoi occhi,* dit-il. *Questo sorriso è per lei pure*[3].

— Elle te sourit en retour, dit Maria.

Depuis la fin de la bataille, elles se voyaient toutes deux en filigrane de leur perception ordinaire. Or, la permanence de ce lien était en Maria un baume dont elle était d'autant plus avide que l'actualisation de ses pouvoirs, en la submergeant d'une intimité douloureuse avec les éléments, l'isolait désormais des êtres qu'elle aimait le plus. Lorsqu'elle avait parlé au ciel de neige, elle avait senti en son sein la force de chaque particule naturelle comme si elle était devenue elle-même une totalité de matière, mais cela se traduisait aussi par un changement interne qui la terrifiait et dont elle pressentait que Clara seule saurait apaiser la violence. Aussi gardait-elle par-devers elle ses craintes en attendant qu'elles pussent échanger librement.

1. La route sera longue, nous devons partir dans l'heure.
2. Nous sommes prêts.
3. Clara me voit par tes yeux. Ce sourire est pour elle aussi.

Juste après la bataille, Clara avait posé l'ancêtre sur ses genoux. Lorsque l'Armée des Brumes avait repassé la brèche du ciel, il était redevenu inerte.

— Que va-t-il se passer à présent ? avait-elle demandé au Maestro.

— Maria va prendre le chemin de Rome, avait-il répondu.

— Quand verrai-je mon père ? avait-elle encore demandé.

— Tout ne peut pas avoir de réponse aujourd'hui. Et tu n'es pas la seule en quête de lumière.

— Mon propre père, avait dit Pietro.

— Les passerelles, avait dit Clara. Il en faut d'autres, n'est-ce pas ? Est-ce que je connaîtrai un jour l'autre monde ?

Mais le Maestro s'était tu.

Dans son fauteuil, Petrus, le regard sombre, avait paru à Clara fugitivement désapprobateur.

À présent, en ce nouveau jour de funérailles, ils se trouvaient tous les quatre dans la salle du piano.

Le Maestro se tourna vers Pietro.

— Mon ami, dit-il, après tant d'années où tu as accepté de ne pas savoir, je te le promets : tu sauras avant la fin.

Et, à Clara :

— Tu connaîtras les mondes que tu as ouverts pour d'autres.

Il se tut et regarda Petrus d'un œil où elle crut voir la trace d'une capitulation bienveillante.

— Écoute aussi ceci, dit Petrus, de la part du balayeur et du soldat. J'aimerais beaucoup boire tranquillement pendant que tu joues dans le parfum des jolies roses du patio. On pourrait se promener dans les allées de nos bibliothèques et s'extasier sur les belles mousses, ou bien aller aux Abruzzes avec Alessandro et causer et manger des prunes jusqu'à ce que mort s'ensuive. Mais pour le moment, ce n'est pas tout à fait le programme. Pourtant, je sais d'expérience qu'au milieu des dangers il y aura des lumières. Tu connaîtras les brumes et les pierres vivantes et tu rencontreras toi aussi ton rêve. Tu connaîtras Maria et ce sera une grande histoire d'amitié, et tu verras ce que c'est qu'une compagnie d'hommes unis dans la fraternité de l'incendie. Nous irons ensemble au pays du signe de la montagne et on y boira du thé, mais un jour, j'en bénis nos brumes, tu seras assez grande pour un verre de moscato. À chaque pas de ce grand périple, je serai avec toi car je suis ton ami à jamais. Or, si je ne suis pas tout à fait le héros des récits, je sais me battre et je sais vivre aussi, car je ne prise rien tant que l'amitié et le rire.

Il se servit un verre de moscato, se cala confortablement dans le fauteuil des rêves.

— Mais à cette heure, dit-il, je veux lever mon verre en l'honneur de ceux qui sont tombés et me souvenir de ce que le père François a dit ce matin en mémoire d'un grand homme qui s'appelait Eugène Marcelot : *Mon frère, retourne à la poussière et sache pour l'éternité des futaies et des arbres combien tu as aimé. Cette victoire et cette force, toujours je maintiendrai.* Et il n'y a sans doute pas de hasard à ce que se soit glissée dans ses mots la devise de nos brumes.

Manterrò sempre.

Conseil des Brumes

La moitié du Conseil des Brumes

— Les nôtres ont été attaqués cette nuit par surprise dans les faubourgs de Katsura, dit le Chef du Conseil.

— Quelles sont les pertes ? demanda un conseiller.

— Ils sont tous morts, dit le Gardien du Pavillon.

— C'est le début d'une nouvelle guerre, dit un autre conseiller.

— Nous avons levé une grande armée, dit le Chef du Conseil, en dépit des trahisons et des ponts renégats. Et celles des hommes s'assemblent. On combattra bientôt sur tous les fronts.

— Pouvons-nous faire face à deux guerres en même temps ? Il faut trouver le pont de l'ennemi.

— Maria est notre nouveau pont. Mais aucun être humain n'est jamais passé de ce côté-ci et nous ignorons les dangers qu'il devra affronter.

— C'est une incertitude qui me soucie moins que les trahisons de l'heure, dit le Chef du

Conseil. Et j'ai confiance dans les pouvoirs de ma fille.

— Il y a peut-être en ce moment même un traître parmi nous, dit le Gardien du Pavillon. Mais les transparences du chemin sont pures et de cette enclave au moins nous pouvons être sûrs. Quant aux pouvoirs de ma fille, ils iront bientôt au-delà des miens.

— Conseillers, dit le Chef du Conseil en se levant, le dépérissement de nos brumes ne menace pas seulement la beauté de nos terres. Si elles disparaissent, nous disparaissons aussi. Or le monde n'a cessé de se fragmenter et de se perdre. Dans les âges anciens, les humains et les elfes n'étaient-ils pas frères d'espèce ? Les plus grands maux sont toujours venus des scissions et des murs. Demain, ceux dont l'ennemi thésaurise les soifs se réveilleront dans un monde moderne, c'est-à-dire vieux et désenchanté. Mais nous espérons en des temps d'alliance et poursuivons l'illusion des poètes anciens. Nous combattrons avec les armes de notre Pavillon et de leurs fictions et il n'est pas écrit que les chemins de thé et les rêves ne triompheront pas des canons. Notre pont tient, qui concentre la force des harmonies naturelles et unit le vivant d'une indivisible connivence. Dans le sillage des petites, nous voyons des hommes et des femmes qui aspirent à des passerelles bâties de nature et de rêve. Maria et Clara sont-elles celles que nous attendons ? Personne ne le sait encore. Mais elles se battent avec courage et nous leur devons l'espoir qui nous anime, alors que la première bataille a montré la bravoure et le cœur de leurs protecteurs humains. Quoi qu'il advienne de cette guerre, souvenez-vous de leurs noms et combattez à votre tour avec honneur. Maintenant, après avoir versé des pleurs sur ceux que vous avez perdus, retirez-vous et préparez-vous a la lutte. Quant à moi, je ferai ce que je dois. Je maintiendrai.

Suite du récit dans
UN ÉTRANGE PAYS

Remerciements et gratitude
à Jean-Marie, Sébastien et Simona

INDEX DES PERSONNAGES

Le Père Centi, son père adoptif, curé de Santo Stefano
Alessandro, frèrc cadet du curé et peintre

ROME

Famille Acciavatti
Gustavo Acciavatti, Maestro
Leonora, sa femme, née Volpe

Famille Volpe
Pietro Volpe, marchand d'art
Roberto, son père (+)
Alba, sa mère
Leonora, sa sœur

Famille Clemente
Les parents, riches rentiers
Marta et Teresa, leurs filles

Un ami
Petrus, serviteur étrange

Un ennemi
Raffaele Santangelo, Gouverneur de Rome

MONDE DES BRUMES

Le Chef du Conseil des Brumes (sous l'aspect d'un cheval gris/d'un lièvre)
Le Gardien du Pavillon des Brumes (sous l'aspect d'un cheval blanc/d'un sanglier)
Marcus et Paulus, amis de Gustavo Acciavatti et de Petrus
Aelius, chef des ennemis

NAISSANCES

ARCHERS

GUERRE

DU MÊME AUTEUR

Aux Éditions Gallimard

UNE GOURMANDISE, 2000 (Folio n° 3633). Prix du Meilleur
   livre de littérature gourmande 2000, Prix Bacchus/BSN 2001.

L'ÉLÉGANCE DU HÉRISSON, 2006 (Folio n° 4939). Prix
   Georges-Brassens 2006, Prix Rotary 2007, Prix des Libraires
   2007, Prix de l'Armitière de Rouen, Prix Vivre Livre des lec-
   teurs de Val d'Isère, Prix littéraire de la ville de Caen.

LA VIE DES ELFES, 2015 (Folio n° 6569).

UN ÉTRANGE PAYS, 2019.

Dans la collection Écoutez lire

UNE GOURMANDISE, 2008 (1 CD).

L'ÉLÉGANCE DU HÉRISSON, 2010 (1 CD).

Composition Nord compo
Impression Maury Imprimeur
45330 Malesherbes
le 26 novembre 2018.
Dépôt légal : novembre 2018.
Numéro d'imprimeur : 232389.

ISBN 978-2-07-271423-8 / Imprimé en France.